KB198458

암행

귀신이 된 암행어사

암행

귀신이 된 암행어사

정명섭 장편소설

TXTY

등장인물 소개

송현우 (남, 19세)

병조판서 송치인의 외아들. 하얀 피부에 조용한 성격을 가졌다. 사려 깊고 배려심이 많은 편이라 주변에 친구들이 많다. 벌레 한 마리 죽이지 못하는 성격이지만 어느 날, 결혼한 지 얼마 안 된 아내와 부모를 잔혹하게 죽였다는 혐의를 받는다.

이명천 (남, 19세)

송현우의 절친이며 가난한 무인 집안이다. 송현우가 그의 여동생을 아내로 맞이하면서 우정을 이어 가게 된다. 하지만 여동생이 죽고 송현우가 범인이라는 사실을 알게 된 후 복수심에 사로잡힌다. 다혈질의 성격에 체구가 크며 활쏘기를 비롯한 각종 무술에 능하다.

소진주 (여, 29세)

젊어 보이지만 나이를 짐작할 수 없는 천격당의 당주. 조선 왕실을 보호하는 임무를 맡았지만 행보는 종잡을 수 없으며, 속내를 알기도 어렵다. 까마귀를 통해 멀리 떨어진 일까지 손바닥처럼 들여다본다.

진운 (남, ?)

소진주가 붙여 준 송현우의 호위 무사. 30대 정도로 보이는 외모지만 정확한 나이는 알 수 없으며 살아온 과정도 베일에 가려져 있다. 얼굴에 상처가 가득하며, 무뢰배들이 쓰는 창포검에 검은 삿갓을 쓰고 검은 도포를 입고 다닌다. 평소에는 말이 없는 편이지만 송현우에게 필요한 조언을 해 주기도 한다.

임금 (남, 50세)

원래 선대 임금의 조카였지만 아버지가 문초를 받다 죽고 동생이 자결을 강요당하자 복수심에 반정을 꾸민다. 반정 성공 이후 정국을 안정적으로 운영하지만, 최근 괴이한 일들이 팔도에서 벌어지자 신경을 곤두세운다.

심환 (남, 63세)

좌의정이며 정권의 핵심 인물. 송치인과 함께 반정을 성공으로 이끈 인물이다. 노회하며 임금에 대해 사사건건 감시하고 지켜본다. 임금 앞에서는 고개를 숙이지만 역시 속내를 알 수 없다.

정원석 (남, 25세)

임금의 사위. 먹고살 걱정이 없어서 그런지 구김살 없는 성격이다. 하지만 소과에 합격해 성균관에 다녔을 정도로 머리가 좋고, 눈치도 있는 편이라서 임금이 송현우 사건의 재조사를 맡긴다.

신경택 (남, 29세)

임금이 정원석에게 붙여 준 호위 무사. 별감 출신이며 신중한 성격이다.

배현렴 (남, 33세)

세자를 호위하는 동궁별감 출신이며 심환의 측근이다. 그의 명령으로 임금의 동태를 살펴보는 중이다.

그 밖의 인물들

애꾸눈, 외팔이, 외다리, 덕출이, 덕이, 이득시, 황종원, 검정개 어둠 등

차례

3장. 복마전

4장. 무원

악몽

아내 옆에서 잠들었던 사내는 이상한 느낌에 눈을 떴다.
그리고 주변에 스물거리는 안개를 보고는 깜짝 놀랐다.

"여, 여보!"

다급하게 아내를 깨우려고 했지만 늦었다. 안개에 취
해 그만 정신을 잃어버리고 말았던 것이다.

쓰러진 사내는 꿈을 꾸었다. 마치 새처럼 바다를 건너서 섬에 도착했는데 모든 게 이상했다. 하늘로 우뚝 솟은 나무가 보였고, 세상은 모두 불타는 것처럼 붉었다. 섬에 사는 동물들은 등과 어깨에 칼날이 솟아 있거나 입술이 길게 튀어나와 있어서 기괴해 보였다. 난생처음 보는 동물들의 곁에는 사람들이 보였다. 하지만 하나같이 나무로 된 탈을 쓰고 온몸에 붉은 칠을 한 채 기괴한 춤을 추는 중이었다. 그들을 따라 섬의 중앙으로 가자 거대한 탑이 나왔다. 탑 주변에는 불이 피워져 있었고, 주변으로 강강술래를 돌듯 손을 잡은 사람들이 빙빙 돌고 있었다. 아이들도 보였는데 나무 탈은 쓰지 않았지만 전부 표정들이 기괴했다. 영혼이 없는 것 같은 아이들을 스쳐 지나가던 사내의 시선은 주변의 나무들로 향했다. 붉은 눈을 한 까마귀가 나무 꼭대기에서 모든 것을 내려다보고 있었다. 까마귀를 바라보던 그는 옆으로 시선을 돌렸다가 깜짝 놀랐다.

"아, 아니!"

나무에는 처참하게 난도질당한 시신들이 매달려 있었다. 시신에서 흘러나온 피들이 나무 아래 고여서 작은 웅덩이를 이뤘고, 그 위로 시신에서 떨어진 피들이 빗방울처럼 흘러내렸다. 고통과 환멸이 휘몰아치는 가운데 사내는 정체불명의 사람들이 있는 이상한 섬을 지켜볼 수

밖에 없었다.

"여긴 대체 어디고 나는 왜 이렇게 있는 거지?"

어지러울 정도로 세상이 빙빙 도는 가운데 누군가 자신을 지켜보는 느낌에 사내는 다급하게 사방을 돌아봤다. 다리가 길고 이상하게 생긴 호랑이와 어금니가 불쑥 튀어나온 독수리들이 어지럽게 움직이는 가운데 나무에 매달린 시신들이 갑자기 불에 타올랐다. 순식간에 잿더미가 되어서 해골만 남았는데 놀랍게도 마치 살아 있는 것처럼 비명을 질러댔다. 해골들의 귀를 찢을 것 같은 소리에 사내는 저도 모르게 소리쳤다.

"제발, 그만!"

그리고 꿈에서 깨어났다.

숨을 헐떡거린 사내는 잠이 들었던 별채의 방 안이라는 사실을 깨닫고는 안도의 한숨을 쉬었다.

"지독한 꿈이네."

잠들었던 아내에게 꿈 얘기를 해 주기 위해 무심코 고개를 돌린 사내는 깜짝 놀라고 말았다. 분명 같이 잠들었던 아내가 입과 코에서 피를 흘린 채 누워 있었기 때문이다.

"여, 여보!"

놀라서 아내를 흔들자 몸통에서 떨어져나온 목이 베개 옆으로 굴러갔다.

"으아악!"

사내는 이불을 박차고 벌떡 일어났다. 그제야 방 안과 자신의 온몸이 피범벅이라는 사실을 깨달았다.

"이, 이게 대체!"

사내는 맨발로 밖으로 뛰쳐나갔다. 자물쇠로 잠근 별채의 문이 활짝 열려 있는 걸 본 그는 잠들기 전에 본 안개가 스물스물 사라지는 것을 보았다. 사내는 도움을 청하기 위해 황급히 안채로 뛰어갔다.

"어머니! 큰일 났습니다, 어머니!"

평소라면 잘 들어가지 않았던 안채였지만 다급했던 사내는 문을 벌컥 열었다. 하지만 안채에도 죽음이 누워 있었다. 이불은 물론 바닥에도 피가 흥건하게 고여 있어서 하마터면 사내는 넘어질 뻔했다. 피비린내가 오랫동안 갇혀 있었는지 기다렸다는 듯 바람처럼 빠져나가면서 사내를 스쳐 지나갔다. 치미는 구역질을 겨우 참으며 사내는 천천히 방 안으로 들어갔다. 핏물 가득한 사내의 발자국이 마치 도장처럼 바닥에 찍혔다.

"어, 어머니!"

어머니는 목은 물론이고 얼굴까지 난도질을 당했다. 입 대신 벌려진 상처에서는 붉은 피가 쉴 새 없이 흘러나왔다. 옆에서 잠을 자던 어린 여종 역시 웅크린 채 온몸에 칼을 맞아서 거의 쪼개져 버렸다. 여종의 떨어져 나간 오른쪽 팔이 살짝 꿈틀거리는 걸 본 사내는 마치 쫓기듯 안채에서 나와야만 했다. 안채와 마당이 연결된 중문은 활짝 열려 있었다. 한 번도 그렇게 열려 있는 걸 보지 못 했지만 사내는 그걸 느낄 틈이 없었다. 비틀거리며 마당 으로 나가자 그곳에서도 죽음이 기다리고 있었다. 마당 의 행랑채 쪽에 엎드려 있는 듯한 노비들의 형상이 보인 것이다.

"다, 어찌 된 거야?"

놀란 사내가 다가가자 시신 주변에 고여 있던 안개가 마치 죄인처럼 도망쳤다. 엎드려 있던 노비들은 등뼈가 보일 정도로 파헤쳐져 있었다. 이미 죽어서 숨이 끊어진 상태에서도 계속 칼로 베이고 후벼파였던 것이다. 섬뜩 해진 사내는 주변을 돌아봤다. 집 안을 가득 채웠던 안개 는 이제 슬금슬금 물러나서 담장 너머로 사라지는 중이 었다. 다리에 힘이 풀려 주저앉은 사내의 눈에 사랑채의 누각이 보였다. 항상 어떤 일에도 놀라거나 당황하지 않 고 진중한 모습을 보여 준 아버지라면 이 상황에서 분명 자신을 도와줄 것이라고 믿었다. 사내는 좁은 계단을 올 라 사랑채의 문을 활짝 열었다.

"아버지!"

아버지는 병풍 앞 보료에 앉아 있었다. 앉은 채 목이 잘렸는지 뒤에 있는 병풍에 피가 붓으로 휘두른 것처럼 뿌려져 있었다. 유독 선명하게 충격적인 아버지의 죽음 앞에 사내는 돌처럼 굳어 버렸다. 잘린 아버지의 머리는 보이지 않았다. 머리가 잘린 목에서는 피가 역류하듯 흘러나와서 입고 있던 옷을 모두 붉게 적셔 버렸다. 바로 앞에는 아버지가 아끼는 사인검이 떨어져 있었다. 진득한 피비린내가 방 안을 안개처럼 휘감고 있는 가운데 병풍에 적힌 글씨가 눈에 들어왔다. 피로 쓴 글씨였는데 핏방울이 주르륵 흘러내린 흔적이 보였다. 사내는 가까스로 글씨를 읽었다.

"무원(無原)?"

아버지가 쓴 것인지 아니면 아버지를 죽인 누군가가 쓴 것인지는 알 수 없었지만 두 개의 글씨는 마치 낙인처럼 사내의 눈에 선명하게 박혔다. 그리고 무원이 무슨 뜻이고, 어디에서 들었는지가 생각날 무렵, 절망감이 밀려왔다. 사내는 머리를 감싸 쥔 채 외쳤다.

"이건 꿈이야! 대체 왜 이런 일이!"

모든 게 완벽한 삶이었다. 부유하고 권세 있는 집안의 외아들로 태어나서 걱정 없이 먹고 살면서 공부했다. 머리가 좋아 과거에서 장원 급제를 했고, 주변 사람들에게 친절하게 대했기에 문제가 생긴 적도 없었다. 절친한 친구의 여동생을 아내로 맞이했고, 암행어사로 나갔다 돌아올 일만 남았다. 일평생 남에게 나쁜 짓을 하지 않았

고, 그런 마음을 품어 본 적도 없었다. 엄격한 아버지와
자애로운 어머니 역시 마찬가지였다. 노비들을 가혹하
게 대하거나 가난한 자들을 무시한 적도 없었다. 그런데
이런 어처구니없는 비극을 맞이하게 된 것이었다. 사내
는 자신에게 닥친 비극이 이해가 가지 않았다. 불과 하룻
밤 사이에 행복하고 단란했던 집안에 몰살이라는 비극이
닥친 것이다. 어쩔 줄 모른 채 눈앞의 상황을 받아들이지
못하던 사내에게 마당에서 이상한 소리가 들렸다. 뭔가
를 긁는 소리였다. 죽음이 깔린 어두운 밤에 너무나 선명
하게 들렸다. 사내는 바닥에 떨어진 사인검을 움켜쥐고
마당으로 뛰쳐나갔다.

안개가 걷힌 마당에는 세 남자가 나란히 서 있었다. 한
명은 눈이 하나 없었고, 다른 한 명은 팔이 하나 없었다.
나머지 한 명은 다리가 하나 없었다. 기괴하면서 섬뜩한
세 남자는 아무 말 없이 사랑채를 뛰쳐나온 사내를 바라
봤다. 사내가 떨리는 목소리로 물었다.

"누, 누구냐!"

숨을 헐떡거리는 사내를 말없이 바라보던 세 사람은
나무나 돌처럼 우두커니 서 있었다. 그걸 본 사내가 버럭
소리를 질렀다.

"너희들은 누구야!"

사내는 손에 쥔 사인검을 치켜들고 마당으로 내려갔다. 마치 세 남자에게 처참한 살육의 책임이 있는 것처럼 소리를 지르며 사인검을 휘둘렀다. 하지만 아무리 다가가서 휘둘러도 세 남자에게 닿지 못했다. 그럴수록 사내는 더욱더 화를 내며 그들을 쫓아다녔다.

"너희들이 죽였지? 너희들이 내 부모와 아내를 죽인 게 맞지!"

씩씩거리던 사내가 미친 듯이 절규하며 그들을 쫓아다녔다. 하지만 그들은 아무 말도 하지 않고 스르륵 사라졌다가 나타나기를 반복했다. 세 남자를 쫓다가 지친 사내는 사인검을 쥔 채 그대로 바닥에 쓰러져 의식을 잃었다.

1장

피의 굴레

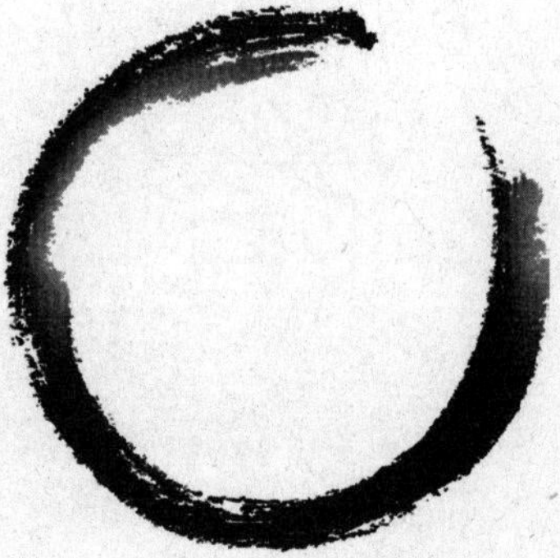

하나. 벚꽃 같은 날

비극이 벌어지기 한 달 전, 그가 나타나자 보신각 근처에 구름처럼 몰려 있던 사람들이 약속이나 한 듯 물러섰다. 그가 병조판서의 외아들이라는 사실을 몰랐다고 해도 박쥐 문양이 새겨진 통영갓에 산호와 호박으로 꿰어진 패영이라는 갓끈이 둘러져 있었고, 하늘색 도포에는 얼룩 하나 없었기 때문이다. 관복을 입거나 몸종들을 잔뜩 거느리지 않았지만 부유하고 여유로운 집안 출신이라는 걸 어렵지 않게 알아차릴 수 있었다. 거기다 얼굴은 백옥처럼 하얗고 손도 고왔다. 뒤로 물러나 준 사람들에게 환하게 웃은 그는 종이가 붙어 있는 벽으로 다가갔다. 그가 말없이 지켜보는 가운데 갑자기 뒤에서 떠들썩한 소리가 들렸다. 고개를 돌린 젊은 선비가 빙그레 웃는 가운데 주변을 둘러싼 다른 선비들이 시끌벅적하게 떠들어댔다.

"우와! 현우가 장원 급제네!"

"거봐! 내가 장원은 따 놓은 당상이라고 했잖아."

"성균관에서도 열심히 공부하더니 한 번에 과거에 합격했네."

친구들의 축하를 받은 젊은 선비에게 덩치 큰 선비가 말을 걸었다. 곱상하게 생긴 송현우와는 달리 툭 튀어나온 광대뼈와 굵은 수염을 가지고 있어서 전형적인 무인 같은 느낌을 주는 남자였다.

"축하해, 현우야."

현우라고 불린 젊은 선비가 활짝 웃었다.

"명천아, 네 이름도 저기 있어."

현우의 이름이 적힌 문과 합격자 명단 옆에는 무과 합격자 명단도 붙어 있었다.

명천이라고 불린 덩치 큰 선비는 감격한 표정을 지었다.

"네 덕분이야."

"열심히 노력한 처남 덕분이지."

현우의 대답을 들은 명천의 눈이 커졌다.

"너, 정말."

"그래, 오늘 아버지한테 얘기했어. 네 여동생 아니면 아무랑도 혼인하지 않겠다고 말이야."

"아버지 말이라면 사약이라도 마시는 성격이면서……."

"장원 급제를 하면 소원을 들어주신다고 했거든. 그래서 정말 열심히 공부했네."

명천이 활짝 웃은 현우의 두 손을 꼭 잡았다. 사실 두 사람은 친구로 지내기는 했지만 여러모로 차이가 있었다. 송현우는 조정의 요직에 앉았다가 병조판서로 지내고 있는 아버지를 둔 반면, 이명천은 근근이 명맥을 유지하는 양반 집안이었다. 원래는 문관이었으나 할아버지 때부터 붓을 버리고 활을 잡았다. 연거푸 문과에 낙방하자 가문을 유지하기 위해 무과에 도전했고, 이후에 대대로 무인 집안이 된 것이다. 거기다 반정으로 즉위한 현재의 임금을 도와줬던 송현우의 집안과는 달리 이명천의 집안은 폐위된 임금에게 충성했기 때문에 정치적인 입장과 지위에도 엄청난 차이가 있었다. 하지만 둘의 우정은 그런 차이를 뛰어넘게 만들었다.

"듣기로는 한양에서 내로라하는 집안에서 혼사를 원했다고 하는데 보잘것없는 우리 집안과 연을 맺다니."

"자네 집안이 어때서? 그리고 자네 여동생 역시 흠잡을 데 없지 않나."

둘이 얘기를 나누는데 친구인 다른 선비가 끼어들었다.

"우리 동기 중에 문과 장원 급제자 송현우와 무과 급제자인 이명천이 나왔네. 좋은 일들이 생겼는데 세검정에 가서 한잔들 하지 않겠어?"

그의 말에 송현우가 웃으며 대답했다.

"물론이지. 내가 술과 음식을 준비하라고 하겠네."

"역시 배포가 커서 좋아."

유쾌하게 웃는 친구를 보던 송현우는 먼발치에 있던 중년의 남자를 불렀다.

"덕출아! 이리 오너라!"

잘 차려입은 송현우와 달리 작은 갓에 여기저기 구겨진 도포 차림의 남자가 종종걸음으로 다가와 고개를 조아렸다.

"집으로 가서 술과 음식들을 챙겨서 세검정으로 오너라."

"예, 도련님. 제가 속히 가서 세검정으로 술과 음식들을 보내겠습니다. 거기까지는 제 아들놈 덕이와 함께 가시지요."

"그러지."

송현우의 대답을 들은 덕출이가 조금 떨어진 곳에 서 있는 젊은 남자를 손짓으로 불렀다. 갓을 쓰지 않은 차림의 젊은 남자에게 덕출이가 말했다.

"나는 집에 갔다 올 것이니 도련님을 모시고 세검정으로 가거라."

"예."

"장원 급제를 하신 몸이다. 조심스럽게 모셔라."

아들인 덕이에게 신신당부를 한 덕출이가 급하게 뛰어 갔다. 그 모습을 바라보던 덕이가 송현우에게 다가가서 고개를 조아렸다.

"소인이 모시고 가겠습니다, 도련님."

"그리하여라."

덕이가 앞장서서 세검정이 있는 자하문 쪽으로 향했 다. 활짝 웃는 송현우에게 이명천이 말했다.

"자하문 고개에 벚나무 꽃이 예쁘게 피었겠군."

"흩날리는 벚꽃을 볼 수 있겠군."

잠깐 입을 다물었던 송현우가 이명천에게 말했다.

"항상 오늘 같은 날이었으면 좋겠군."

"벚꽃 같은 날 말인가?"

명천의 대답에 송현우가 크게 웃었다. 둘의 대화를 들 은 덕이는 살짝 돌아보며 부러운 눈빛을 보냈다.

스무여드레 후, 송현우는 사헌부로 발령을 받아 일하 고 있었다. 과거에 합격했다고 해도 관직을 받지 못하는 경우가 많았지만 장원 급제를 했고, 병조판서의 아들인 그는 고위 관리로 올라갈 수 있는 언론 삼사 중 하나인 사헌부에서 일을 하게 되었다. 의자에 앉아서 서리가 건 네준 문서를 읽던 그는 문이 열리는 소리에 고개를 들었다. 상관인 사헌부 장령이 들어선 것을 본 송현우는 의자에서 일어나 고개를 숙였다.

"어인 일이십니까?"

"잠깐 나랑 차 한잔할까?"

장령의 얘기에 송현우는 말없이 그를 따라갔다. 사헌부 장령의 방에는 이미 차를 만드는 다모가 와 있었다. 둘이 들어서자 찻잔에 차를 따른 다모는 조용히 밖으로 나갔다. 의자에 앉은 사헌부 장령이 말했다.

"마시면서 듣게."

"예."

"오늘 대전에 들어갔다 왔네. 주상전하께서 삼남지방에 파견할 암행어사를 우리 사헌부에서 추천해서 보내라고 하셨지. 자네, 암행어사가 뭔지는 알지?"

"물론입니다. 전하의 밀명을 받고 변복을 해서 지방관리의 비행을 감찰하는 일 아닙니까?"

"맞아. 힘들고 이런저런 압박과 회유를 많이 받는 일이라 보통은 젊고 강직한 관리를 보내지. 사헌부의 수장이신 대사헌께서 자네를 추천하셨네."

"저를 말입니까?"

송현우의 반문에 사헌부 장령이 고개를 끄덕거렸다.

"젊고 강직한 관리라면 자네가 적격이라 하였고, 나 역시 같은 생각이네."

"하지만 저는 곧 혼례를 앞두고 있습니다."

"아! 그것도 알고 있네. 당장은 아니고 혼례를 치르고 떠나도 된다고 하였으니까 걱정 말게."

"아, 알겠습니다."

과거를 치른 지 한 달도 되지 않은 상황이라 머뭇거리며 대답하는 송현우를 본 사헌부 장령이 말을 이었다.

"동대문 밖 관왕묘의 섬돌 아래 필요한 것들이 있을 거야."

"암행어사에게 필요한 것 말입니까?"

"그래, 마패랑 유척1) 같은 것들이지. 오늘은 일찍 들어가서 혼례 준비를 하게나."

"감사합니다."

송현우가 사헌부에서 나서자 밖에서 기다리던 덕이가 맞이했다.

"도련님, 오늘은 좀 일찍 나오셨습니다."

"장령께서 일찍 가도 좋다고 허락하셨어."

"다행입니다. 말에 오르시지요."

송현우가 말구종2)의 도움으로 말에 올랐고 덕이는 발걸음을 뗐다. 송현우의 집은 사헌부가 있는 육조거리와

---

1) 鍮尺: 놋쇠로 만든 표준 자. 보통 한 자보다 한 치 더 긴 것을 단위로 하며 지방 수령이나 암행어사 등이 검시(檢屍)할 때 썼다.
2) 말驅從: 말을 타고 갈 때에 고삐를 잡고 앞에서 끌거나 뒤에서 따르는 하인.

가까운 의통방이었기 때문에 금방 도착할 수 있었다. 앞장선 덕이가 대문을 열라고 외치자 문을 지키고 있던 남자 종이 얼른 대문을 열었다. 솟을대문이라 말을 타고 지나갈 수 있었다. 안으로 들어가자 널따란 마당이 보였다. 담장을 따라 노비들이 머무는 행랑채와 곡식을 넣어 두는 창고들이 있었다. 마당을 가로질러 안채와 사랑채를 가리는 담장이 있었는데 한쪽에는 사랑채의 누각이 보였다. 말에서 내린 송현우는 고삐를 잡아 주는 덕출이에게 물었다.

"아버님은?"

"사랑채에 계십니다."

"손님이 있어?"

"아닙니다. 혼자 계십니다."

덕출이의 대답을 들은 송현우는 덕이에게 수고했다는 말을 남기고 사랑채로 향했다. 사랑채의 누각 옆으로 올라갈 수 있는 좁은 계단이 있었다. 바닥이 가죽으로 된 목화를 벗고 계단을 오른 송현우가 조심스럽게 입을 열었다.

"아버님, 안에 계십니까?"

안에서 들어오라는 말이 들리자 송현우는 조심스럽게 아자살로 된 창호문을 열고 안으로 들어섰다. 바닥에는 학과 꽃이 새겨진 커다란 모담[3]이 깔려 있었고, 벽에는

---

3) 毛毯: 조선시대 전기와 중기까지 사용했던 카펫의 일종.

커다란 금강산이 그려진 병풍이 세워져 있었다. 병풍 아래에는 붉은색 비단에 솜을 넣어 만든 안석에 등을 기댄 아버지가 보라색 보료에 앉아 있었다. 정자관을 쓰고 가슴에 가는 띠를 두른 병조판서라는 직책 때문인지 옆에는 사인검과 환도 몇 자루가 걸려 있었다. 송현우가 들어섰을 때 아버지는 손에 편지를 들고 있다가 경상의 서랍에 넣었다. 절을 한 송현우가 슬쩍 아버지를 올려다봤다. 깡마르고 다부진 아버지는 항상 무표정했고, 속내를 드러내지 않았다. 하지만 이번에는 달랐다. 뭔가 무서운 것을 봤는지 얼굴이 핏기를 찾아볼 수 없을 정도로 파랗게 질려 있었다. 난생처음 본 아버지의 모습에 송현우는 저도 모르게 물었다.

"무슨 일이 있으십니까? 아버님."

마치 악몽을 꾼 것 같은 표정을 지은 아버지는 퍼뜩 정신을 차렸는지 황급히 대답했다.

"아무것도 아니다. 오늘은 어인 일로 일찍 퇴청하였느냐?"

"저, 사실은."

주저하던 송현우가 입을 열었다.

"오늘 사헌부 장령으로부터 암행어사로 나가라는 얘기를 들었습니다."

"너더러 암행어사를 하라 했단 말이냐?"

"예, 이제 사헌부에 출근한 지 한 달도 채 안 되었는데 너무 놀랐습니다. 거기다 혼례도 앞두고 있는 상황이니까요."

송현우의 하소연을 들은 아버지는 잠시 생각을 하더니 입을 열었다.

"나랏일이라는 게 개인의 상황을 보아가면서 주어지지는 않는 법이지. 게다가 암행어사는 시종신들을 보내는 법이다."

"시종신이요?"

"임금을 가까이 모시는 젊은 신하들이지. 너무 나이가 많으면 오랜 기간 돌아다니기 힘들고, 이런저런 인맥과 학맥 때문에 제대로 일을 하지 못한다고 보거든. 보통은 현감 정도를 해 본 관리를 보내긴 하지만 너처럼 과거에 합격한 지 얼마 안 되는 젊은 관리를 보내기도 한단다."

아버지의 얘기를 들은 송현우는 고개를 조아렸다.

"알겠습니다."

"이왕 이렇게 되었으니 혼례를 치르고 바로 떠나거라."

"바로 말입니까?"

"그래, 며느리는 네가 돌아올 때까지 처가에 보낼 테니까 너무 걱정 말고."

속마음을 들킨 것 같아 송현우는 얼굴이 붉어졌다. 사실 암행어사로 떠나고 아내가 혼자 이곳에 남는 게 여러

모로 걱정스러웠기 때문이다. 아버지가 그런 송현우를
향해 가볍게 웃었다.

"이왕 이렇게 되었으니 사돈댁에 양해를 구하고 혼례
를 서두르는 게 좋겠구나."

"저야 그리하면 좋습니다만."

"어차피 준비는 다 끝났으니 사흘 후에 치르자고 하는
건 어떠하냐? 네가 가서 전하려무나."

"제가요?"

"그래, 어쨌든 실례가 될 수 있는 문제인데 내가 갈 수
는 없고, 그렇다고 청지기에게 가서 설명하라고 할 순 없
는 노릇이지."

"그럼 오늘 바로 가겠습니다."

"가서 잘 말해 주어라. 혹여나 언짢게 여길지 모르니."

"그럴 리가 있겠습니까?"

뭐라고 말을 하려던 아버지는 활짝 웃는 송현우를 보
고는 어서 가라는 손짓을 했다. 밖으로 나온 송현우는 안
채의 문턱에 앉아 있던 덕이를 불렀다.

"지금 처가댁에 가야겠다. 말을 서둘러 끌고 오너라."

"우리 집에는 무슨 일로?"

등 뒤에서 들린 이명천의 목소리에 송현우는 놀라서
돌아봤다. 솟을대문 앞에는 푸른색 철릭에 꿩의 깃이 달
린 전립을 쓴 이명천이 서 있었다. 반가운 마음에 송현우

는 한걸음에 다가가서 손을 맞잡았다.

"아니, 기별도 없이 어인 일인가?"

"근처에 일이 있어서 지나가다가 들렀네. 매부도 볼 겸 말이야."

유쾌하게 웃은 이명천에게 송현우가 말했다.

"잘됐네. 안 그래도 할 얘기가 있었는데 말이야."

둘 사이의 이야기를 듣던 덕이가 끼어들었다.

"작은 사랑채로 가셔서 말씀을 나누실 거면 부엌에 얘기해서 술안주를 챙기라고 하겠습니다, 도련님."

"좋지. 삼해주도 한 병 가져오게."

작은 사랑채로 발걸음을 옮기는 송현우에게 이명천이 물었다.

"할 얘기가 뭔가?"

"가서 얘기하세."

송현우의 대답을 들은 이명천이 껄껄 웃었다.

"사람 궁금하게 하는 건 여전하다니까."

둘이 웃으면서 작은 사랑채로 가는데 갑자기 까악 하는 소리가 들렸다. 고개를 돌린 둘은 사랑채의 처마에 앉은 까마귀를 보았다. 이명천이 혀를 찼다.

"저렇게 큰 까마귀는 처음 보는군."

"그러게 말이야."

날개를 퍼덕거리는 까마귀를 본 덕이가 말했다.

"아니, 재수 없게."

덕이의 투덜거림을 들었는지 까마귀는 곧 날아가 버렸
다. 둘은 어깨를 나란히 하고 작은 사랑채로 향하고, 덕
이는 서둘러 부엌으로 뛰어갔다. 사랑채의 눈곱째기 창
으로 그 광경을 지켜보던 송현우의 아버지는 손에 쥐고
있던 편지를 내려다봤다. 그리고 낮은 목소리로 중얼거
렸다.

"제발, 며칠만이라도."

둘. 모두가 잠든 밤

혼례는 훈련원이 있는 동대문 근처 이명천의 집에서 열렸다. 좁은 마당은 사람들로 가득 찼다. 원래는 상객으로 신랑인 송현우의 아버지가 가야 했지만 병이 있다는 이유로 송현우 혼자서 가야만 했다. 원래 아버지가 가지 못하면 친척이나 형제 중 한 명이 가야 했지만 송현우는 친척도 없었고, 외아들이었기 때문이다. 하지만 워낙 송현우의 집안이 대단해서 아무도 그걸 문제 삼진 않았다. 말에서 내린 송현우가 기럭아비에게 받은 나무 기러기를 전안상에 올려놓고 절을 하면서 혼례가 시작되었다. 송현우가 기다리는 가운데 문이 열리고 화장을 마친 신부가 방에서 나왔다. 수모의 도움을 받으며 나오는 신부의 화사한 모습에 사람들은 다들 탄성을 내뱉었다. 송현우와 상을 두고 마주 선 신부를 본 이명천은 흐뭇한 표정을 지었다. 그리고 옆에 있는 아버지에게 말했다.

"어떻습니까? 잘 어울리죠?"

아버지는 웃으며 대답했다.

"언감생심이지. 하지만 나는 아직도 마음이 놓이지 않는구나."

"왜요? 귀염둥이 막내딸이 그 집에 가서 시집살이라도 할까 봐요?"

여전히 웃으며 고개를 끄덕거린 아버지가 대답했다.

"그 대단한 집안에서 우리 딸이 만족스럽겠느냐?"

"우리가 가세가 부족한 것 말고는 부족한 게 뭐가 있다고요?"

이명천의 호기로운 대답에 아버지가 얼굴을 찌푸렸다.

"친구라면 아무 문제가 없겠지만 사돈 집안이라면 얘기가 좀 다르지. 봐라. 신랑의 아버지가 안 오지 않았느냐."

"병 때문이라고 했잖아요. 좋은 날이니까 기분 좀 푸세요."

아버지가 대답을 하려는 찰나, 까마귀 우는 소리가 들렸다. 혼례를 위해 마당에 세운 천막에 커다란 검은색 까마귀가 앉은 것이다. 그걸 본 아버지는 눈살을 찌푸렸다.

"정신 어수선하게, 혼례식 날 까마귀라니."

아버지의 얘기를 들었는지 까마귀는 날개를 펴고 날아

갔다. 잠시 까마귀를 쳐다보던 이명천은 신랑과 신부가 서로 술을 나눠 마신 것을 본 사람들의 웃음소리에 시선을 거뒀다.

떠들썩한 낮이 지나가고 은밀한 밤이 찾아왔다. 송현우는 아내가 된 이명천의 여동생과 함께 집으로 돌아왔다. 대문 밖에서 기다리고 있던 부모님은 송현우의 아내를 환영했다. 가마에서 내린 아내가 부모님에게 인사하는 모습을 지켜보던 송현우에게 덕출이가 다가왔다.

"도련님, 별채를 치워 놨습니다. 며칠 동안 거기서 지내시면 됩니다."

"고맙네."

그 사이, 아버지는 며느리와 얘기를 마치고 아들을 불렀다.

"며칠 후에 암행어사로 떠나야 하니 그동안은 아침과 저녁때만 인사를 오면 되니까 별채에서 둘이 오순도순 잘 지내라."

"고맙습니다, 아버님."

"네가 암행어사로 떠나면 며느리는 곧장 본가로 가서 지내다가 네가 돌아올 때 함께 오너라."

"아닙니다, 아버님. 며느리로서 이 집 안에 있고 싶습니다."

아버지는 며느리의 얘기를 듣고 흡족한 웃음을 지었다.

"고맙구나. 하지만 암행어사로 떠나면 언제 돌아올지 모르는 법. 본가로 돌아갔다가 오는 게 모두에게 좋을 것 이다. 더 이상 얘기하지 말거라."

옆에서 지켜보던 송현우는 아버지의 목덜미에서 식은 땀이 흐르는 걸 봤다. 한 번도 아버지가 긴장하거나 두려 워하는 걸 본 적이 없었던 송현우는 의아함을 느꼈다. 고 작 며느리와 대화를 하는 것에 긴장할 아버지가 아니었 기 때문이다. 의문을 품는 사이 대화는 끝났다. 아버지는 두 사람에게 안채 뒤편을 가리켰다.

"어서 가서 쉬어라. 오늘 하루 종일 힘들었겠다."

송현우는 아버지의 말대로 아내와 함께 별채로 향했 다. 안채 뒤쪽에 자그마하게 만들어진 별채는 부엌도 없 는 작은 곳으로 방 두 개가 붙어 있고, 중간에 작은 마루 가 있는 게 전부였다. 주변은 높은 담장으로 둘러 있고, 문은 하나뿐이었다. 주변에 나무들이 있어서 밖에서는 안이 잘 보이지 않았다. 원래 이 집의 주인이 첩을 머물 게 했던 공간이었는데 아버지는 첩을 두지 않았기 때문 에 비워 뒀다가 가끔 손님이 오면 쓰도록 했다. 두 사람 이 별채의 문 안으로 들어서자 덕출이가 문밖에서 공손 하게 말했다.

"안에 음식을 준비했습니다. 문은 안에서 열쇠로 채우

라고 하셨습니다. 내일 느긋하게 일어나십시오. 기침하시면 오겠습니다."

"알았어."

덕출이가 소매에서 꺼낸 열쇠를 건네고는 돌아섰다. 잽싸게 열쇠로 문을 잠근 송현우는 아내의 손을 잡고 별채로 들어갔다. 송현우가 서두르는 바람에 급하게 따라오던 아내가 은장도를 떨어뜨렸다. 그걸 본 송현우가 물었다.

"웬 은장도요?"

"오라버니가 챙겨 주셨습니다."

"역시 무인답구려. 그걸 쓸 일은 없을 것이니 잘 넣어두시오."

"알겠습니다, 서방님."

아내는 차분하면서도 생각이 깊었다. 이명천과 친해지면서 자연스럽게 가까워졌는데 집에 놀러 가면 먼발치서 지켜보다가 눈이 마주치면 자리를 벗어나고는 했다. 혼담이 오간 이후에도 두려워하거나 들뜨지 않고 차분한 모습이어서 송현우는 더없이 든든했다. 별채의 방으로 들어간 송현우는 문을 닫았다. 잠시 후, 방 안의 불이 꺼졌다. 별채의 처마 끝에 앉아 있던 까마귀는 붉은 눈으로 주변을 두리번거리다가 갑자기 날개를 펴고 날아갔다. 별채의 지붕을 타고 슬금슬금 다가온 안개 때문이었는데 마치 살아 있는 것처럼 꿈틀거리며 다가온 안개는 까마귀가 떨어뜨린 깃털을 집어삼켰다. 깃털은 마치 뜨거운 열에 닿은 것처럼 오그라들다가 재로 변해 버렸다. 안개는 서서히 송현우와 아내가 있는 별채를 둘러쌌다. 그리고 서서히 안채 쪽으로 흘러 내려갔다.

그 후 그 끔찍한 일이 일어난 것이다. 송현우는 한순간에 가족들이 끔찍하게 도륙당해 시신이 된 것을 보았고 흉수로 보이는 기괴한 세 남자를 발견했지만 신출귀몰하는 그들에게 사인검을 휘두르다 지쳐 그대로 쓰려져 의식을 잃었다. 송현우의 혼인은 그렇게 비극으로 끝났다. 고운 아내를 맞이하고 어명에 따라 암행어사의 임무를 수행한 뒤 오순도순 행복하게 살고 싶었던 소박한 꿈이 진짜 악몽으로 변해 버린 것이다.

송현우와 여동생의 혼례를 지켜본 이명천은 늦은 오후에 우포도청으로 출근했다. 무과에 합격한 이후 우포도청의 포도군관, 보통 포교라고 부르는 직책에 임명된 그가 숙직을 서는 날이었다. 아침에 퇴청을 하려던 그는 날벼락 같은 소식을 들었다. 피범벅이 된 덕출이가 나타나서는 송현우의 집에 변고가 생겼다고 아뢴 것이다. 도둑이라도 든 것이냐는 물음에 덕출이는 바닥에 그대로 주저앉아 통곡을 했다.

"도련님께서 집안사람들을 모두 도륙 냈습니다."

"뭐? 그게 정녕 사실이냐?"

믿을 수 없다는 표정을 지은 이명천에게 덕출이가 발을 동동 구르면서 방금 했던 얘기를 그대로 전했다.

"제 눈으로 똑똑히 봤습니다. 도련님께서 귀신에 씌웠는지 고래고래 소리를 지르면서 집안사람을 마구 베고 찔렀습니다. 어서, 어서 가셔야 합니다."

어리둥절하던 이명천은 문득 여동생이 생각났다.

"설마!"

황급히 전립을 고쳐 쓴 이명천은 대기하고 있던 포졸들에게 외쳤다.

"어서 나를 따르라."

덕출이가 울면서 앞장서서 뛰어갔다.

"아이고, 이게 무슨 변괴야. 하늘도 무심하시지."

송현우의 집이 있는 의통방은 우포도청이 있는 서린방에서 혜정교만 건너면 코앞이었다. 하지만 이명천에게는 억겁의 시간처럼 느껴졌다. 숨을 헐떡거리며 의통방에 도달한 이명천은 저도 모르게 얼굴을 찌푸렸다. 아까 우포도청에서 나올 때는 볼 수 없었던 아침 안개의 축축한 냄새가 느껴졌기 때문이다. 거기다 그 안에서 살짝 피비린내도 맡을 수 있었다. 안개는 서서히 물러나는 중이었고, 송현우의 집에 도착할 즈음에는 거의 사라져 버렸다. 솟을대문 주변에는 사람들이 잔뜩 모여 있었다. 주로 이웃집에 사는 양반들이었는데 하나같이 겁을 먹은 표정이었다. 이명천은 살짝 열린 솟을대문 안으로 들어갔다. 그리고 마당에 펼쳐진 광경을 보고는 입을 다물지 못했다. 뒤따라 들어온 포졸들 중 몇 명은 구역질을 하거나 그 자리에 주저앉아 버렸다. 마당에는 노비들 몇 명이 엎어진 채 죽어 있었는데 모두 심하게 난도질을 당한 상태였다. 포도청에서 일하면서 죽은 시신들을 봤지만 이렇게 참혹하게 난도질당한 시신은 처음이었다. 같이 들어온 덕출이가 절박하게 외쳤다.

39

"덕아! 어디 있느냐? 아비가 왔다."

잠시 후, 행랑채의 문이 삐걱거리며 열렸다. 그리고 넋이 나간 표정의 덕이가 비틀거리며 나왔다.

"아, 아버지."

"아이고, 어디 다친 곳은 없느냐?"

"네, 행랑채 다락에 꼭 숨어 있었습니다."

둘이 얼싸안고 우는 가운데 이명천은 사랑채 앞에 의식을 잃고 쓰러진 송현우를 발견했다. 맨발에, 입고 있는 옷은 피에 젖어 있었고, 손에는 사인검을 쥐었다. 사인검에도 피가 잔뜩 묻어 있었다. 송현우를 무심코 깨우려던 이명천은 갑자기 여동생이 떠올랐다. 돌아선 그는 아들인 덕이와 울면서 얘기를 나누던 덕출이에게 말했다.

"내 여동생은 어디 있느냐?"

고개를 돌린 덕출이가 안채 뒤편의 별채를 가리켰다.
이명천은 속으로 여동생의 이름을 부르짖으며 뛰어갔다.

반쯤 열린 문을 박차고 들어간 이명천은 별채 안으로
들어갔다. 그리고 목이 잘린 여동생의 시신을 발견하고
충격 속에 무릎을 꿇고 말았다.

"아니, 네가 왜 이렇게 되어 있는 것이냐? 어제 혼인을
하고 잘 살겠다고 하고서는 말이다."

여동생의 몸을 끌어안고 펑펑 울던 이명천은 여동생이
오른손에 은장도를 쥐고 있는 걸 발견했다. 은장도의 칼
날에는 붉은 피가 묻어 있었고, 은장도를 쥔 손에는 파란
색 천 조각이 보였다. 눈물을 삼킨 이명천은 여동생이 꽉
움켜쥐고 있는 파란색 천 조각을 조심스럽게 뜯어냈다.
뽑아내기가 여간 힘들지 않았다. 이명천은 눈물을 흘리
면서 중얼거렸다.

"이제 나한테 줘도 된단다. 널 이 꼴로 만든 범인을 반
드시 잡아 줄게."

이명천의 약속을 받아들였는지 죽은 여동생의 손에서
파란색 천이 스르륵 풀려 나왔다. 자세히 살펴보니 은장
도에 파란색 천이 찢어져서 걸린 것이었다. 그걸 본 이명

천의 눈에서 불꽃이 튀었다.

"은장도로 널 죽이려는 놈의 몸을 찔렀구나. 마지막까지 저항한 거였어."

눈물조차 말라갈 정도로 슬픔을 삼키는데 뒤에서 조심스러운 헛기침 소리가 들렸다. 돌아보니 아까 같이 온 우포도청의 포졸 중 한 명이었다. 경험이 많은 나이 든 포졸이라 끔찍한 시신을 보고서도 놀라지 않는 눈치였다.

"포교 나리."

몸으로 여동생의 시신을 가린 이명천이 눈으로 무슨 일이냐고 묻자 포졸이 헛기침과 함께 입을 열었다.

"나와 보셔야 할 거 같습니다."

"무슨 일인가?"

이명천의 물음에 포졸은 난감한 표정을 지었다.

"뭐라고 설명 드리기가, 직접 나와 보셔야 할 거 같습니다."

이명천은 몸을 일으키기 전에 여동생에게 시신에 이불을 덮어 주었다. 그리고 문을 닫으면서 말했다.

"이곳은 내 명령이 있을 때까지 잡인의 출입을 금한다."

"알겠습니다."

공손하게 대답한 포졸이 별채의 문을 닫고 마당으로 나온 이명천에게 말했다.

"호조참의를 지내신 김현신 대감이 바로 담장 너머 집

에 사십니다."

"그런데?"

"대감께서 새벽에 무언가를 보셨다고 합니다."

대답을 들은 이명천은 서둘러 밖으로 나갔다. 마당의 시신들은 한쪽에 치워져서 거적이 덮여 있었고, 행랑채의 작은 마루에는 덕이가 여전히 울고 있었다. 아비이자 청지기인 덕출이는 그런 아들을 다독거렸다. 대문 앞에는 김현신 대감이 보였다. 정자관에 도포 차림이었지만 가슴에 차는 세조대가 제대로 묶이지 않았고, 손은 심하게 떨리고 있었다. 40대 후반쯤 되어 보이는 그는 아랫볼이 축졌고, 코가 두툼했다. 수염은 짧은 편이었지만 머리가 희끗해서 나이가 꽤 들어 보였다. 가까이 다가간 이명천이 고개를 숙였다.

"우포도청 포도군관 이명천입니다."

"반갑네. 호조참의를 지낸 김현신일세."

"바로 이웃이라고 들었습니다만."

이명천의 물음에 김현신이 마른침을 삼키며 오른쪽 담장을 가리켰다.

"저 너머가 바로 우리 집이라네."

"새벽에 무엇을 보신 겁니까?"

"안개가, 안개가 심하게 끼었네. 내가 이곳에서 산 지 10년이 넘었지만 이렇게 심한 안개는 처음이었어."

"저도 오다가 봤습니다. 지독한 안개였었나 보군요."

"자다가 아랫것들이 소란을 피워서 일어났더니 짙은 안개가 집 안을 온통 휘감고 있더군. 그런데 갑자기 비명 소리와 고함 소리가 들렸어. 그래서 누가 소리를 내었냐고 하니까 아무도 아니라고 해서 혹시나 도둑이 들었을지 모르니 횃불을 켜라고 했네. 와중에 안개가 서서히 걷히더군. 그때 종놈들 중 하나가 옆집에서 소리가 들린다고 하였지."

"여기에서 말입니까?"

고개를 끄덕거린 김현신이 힘겹게 입을 열었다.

"그리고."

마침내 결정적인 대목을 얘기해야 하는데 김현신은 머뭇거리며 말을 잇지 못했다. 이명천이 재촉하듯 물었다.

"안개가 걷힌 다음에 무얼 보셨습니까?"

"사, 살육을 보았네."

"살육이요?"

이명천의 반문에 김현신이 군데군데 피가 뿌려진 마당을 멍하게 바라봤다.

"이 집 외아들이었어. 송현우라고 하였던가?"

친구이자 매부의 이름이 나오자 이명천은 저도 모르게 마른침을 삼켰다. 이명천이 쳐다보는 가운데 김현신이 힘겹게 입을 열었다.

"괴성을 지르며 마당을 뛰어다녔네. 한 손에는 사인검을 들고 말이야. 그러고는 사랑채로 뛰어 들어갔어."

이명천은 고개를 돌려 사랑채를 바라봤다. 놀러 왔을 때 몇 번 들어가서 송현우의 아버지에게 인사를 드렸던 기억이 떠올랐다. 옆에 있던 나이 든 포졸이 손으로 목을 긋는 시늉을 하며 고개를 저었다. 그 역시 죽음을 피하지 못한 것 같았다. 이명천이 조심스럽게 물었다.

"사랑채로 말입니까?"

"그렇다네. 그리고 잠시 후에 다시 뛰쳐 나와서는 뭐라고 알 수 없는 소리를 질렀다네. 그 소리를 듣고 행랑채에서 아랫것들이 나오자 갑자기 그들에게 달려들어서는."

얼굴을 찡그린 김현신이 수염을 덜덜 떨면서 덧붙였다.

"검으로 찔러서 쓰러뜨리고 마구 내리찍어선 난도질을 했다네. 그들이 살려 달라고 애원했는데도 말이야. 그러고는 알 수 없는 말을 하면서 마당을 뛰어다녔어. 혹시나 담장을 넘어올까 봐 아랫것들에게 몽둥이나 낫 같은 걸 챙기라고 하고는 계속 지켜봤지."

"어땠습니까?"

"안개가 완전히 걷히니까 힘이 빠졌는지 사랑채 앞에 벌렁 누워 버리더군. 자네가 포졸들과 함께 도착할 때까지 말이야."

눈앞에서 펼쳐진 비극이 모두 송현우의 짓이라는 사실

을 들은 이명천은 아무 말도 할 수 없었다. 옆에 있던 나이 든 포졸이 속삭였다.

"안채의 마님과 사랑채의 대감도 모두 돌아가셨습니다."

"그럼 이 집에서 살아남은 사람은 덕출이와 덕이, 그리고 송현우뿐이란 말이냐?"

나이 든 포졸이 고개를 끄덕거렸다. 그때, 사랑채 앞에 쓰러져 있던 송현우가 정신을 차렸는지 꿈틀거렸다. 그걸 본 나이 든 포졸이 옆에 있던 다른 포졸에게 외쳤다.

"검부터 치워!"

주변에 있던 포졸들이 머뭇거리자 나이 든 포졸이 소리를 지르며 뛰어갔다. 그걸 본 김현신 대감도 서둘러 말했다.

"아깐 미친놈이 따로 없었네. 포박 단단히 해 놓게."

"정말로 송현우가 살인을 저지른 게 맞습니까?"

마지막 희망을 품고서 이명천이 묻자 김현신은 벌컥 화를 냈다.

"지금 내가 거짓말을 한단 말인가?"

"그게 아니라 너무 엄청난 일이라 확인을 하는 것입니다, 대감마님."

"나뿐만 아니라 아랫것들이 다 봤네. 내가 거짓말을 할 이유가 없지 않은가? 차라리 못 봤다고 입을 다무는 게 편하지."

틀린 말은 아니라서 이명천은 수긍할 수밖에 없었다. 하지만 여전히 머릿속은 혼란스러웠다. 그가 아는 송현우는 개미 한 마리 죽이지 못할 정도로 착하고 여린 심성이었기 때문이다. 그런데 어느 날 갑자기 미쳐서 가족들을 죽였다는 것을 믿을 수 없었다. 거기다 별채에서 여동생을 죽인 범인은 제발 송현우가 아니기를 바랐다. 미워하기에는 너무 많이 알고 있었고, 무엇보다 여동생에게 송현우와 혼인하라고 줄기차게 얘기했던 것이 바로 본인이었기 때문이다. 눈을 뜬 송현우는 여전히 정신을 차리지 못하는 중이었다. 그걸 본 이명천은 불안감과 의구심을 억누른 채 행랑채의 마루에 앉아 있는 덕출이와 덕이 부자에게 다가갔다. 덕이는 아직도 충격에서 벗어나지 못한 것 같았지만 덕출이는 그럭저럭 평정심을 찾은 것 같았다. 이명천이 다가오자 덕출이는 벌떡 일어나서 고개를 조아렸다.

"새벽에 이곳에서 무슨 일이 있었는지 낱낱이 고하거라."

한숨을 크게 쉰 덕출이가 조심스럽게 입을 열었다.

"종들은 주인의 잘못을 고해도 처벌을 받습니다."

"역모와 살인은 예외로 친다. 걱정 말고 말하여라."

"그럼 믿고 아뢰겠습니다. 새벽에 이상한 소리가 들려서 잠에서 깨었습니다. 아들과 함께 밖에 나갔는데……."

이명천의 눈치를 보던 덕출이가 가느다랗게 말을 이어

갔다.

"도련님께서 검을 들고 괴성을 지르며 이리저리 뛰어 다녔습니다. 그래서 무슨 일인가 하고 지켜보는데 다짜고짜 행랑채 쪽으로 오더니 상이와 복길이를 찔러서 쓰러뜨리고 마구잡이로 베고 쑤셔댔습니다."

47

"정녕 현우의 짓이 맞느냐?"

"소, 소인도 믿기지 않아서 멍하게 쳐다봤습니다. 그러다가 덕이가 제 팔을 잡아끌어서 방 안으로 숨었지요."

"그러고 나서는 무얼 보았느냐?"

"살짝 열고 내다봤는데 사랑채로 뛰어 들어가셨습니다. 잠시 후에 다시 나와서는 괴성을 지르고 펄쩍 뛰어서 사랑채에서 마당으로 뛰어내리셨지요."

"그다음에는?"

"내가 다 죽였다고 고래고래 소리를 지르면서 마당을 빙빙 돌았습니다. 정말 그런 무서운 모습은 난생처음 보았습니다."

"송현우는 어제 내 여동생과 함께 별채로 바로 들어갔느냐?"

"네, 대감마님과 안주인 마님에게 인사를 하고 바로 별채로 갔습니다. 그리고 대문은 자물쇠를 채우시라고 제가 직접 도련님에게 열쇠를 건네드렸습니다."

아까 별채에서 본 끔찍한 모습을 떠올린 이명천은 잠

깐 숨을 고른 후에 물었다.

"너는 어떻게 빠져나왔느냐?"

"그렇게 있다가는 저와 아들 녀석도 죽을 거 같았습니다. 그래서 아들놈에게는 다락방에 들어가서 숨으라고 하고 저는 몰래 나와서 대문을 열고 우포도청으로 냅다 달려갔습니다."

약간 차이가 있긴 했지만 김현신 대감의 얘기와 크게 다르지 않았다. 이명천은 설마 하는 마음으로 정신을 차린 송현우에게 다가갔다. 사랑채 아래에 쪼그리고 앉아 있던 송현우는 이명천을 보고 반가운 표정을 지었다.

"며, 명천아."

일어나려는 송현우를 포졸들이 어깨를 잡고 눌렀다. 이명천은 한쪽 무릎을 꿇고 송현우를 바라봤다.

"현우야, 내가 묻는 말에 잘 대답해야 해."

"그, 그럴게."

"새벽에 이 집 안에서 무슨 일이 벌어진 거야?"

숨을 돌린 송현우가 주변을 돌아봤다.

"새벽에 안개 때문에 잠에서 깼어."

"안개?"

"응, 짙은 안개였는데 내가 눈을 떴을 때는 천천히 사라지고 있었어. 이상해서 옆의 아내를 봤는데."

차마 입을 열지 못한 송현우의 어깨를 이명천이 잡아

서 흔들었다. 그러자 송현우가 겨우 입을 열었다.

"아내가 죽어 있었어."

"네가 눈을 떴을 때 이미 죽어 있었다고?"

대답 대신 고개를 끄덕거린 송현우에게 이명천이 다시
물었다.

"너와 내 여동생밖에 없는 방에서 옆에 누운 사람이 죽
었는데 비명 소리도 못 들었다는 거야?"

여동생은 정체불명의 살인자에게 맞서서 은장도를 뽑
아 들고 휘둘렀다. 그런데 옆에 잠들어 있던 송현우는 전
혀 눈치를 채지 못했다는 게 쉽사리 납득이 가지 않았다.
거기다 덕출이는 분명, 두 사람이 있는 별채의 문은 안에
서 열쇠를 잠갔다고 했다. 점점 믿고 싶지 않은 마음이
들자 이명천은 눈을 질끈 감고 마음을 가다듬었다. 그때
송현우의 목소리가 들렸다.

"정말 아무것도 못 느꼈어. 아내가 죽은 걸 보고 놀라
서 별채를 나와 여기로 왔어. 그런데 안채에서는 어머니,
사랑채에서는 아버지가 목이 잘린 채 돌아가셨어. 어찌
할 바를 모르던 중 밖에서 소리가 들려서 나와 봤더니."

이명천은 눈을 뜨고 송현우를 바라봤다. 송현우의 눈
이 점점 탁해지기 시작하더니 흰자위에 검은 안개가 자
욱해졌다. 그러더니 삽시간에 물러갔다. 송현우는 아까
와는 달리 더없이 의심스러워 보였다. 더듬거리며 말을

이어 갔다.

"이상한 놈들이 있었어."

"어떤 놈들?"

"한 놈은 눈이 없었고, 하나는 팔이, 다른 하나는 다리가 하나 없었어. 그 세 놈이 우리 가족들을 죽인 범인이 분명해."

횡설수설하는 송현우를 본 이명천은 머리가 복잡해졌다. 그때 송현우가 입고 있는 파란색 비단 바지가 눈에 들어왔다. 이명천은 계속 말을 하려는 송현우의 바지를 손으로 더듬으며 살폈다. 그러다가 오른쪽 허벅지에 구멍이 뚫린 걸 확인했다. 어림짐작이었지만 여동생이 쥐고 있던 은장도에 박힌 천 조각과 거의 같은 크기의 구멍이었다. 그걸 본 이명천의 뇌리에 지독한 확신이 엄습했다. 무릎을 펴고 일어난 이명천은 주먹을 꽉 움켜쥐었다. 그리고 차갑게 물었다.

"왜 죽였어? 내 여동생."

송현우는 이명천을 올려다보며 말했다.

"그놈들이 죽인 거야. 애꾸눈과 다른 두 놈이……."

더 이상 듣기 괴로워진 이명천이 송현우의 얼굴을 주먹으로 후려쳤다. 퍽 하는 소리와 함께 송현우의 몸이 옆으로 날아갔다. 놀란 포졸들에게 이명천이 말했다.

"단단히 결박해서 우포도청으로 끌고 간다. 집은 문을

모두 잠그고 잡인이 드나들지 못하게 하라."

포졸들이 의식을 잃은 송현우를 일으켜 세우는 걸 본 이명천은 여동생이 있는 별채 쪽을 물끄러미 바라봤다. 그리고 송현우를 맨 처음 만났을 때를 떠올렸다. 남산의 활터에서 무과 시험을 위해 활을 쏘던 이명천에게 백면서생이 활을 가르쳐 달라고 청했던 것이 시작이었다. 귀찮기도 하고 짜증이 났던 이명천은 활 중에서 가장 무거운 육량궁을 쏘라고 가르쳐 줬다. 백면서생은 끙끙대면서도 열심히 따라 했고, 미안해진 이명천이 솔직하게 사과를 하면서 가까워졌다. 이후, 그의 신분을 알게 된 이명천은 놀랐지만 송현우는 거리낌 없이 대해 줬다. 그리고, 마침내 여동생과 혼인까지 하게 된 것이었다. 그런데 터무니없는 비극으로 끝나고 말았다.

"내가 아버지 말을 들었더라면."

최소한 친구는 잃었어도 여동생은 잃지 않았을 것이라는 생각에 이명천은 미칠 것만 같았다.

친구인 이명천에게 얻어맞고 정신을 잃었던 송현우는 우포도청의 감옥 안에서 정신을 차렸다. 난생처음 차갑고 퀴퀴한 냄새가 풍기는 곳에 떨어진 송현우는 충격에서 벗어나지 못했다. 감옥의 굵은 통나무 너머에서 이명천이 쪼그리고 앉은 채 자신을 바라보고 있는 걸 본 송현우는 다급하게 그쪽으로 기어갔다.

"명천아!"

"닥쳐! 나는 네 친구가 아니야. 난 너 같은 살인자를 친구로 둔 적 없어."

이명천의 냉정한 대답에 송현우는 감옥의 두툼한 통나무를 붙잡고 애원했다.

"아니야. 정말 살인자는 따로 있어. 애꾸눈이랑 팔과 다리가 하나씩 없는 놈들이야."

"목격자들 중에 그런 놈들을 봤다는 사람은 없었어. 오직 네가 사인검을 들고 온 집 안을 다니면서 사람들을 죽이고 미친놈처럼 웃어 젖히는 것만 봤다고 했어."

송현우는 필사적으로 말했다.

"그럴 리가 없어. 내가 왜 가족들을 죽이겠어. 내가 왜?"

"나도 그 이유가 궁금해. 하지만 네가 살육을 저질렀다는 걸 본 사람이 너무 많아. 증거도 명확하고."

"증거? 무슨 증거?"

이명천은 아니라고 하는 송현우에게 소매에서 꺼낸 은장도를 보여 줬다.

"이거 기억나?"

"무, 물론이지. 아내가 가지고 있던 거야."

"내가 준 거야. 죽은 여동생이 쥐고 있던 이 칼에 찢겨진 천이 걸려 있었는데 파란색 비단이었어. 네가 입고 있는 바지의 그 비단!"

"아니야, 명천아! 내가 왜 아내를 죽이겠어. 내가 왜?"

"그럼, 내 여동생이 칼을 들고 살인자와 맞서 싸웠을
때 아무것도 모르고 자고 있었다는 건 어떻게 설명할 건
데? 덕출이가 문을 열고 나온 것 빼고는 외부에서 침입한
흔적은 없었어. 네가 죽은 내 여동생과 머물렀던 별채도
안에서 문이 잠겼었고."

점점 구석으로 몰려간다는 느낌을 받은 송현우는 고개
를 저었다.

"아니야. 다른 사람은 몰라도 너만은 믿어 줘. 나는 죽
이지 않았어. 그놈들이 죽였다고."

괴로운 표정을 지은 이명천이 몸을 일으켰다.

"지금 조정에 보고가 들어갔고, 네놈을 어찌해야 할지
곧 결정이 나올 거야. 거열형에 처한다면 내가 고삐를
잡고 잡아당길 거고, 참수형에 처한다면 내가 직접 목을
치마."

"명천아, 생각해 봐. 내가 가족을 죽일 사람으로 보여?"

이명천은 냉정한 표정으로 송현우에게서 멀어졌다.

"나도 그게 궁금했어. 그런데 누군가 왜 그랬는지 알려
주더군."

"누가? 대체 내가 왜 그런 짓을 했다고 하던가?"

절규하던 송현우는 이명천의 시선이 옆으로 흐르는 걸

느꼈다. 흐르는 시선의 끝에는 덕출이가 몸을 웅크린 채서 있었다. 반가운 마음에 아는 척을 하려던 송현우는 덕출이의 눈빛이 심상치 않은 것을 보고는 믿을 수 없다는 듯 중얼거렸다.

"말도 안 돼."

덕출이는 이명천이 다가오자 송현우를 바라보던 시선을 거두었다. 그리고 천천히 이명천을 뒤따라가면서 송현우의 시선에서 사라졌다. 감옥의 통나무를 붙잡고 억울하다고 외치던 송현우는 다리에 힘이 풀려서 그대로 주저앉고 말았다. 그리고 그대로 바닥에 누웠다. 어두컴컴한 감방의 천장이 보였다. 숨을 헐떡거리던 송현우가 중얼거렸다.

"어제까지만 해도 아무것도 부족한 게 없었는데 지금은 아무것도 남은 것이 없네."

도무지 믿기지 않는 비극이었다. 어디서부터 잘못되었는지 생각해 보던 송현우는 문득 며칠 전 사랑채에 들어갔을 때 편지를 읽고 어두워졌던 아버지의 표정이 떠올랐다. 그렇게 당황하고 놀란 아버지의 모습은 처음이었다. 그때를 떠올리던 송현우는 눈을 질끈 감았다. 갑자기 꿈에서 봤던 가족들의 처참한 죽음이 떠올랐기 때문이다.

"명천이마저 내가 살인자라고 믿다니⋯⋯."

 그리고 덕출이가 명천이의 의심에 부채질을 할 거짓말을 한 게 분명했다. 사랑하는 사람들의 죽음과 살인자라는 오해, 믿었던 친구와 아랫사람에 대한 배신감이 겹쳐져 송현우를 무겁게 짓눌렀다. 숨쉬기조차 힘들었던 송현우는 어깨 부근의 바닥에 뭔가 깔려 있는 걸 느꼈다. 힘겹게 손을 뻗어서 집어 든 것의 정체는 깨진 사기 조각이었다. 그걸 본 송현우는 울컥했다.

 "이렇게 나 혼자만 살 이유가 있을까?"

 스스로에게 물어본 질문에 제대로 대답하지 못한 송현우는 남은 힘을 쥐어짜서 사기 조각으로 목을 그었다. 뜨겁고 차가운 느낌이 확 지나가면서 피가 샘물처럼 솟았다. 죽음은 쉽게 찾아오지 않았다. 입안이 금방 피로 차올랐다. 저도 모르게 몇 번 뱉어냈지만 금방 채워졌다. 어제까지는 제대로 생각해 보지 못했던 죽음이 순식간에 목을 조르듯 다가왔다. 송현우는 힘겹게 깜빡거리던 눈이 피로 물들어 가는 걸 느꼈다. 어두컴컴한 감방의 천장이 거의 붉게 물들어 가고, 창살 너머의 하늘 역시 붉어졌다. 입으로 피를 뱉어내면서 눈을 감으려는 찰나, 어둠을 닮은 까마귀 한 마리가 감방의 창틀에 살포시 내려앉았다. 피를 토하면서 마지막으로 몸부림을 치던 송현우는 결국, 축 늘어져 버렸다. 붉은 눈으로 죽은 송현우를 내려다보던 까마귀가 부리를 벌려서 울자 안개가 스르륵 다가왔다. 차츰 의식이 사라져 가던 송현우는 지나간 세월이 떠올랐다. 모든 것이 부족하지 않던 시절을 지나 친구인 이명천을 만나고 그의 여동생과 혼인을 치렀을 때가 주마등처럼 스쳐 지나갔다. 아내와의 첫날밤이 비극으로 끝나고, 믿었던 이명천이 자신을 살인자로 오해하며 분노하던 모습을 떠올리던 송현우는 마지막 숨을 내뱉고는 눈을 감았다.

셋. 안개와 까마귀

안개가 감방 안을 가득 채웠다가 서서히 사라졌다. 그 와중에 숨이 끊어졌던 송현우가 눈을 번쩍 떴다.

"어, 어떻게 된 거지?"

놀란 송현우는 방금 사기그릇 조각으로 그었던 목을 만져 봤다. 피는 조금씩 흘러 나왔지만 상처는 거의 아물 었다. 영문을 알 수 없어 의아해하는 송현우의 머리 옆에 아까 봤던 까마귀가 내려앉았다. 까마귀의 목에는 끈으로 묶여 있는 쪽지가 보였다. 송현우가 손을 뻗어서 쪽지를 뺄 때까지 그대로 있던 까마귀는 다시 날아서 창틀에 앉았다. 송현우는 힘겹게 쪽지를 펼쳤다.

까마귀를 따라오면
너의 억울함을 풀 단서를 만날 수 있을 것이다.

조금 전까지 죽을 생각만 하던 송현우의 눈이 번쩍거렸다. 송현우가 겨우 몸을 일으키자 기다렸다는 듯 까마귀가 세게 울었다. 송현우는 문 쪽을 바라보았다. 굵은 쇠사슬과 함께 채워져 있던 자물쇠가 벗겨져 있었다.

　"설마!"

　송현우가 조심스럽게 다가가서 밀자 문은 힘없이 열렸다. 은밀히 통로로 나서서 주변을 돌아봤다. 감방의 다른 죄수들은 물론이고 까치 등거리를 입고 감옥의 입구를 지키던 옥졸도 의식을 잃은 채 바닥에 주저앉아 있었다. 쓰러진 옥졸이 쭉 뻗은 다리를 조심스럽게 넘은 송현우는 비틀거리며 밖으로 나왔다.

　우포도청 전체를 휘감았던 안개가 서서히 걷혀 가는 가운데 문지기들 역시 잠자는 것처럼 쓰러져 있었다. 대문의 지붕에 앉아서 비틀거리며 걸어오는 송현우를 바라보던 까마귀는 다시 훌쩍 날았다. 높이 날지 않고 두 날개를 펼쳐서 최대한 낮게 날아간 까마귀는 혜정교 방향까지 날아갔다. 송현우는 균형을 잡지 못한 몸을 이끌고 힘겹게 뒤따라갔다. 혜정교의 난간에 앉아 있던 까마귀는 송현우가 다가오자 다시 날아갔다. 안개가 걷히면서 희뿌연 달이 하늘 높이 떠오른 게 보였다. 송현우는 자신을 인도하는 까마귀를 따라 인왕산까지 올라갔다. 시회를 하러 몇 번 왔던 수성동 계곡을 지나 오솔길을 한참 따라서 올라가자 작은 전각 한 채가 보였다. 세 칸짜리 기와집 주변에는 기괴한 인형과 부적들이 꽂혀 있었고, 지붕은 이끼로 뒤덮여 있었다. 머리가 없는 작은 불상에 앉아 있던 까마귀는 전각의 기와지붕에 올라앉았다. 까마귀가 앉은 지붕 아래에는 현판이 달려 있었다. 지칠 대로 지친 송현우는 겨우 현판의 글씨를 읽었다.

"천격당?"

안에는 등불이 켜져 있는지 흐릿한 사람의 그림자가 창살에 비쳤다. 주저하던 송현우는 천격당 안으로 들어갔다. 매캐한 향냄새와 함께 벽에 붙은 기괴한 그림들이 눈에 들어왔다. 그 앞에는 천이 깔린 탁자가 보였고, 그 위에 칼과 방울 같은 것들이 보였다. 그리고 방구석에는 작은 아궁이 같은 게 있었는데 비녀를 꽂은 여인이 등지고 앉아서 그곳에 관솔불을 피우고 있었다. 아궁이는 굴뚝 같은 것과 연결되어 있어서 불이 위로 나갈 수 있었다. 인기척을 느꼈는지 여인이 돌아서 앉았다. 젊은 여인인 것처럼 보였지만 나이를 짐작하기 어려운 무언가가 있었다. 피처럼 붉고 선명한 저고리에 얼굴은 새하얗게 분을 칠해서 기괴해 보이기까지 했다. 주춤거리는 송현우를 본 그녀가 살포시 웃었다.

"기다리고 있었습니다."

"다, 당신은 누구십니까?"

질문을 받은 여인이 대답했다.

"저는 이곳 천격당의 주인 소진주라고 합니다."

"여기로 날 인도한 까마귀가 진실을 알려 주겠다는 쪽지를 가지고 왔습니다. 당신이 쓴 게 맞습니까?"

송현우의 물음에 소진주는 엉뚱한 대답을 했다.

"밤이 깊어져서 고콜에 불을 켜는 중이었죠."

"고, 고콜이요?"

"맞습니다. 추운 북쪽 사람들이 방 안에 이렇게 작은 아궁이 같은 걸 만들어서 관솔불을 피우죠. 추위와 어둠 모두를 쫓아낼 수 있으니까요. 선비님에게도 이런 관솔불 같은 진실이 필요하시죠?"

송현우는 눈물을 참으며 고개를 끄덕거렸다.

"죽고 싶을 만큼 괴롭습니다. 평생 남에게 해코지를 한 적도 없고, 아랫것들에게 가혹하게 한 적도 없습니다. 친구들에게는 의리로 대하였고, 신의를 다했습니다. 제 부모님도 한 번도 남에게 나쁜 짓을 하지 않았습니다. 그런데 왜 하루아침에 처참하게 죽임을 당하셨고, 저는 누명을 써서 친구에게까지 버림을 받은 겁니까?"

송현우의 하소연을 들은 소진주가 가볍게 미소를 지었다.

"사람에게는 운명이라는 굴레가 있답니다. 내가 아무

일을 하지 않아도 그 굴레의 무게에 못 이겨 쓰러질 때가
있지요."

"그렇게 쓰러지면 어찌해야 합니까?"

"선비님이 겪은 일은 기이하고 고통스럽지만 일어날
수밖에 없는 일이었습니다. 굴레를 벗어나는 방법은 없
습니다. 다만, 그 굴레가 왜 나에게 씌워졌는지는 알 수
있지요."

"어떻게 말입니까?"

"굴레의 길을 따라가다 보면 답을 찾을 수 있을 겁니다."

의미를 알 수 없는 말을 하는 여인을 물끄러미 바라보
는데 갑자기 살짝 열린 문틈으로 까마귀가 날아들었다.
자신의 어깨에 앉은 까마귀가 까악거리자 소진주는 희미
하게 웃었다.

"불청객이 오는 모양입니다."

송현우를 감옥에 가둔 이명천은 우포도대장과 함께 의
정부에 가서 정승들에게 사건을 고하였다. 다들 믿지 못
하고 몇 번이고 이명천에게 사실이냐고 물었다. 특히, 좌
의정 심환은 송현우가 갑자기 아내와 부모를 죽일 이유
가 없지 않느냐고 반문했다. 이명천은 덕출이에게 들은
얘기를 전해 줬다.

"청지기 얘기로는 송현우가 어린 시절부터 가끔 알 수

없는 발작을 일으켰는데, 그때마다 아랫것들을 심하게 때리거나 기르던 말을 죽였다고 합니다. 돌아가신 병조판서께서 외아들이 그런 문제를 일으켰다는 것을 필사적으로 감췄다고 하였습니다."

그러면서 덕출이는 자신과 덕이의 몸에 난 상처들을 보여 줬다. 이명천은 믿기지 않았지만 여동생의 처참한 죽음과 송현우가 연관이 있을 것이라는 생각에 그런 의문들을 애써 무시했다. 겨우 영의정이 임금에게 보고를 하러 들어가고, 밤늦게까지 기다리던 이명천은 우포도청에서 온 나이 든 포졸에게 송현우가 탈옥을 했다는 소식을 들었다.

"어떻게!"

"모, 모르겠습니다. 병조판서 댁에서 본 것 같은 안개가 삽시간에 밀어닥쳤고, 정신을 잃었다가 깨어나니 감쪽같이 사라졌습니다."

발을 동동 구르는 나이 든 포졸과 함께 우포도청으로 돌아온 이명천은 텅 비어 버린 감방을 보고 펄펄 뛰었다. 그러다가 바닥에 떨어진 핏자국을 발견했다. 핏자국이 대문 밖으로 이어진 것을 본 송현우는 포졸들에게 외쳤다.

"등불을 준비해라. 멀리 가지 못했을 것이다."

나이 든 포졸이 가져온 조족등을 챙긴 이명천은 핏자국을 따라갔다. 혜정교로 이어진 핏자국은 인왕산으로 그를 인도했다. 인왕산의 오솔길로 불빛 몇 개가 출렁거리며 움직였다. 선두에 선 이명천은 조족등을 바닥에 비추며 정신없이 움직였다. 새삼 분노가 치밀어오른 이명천은 허리에 찬 환도의 손잡이를 꽉 움켜잡았다. 도망친 송현우를 찾아내면 직접 베어 버릴 생각이었다. 하지만 그런 마음 한구석에서는 과연 그를 진짜로 죽일 수 있을지 확신을 가지지 못했다. 고통스러운 혼란을 마음속에 담은 채 끊어질 듯 이어진 핏자국을 따라갔다. 마침내 허름한 전각으로 이어진 것을 본 이명천은 환도를 뽑아 들었다.

"주변을 물샐틈없이 포위하라. 내가 들어가서 직접 베겠다."

하지만 나이 든 포졸이 그의 팔을 잡고 만류했다.

"저긴 들어가면 안 됩니다, 포교 나리."

"무슨 말이야! 들어갈 수 없다니!"

거칠게 묻는 이명천에게 나이 든 포졸이 조심스럽게 말했다.

"저곳은 천격당입니다. 왕실이 보호하는 사당이라, 아무나 들어갈 수 없는 곳입니다."

"핏자국이 저기까지 이어져 있다. 도망친 죄인이 저기에 있는 게 명백한데 들어가지 못한다는 게 말이 되느냐?"

"저, 정말 아니 됩니다."

뜯어말리는 나이 든 포졸의 손길을 뿌리친 이명천이 천격당으로 다가갔다 그때, 뒤쪽에서 멈추라는 소리가 들려왔다. 고개를 돌린 이명천의 눈에 붉은색 철릭과 노란 초립을 쓴 한 무리의 대전별감들이 보였다. 잡직에 품계는 낮았지만 궁궐에서 임금과 왕세자를 가까이서 모시는 측근들이라 무시할 수 없는 존재들이었다. 이명천 역시 자연스럽게 고개를 숙였다. 선두에 있던 대전별감이 숨을 고르고 이명천을 노려봤다.

"이곳이 어딘지 알고 들어서려는 것이냐?"

"방금 얘기를 듣긴 하였습니다. 하지만 우포도청에서 탈주한 죄인이 이곳으로 도망친 것이 분명해서 살펴보려고 합니다."

"어허, 이곳은 전하께서 친히 돌보시는 사당일세. 잡인은 들어올 수 없으니 물러나게."

그 말을 들은 이명천은 분통을 터트렸다.

"저 안에 자기 부모와 아내를 처참하게 죽인 자가 숨었습니다."

"그 어떤 경우에도 잡인의 출입을 금하라는 어명이 있었으니 돌아가게. 안 그러면 왕명으로 처벌을 받을 것이다."

아랫입술을 꽉 깨문 이명천은 대전별감을 노려봤다. 하지만 대전별감은 물러날 생각이 없어 보였다. 앞으로 나아가지 못한 이명천은 천격당을 향해 소리쳤다.

"송현우! 네놈이 거기 있는 거 다 알아! 빠져나갈 생각은 하지 마라! 네놈이 죽인 내 여동생처럼 갈기갈기 찢어 버리고 간과 심장을 꺼내서 씹어 먹어 주마!"

그리고 안도의 한숨을 쉬는 나이 든 포졸에게 말했다.

"부하들과 함께 내 명령이 있을 때까지 이곳을 감시하라. 쥐새끼 한 마리 빠져나가지 못하게 말이다."

"예, 알겠습니다."

이명천은 일단 송현우가 이곳을 빠져나가지 못하게 하고, 그 사이에 천격당을 수색해도 된다는 지시를 받아 낼 생각이었다. 이명천은 부하들을 남겨 놓고 인왕산을 내려갔다. 여동생을 죽인 송현우를 눈앞에 두고도 붙잡을 수 없다는 사실이 그를 못 견디게 했다. 몇 번이고 미끄러져서 넘어졌지만 그는 통증 따위 느끼지 않았다. 온몸이 땀에 흠뻑 젖은 채로 그는 이를 악물고 중얼거렸다.

"너는 반드시 내 손으로 잡는다."

바깥에서 들려오는 이명천의 목소리가 사라지자 소진주가 송현우를 다시 바라봤다. 고콜에 켠 관솔불이 희미하게 출렁거리는 가운데 그녀의 말이 이어졌다.

"인간은 오랜 운명의 굴레 속에서 살아왔습니다. 운명은 하늘로부터 주어진 것이므로 피하는 것도 예측하는 것도 불가능하죠."

"가족을 잃고 누명을 쓰는 게 저의 운명이란 말입니까?"

"정확하게는 운명의 시작이죠."

"사람이 그렇게 죽어가는 게 말입니까?"

송현우의 반박에 소진주는 대수롭지 않게 대답했다.

"사람은 언젠가 죽기 마련이에요. 중요한 건 운명의 길 끝에 무엇이 있는지입니다."

"제가 가야 할 운명의 길 끝에 가족을 죽인 범인이 있습니까?"

그의 물음에 소진주는 대답 대신 벽에 붙은 그림을 바라봤다. 코끼리와 붉은 독사가 엉킨 그림 가운데 두 팔을 벌린 사람이 보였다.

"그건 당신이 운명을 어떻게 받아들이느냐에 따라 달라질 겁니다. 무원으로 가세요. 거기가 당신이 가야 할 운명의 길의 종착점이니까요."

"무원이라면?"

목이 잘린 채 죽은 아버지의 사랑채 병풍에 피로 쓰여 있던 글씨가 바로 무원이었다. 송현우는 힘주어 물었다.

"무원은 어디에 있는 곳입니까?"

소진주는 고콜에서 타고 있는 관솔불을 물끄러미 바라봤다.

"근원이 없는 곳이라 어디로 가야 할지는 그 누구도 알 수 없습니다. 길을 걷다 보면 마주칠 겁니다."

"어디인지도 모를 곳을 찾아 정처 없이 떠돌라는 얘깁니까?"

"물론 혼자서 가라는 얘기는 아닙니다. 함께할 동료와 위기를 이겨 낼 능력을 선사해 드리죠. 하지만 길을 걷고 찾아내는 건 오로지 당신의 의지입니다. 그곳으로 가기 위해서는 정말 많은 고난을 마주칠 테니까요."

소진주의 설명을 들은 송현우가 물었다.

"무원이라는 곳에 가면 내 가족들을 죽인 자를 찾을 수 있습니까?"

"그것은 당신이 정하는 운명에 달려 있습니다."

송현우에게 대답을 한 소진주가 가볍게 헛기침을 했다. 그러자 옆 방의 미닫이문이 스르륵 열렸다. 방 너머에는 사람 하나와 개 한 마리가 보였다. 군데군데 찢어진 검은색 도포에 구멍이 숭숭 뚫린 삿갓을 쓴 남자는 손에 검은색 창포검을 들고 있었다. 개 역시 눈동자를 제외하고는 온통 검은색이었다. 소진주가 그들을 보면서 말했다.

"저 남자의 이름은 진운이고, 개는 어둠입니다. 당신이 가는 길을 밝혀 줄 관솔불이 되어 줄 것입니다."

"저들과 함께 갑니까?"

"하지만 저들도 길을 알려 주지는 못할 겁니다. 오로지 선비님만이 무원으로 갈 수 있는 길을 찾아낼 것입니다."

가만히 생각에 잠겨 있던 송현우가 중얼거렸다.

"참변이 일어나기 전에 임금께서 나를 암행어사로 임명하셨습니다. 관왕묘에 마패가 있으니 그걸 가지고 다니면 되겠군요."

그러고는 힘없이 덧붙였다.

"암행이라는 뜻이 어둠을 걷는다는 말인데 내가 딱 그 꼴이군요."

"많은 일들을 겪으실 겁니다. 그 모든 것이 운명이라고 생각하십시오."

"그 운명을 저주할 겁니다. 그리고 내 가족과 아내를 죽인 자는 그 누구든지 용서하지 않겠습니다. 그러면 이제 떠나겠습니다."

일어나려는 송현우에게 진운이라는 무사가 말했다.

"밖에 우포도청 포교 이명천이 남긴 포졸들이 지키고 있습니다."

머뭇거리는 송현우에게 소진주가 대나무로 만든 작은 약병을 건넸다.

"이게 뭡니까?"

"당신을 이곳에서 빠져나가게 할 물건이죠. 그리고 당신에게는 여러 가지 능력이 있습니다."

"어떤 능력 말입니까? 글과 시는 잘 짓습니다."

송현우의 대답을 듣고 빙그레 웃은 소진주는 소매에서 부적 한 장을 꺼내서 고콜의 관솔불을 붙이고는 허공에 던졌다. 날아간 부적은 순식간에 불타오르면서 환한 빛을 냈다. 송현우는 그 빛 속에서 수많은 혼령들을 보았다. 사람도 있었고, 동물도 보였고, 둘 다 아닌 기이한 존재들도 있었다. 방 안에 가득 찬 그것들을 본 송현우는 깜짝 놀라서 비명을 지를 뻔했다. 그것들은 부적의 불빛이 사그라들면서 함께 지워졌다. 놀란 송현우에게 소진주가 말했다.

"이 세상에는 인간들만 존재하는 건 아닙니다. 저승으로 가지 못한 것들이 떠돌고 있고, 그것들은 때때로 문제를 일으킵니다."

"우리 가족의 비극도 그런 존재들과 관련이 있습니까?"

송현우의 물음에 고개를 저은 소진주가 대답했다.

"그것과는 차원이 다른 존재들입니다."

그러고는 대나무로 된 약병을 내밀었다.

"이걸 마시고 한숨 푹 주무십시오. 이곳을 나갈 능력이 생길 겁니다."

송현우는 대나무로 된 약병을 잠시 응시하다 받아 들고는 뚜껑을 열고 단숨에 마셨다.

2장

각성

넷. 부마 정원석

집에서 잠을 자다가 선전관에 의해 갑자기 불려 온 부마 정원석은 영추문이 열려 있는 것을 보고 속으로 깜짝 놀랐다. 해가 지고 난 이후 모든 궁문은 굳게 잠기고 열쇠는 액정서에서 보관하는 것으로 알고 있었기 때문이다. 하지만 사방등을 들고 서 있던 내관은 아무 말도 하지 않고 앞장서서 걸었기 때문에 도무지 물어볼 분위기가 아니었다. 겨우 내관을 따라잡은 정원석은 경복궁의 북쪽 신무문에 도착했다. 신무문 역시 열려 있었고, 너머에 있는 북원은 어둠 속에 잠겨 있었지만 군데군데 불빛이 보였다. 한숨 돌린 정원석은 앞장선 내관에게 조심스럽게 물었다.

"저기 불빛이 켜진 곳은 경무대 아닌가?"

"그렇습니다. 부마께서 이곳에서 대과를 보시지 않았습니까?"

"벌써 5년 전이군."

부푼 꿈을 안고 과거장에 들어왔을 때를 떠올린 정원석은 조심스럽게 한숨을 쉬었다. 과거에 합격하자마자 임금의 사위인 부마가 되었다. 큰 집과 노비들을 하사받아서 부유한 삶을 살게 되었다. 하지만 부마는 관직에 오를 수 없었기 때문에 어릴 때부터 꿈꾼 사헌부 대사헌의 자리는 사라져 버렸다. 책을 읽고 시를 지으면서 소일을 하고 있었는데 한밤중에 갑자기 임금의 호출령이 떨어진 것이다. 생각에 잠겨 있던 그에게 내관이 말했다.

"전하께서는 숭무전에 계십니다. 따르시지요."

"알겠네."

종종걸음을 하는 내관을 따라 숭무전 앞에 도착하자 내금위 병사들이 보였다. 계단을 오른 내관이 고개를 조아린 채 말했다.

"전하, 부마 정원석이 대령하였습니다."

"안으로 들게 하라."

내관이 옆으로 물러나며 올라가라는 손짓을 했다. 서둘러 섬돌에 올라서 목화를 벗은 정원석은 문을 열고 안으로 들어갔다. 작은 방은 벽이 모두 이불로 가려져 있어서 빛이 밖으로 나가지 않았다. 일월오봉도가 그려진 병풍 앞에 임금이 앉아 있었다. 50대이지만 피부색이 밝았고, 수염도 가지런해서 젊고 기품이 흘러넘쳤다. 굵은 눈썹 아래 선명한 눈동자는 어둠보다 더 환했다. 황초가 일렁거리는 가운데 정원석은 임금의 앞에 놓인 비단 방석에 엎드렸다.

"전하, 부르심을 받고 달려왔습니다."

"밤중에 불러서 놀랐느냐?"

정원석이 주저하면서 아무 말도 하지 못하자 임금은 너털웃음을 지었다. 지난 20년간 임금의 자리에 있으면서 웃은 적이 별로 없었다고 들었던 정원석은 바짝 긴장했다.

"병조판서의 집에서 일어난 참변에 대해서는 들었느냐?"

"의통방에서 벌어진 일 말입니까? 얼마전 장원 급제한 송현우가 갑자기 미쳐서 혼인을 치른 아내와 부모를 모두 죽이고 체포되었다고 들었습니다."

"그 외아들이 어제 새벽에 감옥을 탈출했느니라."

예상 밖의 얘기에 정원석은 놀라서 고개를 들었다.

"어찌 포도청을 탈옥할 수 있었습니까? 경계가 엄중한 곳이라고 들었는데 말입니다."

"세상에는 사람이 할 수 있는 일과 할 수 없는 일이 존재하는 법이지."

알 수 없는 임금의 말에 주저하던 정원석이 물었다.

"신이 미혹해서 전하의 깊은 뜻을 이해하지 못하겠나이다."

"그는 예정된 길을 갈 것이다. 너는 병조판서의 집에서 일어난 살변을 다시 조사하여라. 처음부터 끝까지 빠짐없이 말이다."

"그런 일이라면 의금부에 하명하셔서 조사하는 게 낫지 않겠습니까? 어찌 소인에게 맡기시는 것이옵니까?"

"최근 전국에 괴이한 일들이 벌어지고 있다는 걸 알고 있느냐?"

"조보를 통해서 보았습니다, 전하."

"홍성에서는 머리가 둘 달린 송아지가 태어났고, 평양의 대동강에서는 까만 물고기가 떼로 몰려와서 죽었지. 영월에서는 환한 대낮에 천둥 같은 소리가 들리고 이상한 것들이 하늘을 오갔다는 보고가 들어왔지. 아마 지방의 관리들이 겁을 먹고 보고하지 않은 것까지 하면 더 많을 것이다. 그리고 올해도 아마 작년처럼 흉년이 들 거 같구나."

"해괴한 일이 벌어지고 있으니 해괴제를 지내는 것이 어떠실지요?"

"제사 같은 걸로 해결될 문제가 아닐세. 서운관에서도 별자리가 뒤틀어지고 있다고 보고하더군."

정원석은 임금이 대수롭지 않게 말했지만 실상은 그게

아니라는 것을 알고 있었다. 조선이 성리학을 국교로 삼고 있지만 상서롭지 못한 기이한 일들은 모두 임금의 책임이었다. 거기다 정원석은 물론 그 누구도 입에 올리지 못하지만 지금의 임금은 결정적인 약점이 하나 있었다. 아주 오랜 시간이 지났지만 많은 사람들이 기억하고 있

는 일이었고, 임금도 딱히 그걸 부정하지는 않았다. 정원석이 아무 말도 하지 않은 채 고개를 조아리자 임금이 침묵을 깼다.

"내금위 중에 칼솜씨가 뛰어난 자를 하나 붙여 주겠다. 내일부터 병조판서의 집에서 일어난 사건을 한 치의 티끌 같은 의혹도 없이 철저하게 조사하되 오직 과인에게만 보고하라."

"그러시는 연유를 여쭤 봐도 되겠습니까?"

"밝혀야 할 일을 밝히려는 것뿐이다."

"하지만 그 일은 이미 송현우의 짓으로 결론이 난 것이 아닙니까?"

"세상에는 보이는 것과 보이지 않는 것이 존재한다. 보통의 사람이라면 보이는 것만 보는 것으로 충분하지. 하지만 과인은 보이지 않는 것까지 봐야만 한다."

더 이상 묻는 것이 의미가 없을 것 같다는 생각에 정원석은 입을 다물고 고개를 조아렸다. 그러자 임금이 손짓과 함께 물러가라 이야기했다. 정원석이 조심스럽게 일

어나서 밖으로 나오자 아까 그를 인도한 내관 옆에 내금위 무사 한 명이 서 있는 게 보였다. 푸른색 철릭에 전립을 쓰고 있었는데 날렵한 몸에 상처투성이 얼굴이었다. 차분한 눈매의 그는 정원석을 보고는 나가와 고개를 숙였다.

"처음 뵙겠습니다. 앞으로 부마를 모시게 될 신경택이라고 합니다."

"내일 아침에 우리 집으로 오게. 어딘지는 알고 있나?"

정원석의 물음에 옆에 있던 내관이 건넨 야행물금첩[4]을 챙긴 신경택이 쾌활하게 대답했다.

"오늘 모시고 가면서 익히겠습니다."

---

4) 夜行勿禁帖: 야간의 통행금지를 무시하고 다닐 수 있는 증빙 서류.

다섯. 추격전

천격당이 내려다보이는 바위에 올라가 있던 나이 든 포졸은 잠에 못 이겨 꾸벅꾸벅 졸기 시작했다. 그러다가 이상한 기분이 들어서 무심코 고개를 들었다가 화들짝 놀라고 말았다.

"나, 나리."

나이 든 포졸이 황급히 바닥에 엎드리자 이명천이 화를 냈다.

"이럴 줄 알고 올라왔는데 내 예상대로구나."

"아이고, 잘못했습니다요."

나이 든 포졸은 납작 엎드려서 싹싹 빌었다. 화가 풀리지 않았는지 씩씩거리던 이명천이 주변을 돌아봤다.

"다른 놈들은 어디 가고 너만 여기 있는 것이냐?"

"대, 대눌이는 배가 아프다고 잠깐 일을 보러 갔고, 은 근이와 도춘이는 저기 천격당 뒤쪽에 있습니다. 배도 고 프고 피곤해서 잠깐 눈을 감았습니다. 그 사이에 누가 빠 져나갈 수는 없었으니까 걱정 마십시오."

"만약에 놈이 여기를 빠져나간다면 네놈들 모두 무사 하지는 못할 것이다."

서슬 푸른 이명천의 분노에 나이 든 포졸은 벌벌 떨면 서 두 손을 싹싹 빌었다.

"잘 알겠습니다, 포교 나리."

"우포도청에 갔다가 올 테니 잘 지키고 있거라."

"예, 나리."

뒷짐을 진 이명천이 천천히 오솔길을 내려가는 걸 곁 눈질로 본 나이 든 포졸이 한숨을 돌렸다.

"젠장, 쉬지도 못하게 하고서는 말이야."

투덜거리며 일어난 나이 든 포졸이 무릎에 묻은 흙을 털어내는데 대눌이가 허겁지겁 올라왔다.

"포교 나리가 방금 내려갔는데요."

"봤어. 잠깐 졸고 있는데 그 틈에 왔더라고."

짜증 난다는 표정으로 대답한 나이 든 포졸이 바위에 털썩 주저앉았다.

"집에도 못 들어가고 이게 무슨 난리람."

투덜거리는 그에게 주저하던 대눌이가 말했다.

"그런데 말입니다. 처음 보는 무사랑 개 한 마리랑 같이 내려가시던데요."

"누구랑?"

"처음 보는 무사랑 검은색 개 한 마리요. 누군지 여쭤 보려고 했는데 분위기가 아닌 거 같아서 그냥 넘어갔습니다."

"잘했어. 자기 여동생이 죽어서 지금 눈에 뵈는 게 없다고, 건드리지 않는 게 좋아."

나이 든 포졸이 하품을 하면서 천격당을 바라봤다. 인왕산을 내려오던 이명천은 걸음을 멈추고 뒤를 돌아보았다. 오솔길은 고요했다. 다시 고개를 돌린 이명천의 얼굴은 서서히 송현우로 바뀌었다. 소진주가 준 약을 마시고 한숨 자고 일어나자 이명천으로 얼굴이 바뀌어 있었던 것이다. 오래 변해 있지는 않을 것이라는 말에 송현우는 서둘러 준비되어 있던 철릭을 입고 전립을 쓴 다음에 밖으로 나와 이명천 행세를 하면서 천격당을 벗어날 수 있었다. 그의 뒤로는 진운과 어둠이 따라오는 중이었다. 송현우는 뒤따르던 진운에게 말했다.

"동대문 밖 관왕묘로 가세. 거기에 암행어사가 쓸 마패가 있을 거야."

"서두르는 게 좋겠습니다."

둘이 얘기를 주고받는 사이 하늘에서는 까마귀가 허공

을 빙빙 돌면서 내려다보고 있었다.

"뭐라고?"

놀란 이명천의 물음에 나이 든 포졸은 우물쭈물하면서 방금 했던 말을 반복했다.

"아까 우포도청으로 가신다고 하지 않으셨습니까?"

"무슨 소리야? 방금 우포도청에서 오는 길인데?"

어리둥절해하던 이명천은 천격당의 문이 열리는 소리에 고개를 돌렸다. 피처럼 붉은 치마와 저고리를 입은 무당을 본 이명천의 얼굴이 굳어졌다.

"저 안에 살인자 송현우가 있는 걸 알고 있다. 내 기필코 그놈을 잡을 것이다."

무당은 흐릿한 미소와 함께 말했다.

"천격당 안에는 아무도 없습니다. 허깨비를 보신 모양입니다."

"뭐라고?"

"믿기지 않으신다면."

옆으로 물러난 무당이 나지막하게 덧붙였다.

"직접 들어가셔서 살펴보셔도 됩니다."

무당의 얘기를 들은 이명천은 곧장 천격당 안으로 들어갔다. 이상한 부적들로 가득한 방들을 샅샅이 살펴봤지만 그녀의 말대로 송현우는 보이지 않았다.

"젠장! 어디로 빠져나간 거지?"

씩씩거리던 이명천에게 무당이 말했다.

"보이는 것만이 전부는 아니랍니다."

"그럼 보이지 않는 무언가가 내 여동생을 죽였단 말이야?"

무당이 뜻 모를 미소를 짓고 있는데 덕출이의 아들 덕이가 헐레벌떡 달려오는 게 보였다.

"나리! 포교 나리!"

"무슨 일이냐?"

"저, 송현우를 봤습니다."

"어디서?"

"아버지와 같이 훈련원 근처를 지나다가 마주쳤습니다. 웬 검은 옷을 입은 무사와 개 한 마리와 함께 가고 있었습니다."

잠깐 숨을 고른 덕이가 이명천을 위아래로 살펴보면서 덧붙였다.

"나리처럼 전립을 쓰고 철릭을 입고 있었습니다."

"훈련원이면 동대문으로 해서 한양 밖으로 나가려는 모양이구나."

이명천의 얘기에 덕이가 급하게 고개를 끄덕거렸다.

"아무래도 그런 거 같습니다. 아버지가 자기가 따라갈 것이니 저보고 얼른 포교 나리를 모셔 오라고 해서 한걸음에 달려왔습니다."

숨을 헐떡거리며 말하는 덕이를 바라보던 이명천이 옆에서 지켜보던 무당을 노려봤다.

"무슨 술수를 썼는지 모르지만 만약 그놈이 여기 있다가 나간 게 확실하면 너도 무사치 못할 것이다."

"몸조심하십시오. 예전의 그가 아닐 테니까요."

의미를 알 수 없는 말을 한 무당이 조용히 고개를 숙였다. 잠시 노려보던 이명천은 서두르라는 덕이의 채근에 부하들과 함께 오솔길을 내려갔다.

동대문 밖 관왕묘에 도착한 송현우는 조심스럽게 대문을 밀고 안으로 들어갔다. 안에는 세 칸짜리 사당이 있었는데 한낮이라 그런지 사람들이 보이지 않았다. 주변을 살피며 안으로 들어간 송현우는 대청 앞에 있는 섬돌 안쪽으로 손을 넣었다. 그리고 작은 나무 상자를 꺼냈다. 대청에 앉아서 상자를 열자 마패를 비롯해서 여러 도구들이 보였다. 그걸 챙긴 송현우가 진운에게 물었다.

"이제 어디로 가야 하지?"

"길은 저에게 물어보시는 게 아닙니다. 스스로 묻고 답하셔야 하죠."

"내가 죽어 있는 건지 살아 있는 건지도 스스로 알아내야만 하는 건가?"

"그거야말로 제가 정말로 답하기 힘든 문제로군요."

"가슴이 뛰지 않아. 살아 있을 때는 분명 왼쪽 가슴이 뛰었는데 지금은 미동도 하지 않아."

"삶과 죽음은 희미한 경계선으로 나눠질 뿐이죠. 언젠가 답을 찾으실 겁니다."

명쾌하게 대답한 진운이 하늘을 올려다봤다. 허공을 빙빙 돌던 까마귀를 본 진운이 말했다.

"마패와 필요한 걸 얼른 챙기십시오."

"왜?"

"누가 쫓아오는 모양입니다."

송현우가 마패와 안에 든 엽전 같은 것을 챙기는 걸 본 진운이 허리 뒤에 차고 있던 대나무 막대기를 건넸다. 건네받은 송현우가 살펴보니 겉에 글씨가 새겨진 낙죽장도였다. 슬쩍 뽑아 본 송현우가 칼날에 새겨진 글씨를 보고는 진운에게 물었다.

"이게 내 무기인가?"

"아뇨, 어사님의 무기는 머립니다."

자신의 머리를 손가락으로 가리킨 진운이 송현우의 손에 들린 낙죽장도를 쳐다보며 덧붙였다.

"이건 도구이고요."

어서 움직이자는 진운의 말에 관왕묘 밖으로 나온 송현우가 손에 쥔 낙죽장도를 내려다봤다. 흔히 봤던 낙죽장도와는 다르게 알 수 없는 그림과 글씨들이 빼곡하게 적혀 있었다. 그중에는 무원이라는 글씨도 보였다. 저도 모르게 얼굴을 찡그린 송현우에게 진운이 말했다.

"철릭에 전립이 너무 눈에 띕니다. 이 차림으로 암행어사라고 할 수 없으니 적당할 때 갓과 도포로 바꾸시지요."

"그렇게 하겠네."

신중하면서도 필요한 말만 하는 진운은 더없이 든든했다. 삿갓에 가려진 얼굴은 잘 보이지 않았지만 거칠게 깎은 것 같은 턱과 헝클어진 턱수염은 적지 않은 나이와 세월의 풍파를 짐작하게 했다. 관왕묘를 벗어난 송현우 일행은 일단 동쪽으로 난 길을 따라 걸었다. 길옆에 개울이 졸졸 흘렀다. 하지만 얼마 가지 못해서 뒤쪽에서 들려오는 발소리와 고함 소리에 멈춰야만 했다. 고개를 돌린 송현우는 살기 어린 표정으로 쫓아오는 이명천을 봤다. 그리고 그 옆에서 따라오는 덕출이와 덕이도 볼 수 있었다. 자신의 결백함을 믿지 못하는 친구와 섬기는 주인을 배신한 종들을 본 송현우는 거친 분노를 느꼈다. 그걸 본 진운이 얘기했다.

"지금 느끼는 감정을 통제하실 수 있습니까?"

"감정을 어떻게 통제할 수 있지?"

"심호흡을 하고 눈앞에 분노의 대상이 있다고 생각하면서 정신을 집중하십시오. 그럼 분노가 응어리지면서 힘으로 분출될 겁니다."

"그걸로 저놈들을 이길 수 있어?"

송현우의 물음에 진운이 다가오는 이명천 일행을 바라보면서 짧게 대답했다.

"어사님의 분노라면 충분합니다."

그 사이에 이명천과 부하들은 코앞까지 당도했다. 환도를 뽑아 든 이명천이 칼날 같은 목소리로 외쳤다.

"네 이놈! 어떻게 쥐새끼처럼 빠져나갔는지는 모르겠지만 이번에는 어림도 없다."

"이보게, 명천이. 나는 살인자가 아닐세. 진범을 잡아다가 바칠 것이니 기다려 주게."

송현우가 간곡하게 얘기했지만 이명천은 코웃음으로 응수했다.

"그따위 거짓말을 나보고 믿으라고? 순순히 포박에 응하지 않으면 이 칼로 네놈을 응징할 것이다."

송현우가 대답을 하려는 순간, 옆에 있던 덕출이가 끼어들었다.

"포교 나리, 지금 붙잡지 못하면 놓치고 말 것입니다. 저놈과의 옛정을 생각하셔서 사정을 봐주시면 안 됩니다."

배은망덕한 덕출이의 말을 들은 송현우가 참지 못하고 나섰다.

"네 이놈! 나와 아버지가 너에게 부족함 없이 대하였거늘, 어찌 그런 말을 하느냐!"

　그러면서 송현우는 처음으로 주체할 수 없는 분노를 느꼈다. 가슴속에서 뜨거운 불 같은 것이 치밀어 올라서 온몸이 뜨거워졌다. 그 상태에서 덕출이를 응시하자 이마 가운데에서 분노가 응어리졌다. 돌처럼 딱딱해진 분노가 느껴지자 몸이 가벼워지면서 뜨거워졌다. 응어리진 분노가 눈에 스며 들어가자 마치 피처럼 붉어졌다. 한양 쪽으로 걸어가던 선비 하나가 그 광경을 보고는 놀라서 그대로 멈췄다. 분노에 휩쓸린 송현우가 변한 모습을 본 덕출이가 비명을 질렀다.

　"저, 저건 사람이 아닙니다."

　이명천이 따르던 포졸들에게 외쳤다.

　"당장 저놈을 잡아라!"

　육모방망이와 당파창을 든 포졸들이 조심스럽게 다가왔다. 그걸 본 진운이 송현우에게 속삭였다.

　"분노를 담아서 칼을 뽑아 보십시오."

　송현우는 시키는 대로 아까 건네받은 낙죽장도를 뽑았다. 날카로운 소리와 함께 뽑힌 칼날을 따라 서늘한 바람이 휘몰아쳤다. 여름에 가까운 늦은 봄이었지만 섬뜩할 정도의 추위라서 주변을 둘러싼 포졸들 모두 흠칫 놀랐다. 이명천의 눈에는 포졸들이 겁에 질린 것처럼 보였다.

　"뭣들 하느냐! 어서 놈을 포박하라!"

송현우는 다가오는 포졸들을 향해 거칠게 소리를 쳤
다. 그러자 땅이 울리고 나무가 흔들릴 정도의 푸르스름
한 파장이 퍼졌다. 포졸들이 파장에 밀려나거나 균형을
잃고 쓰러져 버리면서 송현우와 이명천 사이에는 아무도
남지 않았다. 놀란 이명천이 환도를 고쳐 잡았다.

"사당에서 요사한 술수를 배우기라도 한 것이냐!"

"죽다 살아나서 그래. 아니면 아직 죽어 있거나."

이명천은 칼코등이에 있는 비녀장을 눌러 칼집에서 환
도를 뽑아서 단숨에 달려들었다. 송현우에게 가까이 다
가간 그는 칼을 치켜들고 머리를 향해 곧게 내리찍었다.
하지만 송현우가 낙죽장도로 가로막았다. 막는 순간, 엄
청난 파장이 뿜어져 나오면서 이명천은 뒤로 밀려나고
말았다. 하마터면 환도를 떨어뜨릴 뻔했던 이명천은 가
까스로 균형을 잡았다. 그 사이, 일어나려는 포졸들을 진
운이 창포검의 칼집으로 때려서 쓰러뜨렸다. 어둠이라고
불린 검은 개 역시 이빨을 드러내고 으르렁거리면서 포
졸들이 끼어들지 못하게 했다.

숨을 고른 이명천이 송현우를 응시했다. 마치 깃털처
럼 몸이 가벼워진 송현우는 이명천에게 다가갔다. 계속
뒷걸음질 치던 이명천은 다가오던 송현우의 가슴을 향해
환도를 쭉 뻗었다. 흥분한 송현우는 미처 피하지 못하고

가슴을 그대로 찔렸다. 칼끝이 등 뒤로 튀어나올 정도로 깊게 찔렸지만 아픔을 전혀 느끼지 못했다. 송현우는 그대로 이명천을 걷어찼다.

"으악!"

엄청난 힘에 밀린 이명천은 뒤로 훌쩍 날아갔다. 송현우는 가슴에 꽂힌 이명천의 환도를 쓱 뽑아서 멀리 내던졌다. 붉은 피가 울컥거리며 나오던 가슴의 상처는 금방 사라졌다. 놀란 이명천이 송현우에게 소리쳤다.

"내 여동생을 죽이고 괴물이 되어 버린 것이냐!"

송현우는 슬픈 표정을 지으며 대답했다.

"억울한 누명을 썼다는 것을 외면하는 친구 때문에 괴물이 된 것이지."

성큼성큼 다가온 송현우가 낙죽장도를 거꾸로 잡고 이명천의 가슴을 향해 내리찍으려고 했다. 하지만 이명천은 눈을 감거나 고개를 돌리지 않고 송현우를 노려봤다. 낙죽장도의 칼끝이 닿은 옷고름이 시커먼 연기를 내면서 탔다. 하지만 송현우는 그대로 멈췄다가 낙죽장도를 거뒀다.

"나는 아내를 죽이지 않았어. 그리고 아버지와 어머니도 내가 그런 게 아니야."

"그 말을 믿으라고?"

"판단하라고 살려 준 거야."

차갑게 대꾸한 송현우는 고개를 돌려서 나무 뒤에서 벌벌 떨고 있는 덕출이를 노려봤다. 그리고 그쪽으로 발걸음을 옮겼다.

"다, 다가오지 마!"

바닥에 있는 돌을 집어 던지며 소리를 지르던 덕출이는 뒤로 도망치려다가 균형을 잃고 비틀거렸다. 그리고 길옆의 개울로 미끄러지고 말았다. 넘어지면서 바위에 머리를 심하게 부딪쳐 온몸이 축 늘어졌다.

"아버지!"

조금 떨어진 곳에 있던 덕이가 개울로 굴러떨어진 아버지에게 달려갔다. 아버지를 끌어안고 울고 있던 덕이를 내려다보던 송현우의 눈이 검은 안개로 가득 찼다.

송현우는 덕이까지 죽이기 위해 한 걸음 움직였다.

하지만 개울에 비친 자신의 얼굴을 보고 멈췄다.

두 눈이 검은 안개로 뒤덮여 있었기 때문이다.

검은 안개는 서서히 사라졌지만 충격을 받은 송현우는 그 자리에 얼어붙었다. 그걸 지켜보던 진운이 조용히 다가왔다.

"이제 그만 떠나시죠."

"내 눈이 검게 변했어."

"흥분을 하면 그렇게 됩니다. 붉은 힘으로 통제하셔야 합니다. 통제하지 못하는 힘은 그 자체가 괴물이니까요."

진운의 대답을 들은 송현우가 물었다.

"나는 이제 사람이 아닌 건가?"

"힘을 통제하지 못하면 그렇게 됩니다. 경계하셔야 합니다."

엉뚱한 대답이었지만 듣고 나서 마음이 차분해진 송현우는 가볍게 고개를 끄덕거렸다. 그리고 여전히 쓰러져 있는 이명천에게 말했다.

"누명을 벗고 돌아오겠어."

아무 말 없이 씨근덕거리는 이명천을 지나친 송현우는 아까부터 지켜보면서 벌벌 떨고 있던 선비 앞에 섰다. 그리고 차분하게 말했다.

"나와 옷을 바꿔 입으시겠소?"

허공을 빙빙 돌고 있던 까마귀는 한양 쪽으로 날아갔다. 그리고 인왕산에 있는 천격당으로 돌아가서 방에 앉아 점을 치던 소진주의 어깨에 가볍게 앉았다. 천격당에서 약간 떨어진 곳에서는 푸른 도포에 부채로 얼굴을 가린 남자가 그 광경을 지켜봤다. 부채를 접은 남자는 수염이 있는 턱을 손으로 한번 쓰다듬고는 돌아서서 산을 내려갔다.

여섯. 알 수 없는 비밀

 뒷짐을 진 정원석이 지켜보는 가운데 송현우의 집 담장을 넘어간 신경택이 대문을 열었다. 그리고 주변을 돌아보면서 말했다.

"아무도 없습니다. 들어오십시오."

정원석이 안으로 들어오자 신경택이 서둘러 대문을 닫았다. 그 사이, 한양에서는 많은 일들이 벌어졌다. 집에서 가족과 아내, 노비를 죽인 송현우는 한양을 벗어나 종적을 감췄는데 그 과정에서 쫓아오던 우포도청의 포교와 포졸들을 아주 쉽게 제압했다는 것이다. 저잣거리에 은밀히 떠도는 소문을 들은 정원석은 임금이 왜 이렇게 복잡하고 어려운 일을 조사하라고 시켰는지 알 수 없다고 속으로 투덜거렸다. 문을 열어 준 신경택이 소매에 넣어 둔 철퇴를 꺼내서 손에 쥐었다. 은이 입혀진 철퇴의 머리는 참외와 비슷하게 생겼다. 그걸 본 정원석이 물었다.

"귀신이라도 나올 것 같아서 그러는 건가?"

"귀신이면 철퇴가 소용없을 겁니다. 좀도둑이 있을지 몰라서 말입니다."

앞장선 신경택이 조심스럽게 사랑채의 문을 열더니 이내 얼굴을 찡그렸다.

"비단으로 만든 보료와 안석은 물론이고, 서안 같은 책상도 모두 없어졌습니다."

"어떻게 사람이 처참하게 죽은 장소의 물건들을 훔쳐 갈 수 있단 말인가?"

정원석의 물음에 신경택이 쓴웃음을 지었다.

"하루 벌어 먹고사는 사람들에게 그런 건 사치스러운 생각입니다. 심지어 참수된 사형수의 옷도 도형수들이 벗겨 가서 파는 형국인데 말입니다."

"내가 모르는 세상이로군."

짧게 대답한 정원석은 송현우의 아버지가 죽은 사랑채를 살펴봤다. 그는 이곳에 오기 전에 살펴본 검시장식의 내용을 떠올렸다.

"송현우의 아버지이자 병조판서인 송치인 대감은 보료에 앉은 채 죽었어. 목이 잘렸는데 머리는 어디로 갔는지 보이지 않았다고 했고 말이야."

"결박당하지 않은 사람의 목을 단숨에 베는 건 굉장히 어렵습니다."

"나도 그렇게 생각해. 그런데 송현우는 칼을 잡아 본 적이 없는 백면서생이었잖아."

"맞습니다. 성균관에서 같이 공부한 친구들이 하나같이 벌레 한 마리 죽이지 못한다고 하였죠. 사인검은 보기보다 무거워서 백면서생이 쉽게 다룰 수 있는 무기가 아닙니다."

"송치인 대감은 왜 그런 아들이 검으로 자기 목을 벨 때까지 꼼짝도 하지 않은 걸까?"

신경택이 대답을 하지 않자 정원석은 다시 질문을 했다.

"사람은 어떨 때 죽음을 받아들이지?"

"삶을 포기했을 때죠."

"그러면 송치인 대감은 아들이 미쳐서 가족들을 죽이는 걸 보고 삶을 포기했을까?"

"제가 아는 송치인 대감이라면."

잠깐 생각에 잠겼던 신경택이 보료와 안침이 있던 곳을 바라보며 조심스럽게 말을 이어 갔다.

"경상을 집어 던졌을 겁니다."

신경택의 대답을 들은 정원석은 오른손으로 갓의 테두리인 양태를 만지작거리며 생각에 잠겼다.

"워낙 충격적이고 명백한 사건이긴 하지만 따지고 보

면 의문점들이 하나둘이 아니야."

"어떤 점이 그렇습니까?"

"살인에 쓰인 사인검이 가장 애매해. 청지기의 증언에 의하면 낮에 혼례를 치르고 돌아온 송현우는 아내와 함께 별채로 갔다고 했어. 그리고 문을 안에서 잠갔다고 했고 말이야."

"그런데요?"

신경택의 물음에 정원석은 벽을 바라보며 말했다.

"그런데 사인검은 여기 사랑채에 있었어. 그러니까 밤중에 일어난 송현우가 별채를 나와서 사랑채에 들어가 검을 가지고 다시 별채로 돌아간 후, 아내를 죽인 다음에 돌아와서 안채의 어머니와 사랑채의 아버지를 죽였다고 봐야 해. 그리고 마당에서 노비들도 죽이고 말이야."

"검을 미리 챙겨 간 거 아닐까요?"

"청지기 얘기로는 갑작스럽게 광증이 생겨서 아랫것들을 매질하거나 칼을 휘두른다고 했어. 미리 챙겨 갔을 리는 없다고 봐야지."

정원석이 바라보던 벽을 같이 쳐다본 신경택이 물었다.

"그렇다면 왜 송치인 대감은 아들이 검을 가지고 가는 걸 지켜만 봤을까요? 죽을 당시에는 의복을 입고 보료에 앉아 있었으니까 잠을 자고 있었던 것도 아니었는데 말이죠. 만약 검을 챙겨서 아내를 죽이러 갔다면 돌아오기까지 송치인 대감은 도망치거나 아니면 가족들에게 경고를 하기 충분한 시간이 있었을 겁니다."

"생각해 보니 그렇군."

"아버지와 어머니를 먼저 죽이고 마지막에 별채로 돌아와서 아내를 죽인 것 아닐까요?"

신경택의 얘기를 들은 정원석이 잠시 생각하다가 고개를 저었다.

"아무리 잠귀가 어두워도 남편이 사라졌는데 눈치를 못 챘을까? 송현우가 부모를 죽이고 노비들까지 해치는 데에 적지 않은 시간이 소요되었을 것이고, 비명 소리 같은 걸 들었을 거야. 아내를 먼저 죽이고 나서 사랑채로 갔다고 보는 것이 자연스러워. 그런데 은장도를 들고 저항하는 며느리의 소리를 듣고도 송치인 대감이 아무런 행동에 나서지 않은 것도 기이한 일이지."

정원석의 얘기를 들은 신경택이 뒷목을 손으로 주무르며 말했다.

"그렇다면 부마께서는 범인이 따로 있다고 믿으십니까? 그러기에는 증인들이 너무 많습니다. 특히, 청지기인 덕출이와 그 아들 덕이가 다 보았다고 하지 않았습니까? 옆집의 김현신 대감과 그 집 노비들도 보았고요."

"그들이 본 건 사랑채에 들어갔다 나왔다는 것과 마당에서 노비들을 칼로 찔렀다는 것뿐이야. 그리고 자네 말대로 평소에 한 번도 잡아 보지 못한 검으로 한 번에 여러 명을 죽이는 건 쉬운 일이 아니야."

"그럼 어디부터 살펴보실 생각이십니까?"

"처음부터 끝까지, 일단 송현우가 살인을 저질렀다고 증언한 청지기 덕출이를 조사해 볼 생각일세."

정원석의 대답을 들은 신경택의 표정이 묘하게 변했다.

"그건 어려울 거 같습니다."

"왜?"

"얼마 전에 탈옥한 송현우를 뒤쫓다가 죽었다고 합니다."

"뭐라고?"

놀란 정원석에게 신경택이 말했다.

"들리는 소문에는 송현우가 괴이한 힘으로 포도청 포교와 포졸들을 제압했다고 합니다. 청지기 덕출이는 그 와중에 죽었다고 했고요."

"기이한 힘이라니?"

"가슴에 칼을 찔리고도 멀쩡했답니다. 그 때문인지 쫓아갔던 포교가 파직당했다고 했습니다."

신경택의 얘기를 들은 정원석은 사랑채 안을 한번 쭉 돌아봤다.

"한 번에 과거에 합격하고, 잘 지내던 선비가 갑자기 돌변해서 아내와 가족을 죽이고 탈옥을 했다가 쫓아온 포도청 포교와 포졸을 이상한 힘으로 제압했다니, 터무니없는 얘기로군. 살육이 일어난 밤에 대체 무슨 일이 있었던 거지?"

"안개가 자욱하게 끼었답니다."

"새벽에 말인가?"

"네, 여기 의통방은 안개가 끼는 곳이 아니라서 더더욱 기이한 일이죠. 그리고 송현우가 우포도청에서 탈옥했을 때도 안개가 끼었답니다."

신경택의 얘기를 들은 정원석이 고개를 갸웃거렸다.

"전하의 말씀대로 파 보면 파 볼수록 괴이한 일들이 많군. 여기에서 살아남았던 사람이 청지기 덕출이와 그 아들이었다고 했잖아."

"맞습니다. 덕이라는 남자 종입니다."

"그럼 덕이를 불러서 조사를 좀 해 봐야겠군. 그자가 본 게 맞는지 말이야. 그리고 옆집에서 살육을 목격했던 전직 관리가 있다고 했지?"

"호조참의를 지낸 김현신 대감인데 고향으로 낙향했다고 합니다."

"갑자기?"

"옆집에서 끔찍한 일이 벌어져서 지내기 힘들다는 말을 남기고 노비들과 함께 서둘러 떠났습니다."

한숨을 쉰 정원석이 말했다.

"첩첩산중이군. 일단 덕이부터 조사해 봐야겠어."

일곱. 어둠을 쫓다

어두운 방 안에 우두커니 앉아 있던 이명천은 문이 열리는 소리를 들었다. 동대문 밖 관왕묘 부근에서 송현우를 잡으려다가 실패한 그는 천격당을 함부로 드나들고 죄인을 놓쳤다는 이유로 우포도청 포교 자리에서 쫓겨났다. 관직에서 쫓겨난 것보다 여동생을 죽인 송현우를 눈앞에서 놓쳤다는 사실에 더욱더 충격을 받고 두문불출하게 된 것이다. 가족들도 포기하고 끼니때마다 식사를 넣어 주는 것 말고는 더 이상 그에게 말을 걸거나 방에 들어가지 않았다. 이번에도 밥상을 들이는 어머니라고 짐작했던 이명천은 상대방이 갓을 쓴 것을 보고는 눈살을 찌푸렸다. 상대방의 낯선 목소리가 들렸다.

"어둠에 숨어 있었군."

"누구십니까?"

"좌의정 심환일세. 일전에 의정부에서 만났는데 기억나는가?"

놀란 이명천은 곧장 무릎을 꿇었다. 품계로 보면 영의정이 가장 높지만 사실 조정의 최고 실세는 좌의정이었다. 임금과 운명을 함께했던 그는 지난 20년간 조정의 핵심 권력으로 자리 잡으면서도 눈에 띄지 않는 존재였다. 하지만 그가 가진 영향력은 조정 곳곳에 퍼져 있었다. 직접 연관이 없는 이명천조차 알 정도로 말이다. 가슴까지 내려온 길고 하얀 수염은 그의 나이가 많다는 것을 보여 줬다. 반면, 굵고 선명한 눈썹과 차가운 눈은 그가 속내를 알 수 없는 인물이라는 것을 암시했다. 잠시후, 좌의정이 데려온 몸종인 구사가 사방등을 가지고 들어와서 방 가운데 놓고 나갔다. 사방등의 불빛이 둘 사이를 희미하게 비추는 가운데 이명천이 물었다.

"여긴 어쩐 일이십니까?"

"자네에게 맡길 일이 있어서 찾아왔네."

"소인은 파직당한 몸입니다."

심환은 대답 대신 소매에서 뭔가를 꺼내서 사방등 옆에 내려놨다. 불빛에 비친 것은 다름 아닌 마패였다.

"이, 이건 마패가 아닙니까?"

"자네를 암행어사로 임명하라는 어명이 있었네."

"저를 말입니까?"

"자네의 임무는 오직 송현우를 잡는 것일세."

"그자를 잡기 위해 저를 암행어사로 임명한다는 얘깁니까?"

"자네도 알다시피 그자는 살인을 저지르기 전에 암행어사로 임명되었고, 관왕묘에서 마패를 챙겨 갔네. 이제 도망을 다니면서 암행어사라고 자처하고 다닐 게 분명해. 그자를 조용히 잡기 위해서는 암행어사로 뒤쫓는 게 가장 좋은 방법이지. 안 그런가?"

마지막의 질문은 딱히 대답을 원하는 것은 아닌 눈치였다. 이명천이 침묵을 지키자 심환이 마패를 그에게 밀었다.

"여동생의 원한을 갚을 좋은 기회일세. 포도청 포졸 중에 날래고 싸움을 잘하는 자들을 붙여 주겠네. 어떤가?"

사방등의 불빛이 일렁거리는 가운데 심환과 마패를 번갈아 바라보던 이명천은 결심이 선 듯 고개를 끄덕였다.

"반드시 그놈을 잡도록 하겠습니다."

흡족한 미소를 지은 심환이 입을 열었다.

"사내대장부라면 마땅히 그래야지. 내일 아침에 포졸들을 보내겠네. 그들과 함께 떠나게."

"알겠습니다."

이명천의 대답을 들은 심환이 몸을 일으켰다. 그는 따

라서 일어나려는 이명천에게 괜찮다고 말하고는 밖으로 나왔다. 마당에는 바퀴 달린 가마인 초헌이 놓여 있었고, 주변에는 구사들이 이리저리 흩어져 있다가 재빨리 모였다. 발판을 딛고 초헌의 의자에 앉은 심환이 수염을 쓰다듬으며 외쳤다.

"궁으로 간다."

구사들이 일제히 알겠다고 대답하고는 초헌의 앞뒤를 끌고 마당을 나갔다. 영문을 모른 채 구석에 서 있던 이명천의 부모가 멀어져 가는 초헌을 바라보면서 고개를 숙였다.

초헌을 타고 광화문에 도착한 심환은 부축을 받으며 내렸다. 그는 신하들이 머무는 공간인 빈청에 들러서 관복으로 갈아입고는 근정전 뒤에 있는 편전인 사정전으로 향했다. 용이 새겨진 청자 기와가 저물어 가는 햇살을 받으며 반짝거렸다. 기다리고 있던 내관이 문을 열어 주자 심환은 문턱을 넘어 안으로 들어갔다. 단청이 칠해진 우물천장을 힐끔 본 심환은 고개를 숙이며 양털로 만든 모담이 깔린 바닥에 엎드렸다.

"전하, 어명을 받들어서 파직된 우포도청 포교 이명천을 만나고 왔습니다."

곤룡포를 입고 옥좌에 앉아 있던 임금이 물었다.

"그자가 제안을 받아들였는가?"

"암행어사가 되어서 송현우의 뒤를 쫓겠다고 하였습니다. 곧 출발할 것입니다. 그런데 전하."

심환의 얘기를 들은 임금이 입을 열었다.

"말하여라."

"송현우는 아내와 부모를 죽인 대역무도한 범죄자입니다. 전국 방방곡곡에 그자를 잡으라는 명령을 내리시면 될 것을 굳이 파직된 포교를 은밀히 보내신 연유를 여쭈어 봐도 되겠습니까?"

"올해도 흉년이 들었고, 전국 각지에서 괴이한 일들이 연이어 벌어지고 있다는 사실은 좌의정도 잘 알고 있겠지?"

"물론이옵니다, 전하."

"그런데 아내와 가족을 죽인 자가 암행어사 흉내를 내면서 도망치고 있다는 것까지 알려지면 민심은 더욱 어지러워질 걸세."

임금의 단호한 대답을 들은 심환은 학이 그려진 모담에 얼굴을 가까이 댄 채 말했다.

"신이 어리석어서 전하의 깊은 뜻을 알지 못하였습니다."

뭔가 말을 하려던 임금은 물러가라는 손짓을 했다. 조심스럽게 고개를 든 심환은 뒷걸음질로 사정전을 나왔다. 섬돌에 놓인 목화를 신고 계단을 내려온 심환은 허리를 펴고 신하들이 머무는 공간인 빈청으로 향했다. 어느 순간, 붉은색 철릭을 입은 동궁별감이 슬쩍 따라붙었다.

"동궁별감 배현렴입니다."

"그래, 살펴보았는가?"

심환의 물음에 짧은 수염을 손으로 쓰다듬은 동궁별감 배현렴이 주변을 살펴보면서 속삭였다.

"송현우가 천격당에 숨어 있다가 빠져나간 게 확실합니다."

"천격당은 대대로 왕실의 점을 치던 무당이 머무는 곳이지 않느냐?"

"그렇습니다. 이명천이 탈옥한 송현우를 쫓아서 도착했을 때에도 내금위에서 나타나서 가로막았었지요. 전하께서 송현우를 살려 주고 한양 밖으로 탈출할 수 있게 손을 쓴 게 분명합니다."

"그리고 나에게는 송현우를 잡다가 놓친 이명천을 찾아가서 그자를 쫓으라는 지시를 하라고 하셨어."

"전하께서 왜 그러신 걸까요?"

배현렴의 물음에 걸음을 멈춘 심환은 임금을 알현하고 나온 사정전을 바라봤다. 그리고 살짝 얼굴을 찡그렸다.

"보이지 않는 것까지 보시려고 하는 모양이다."

그러고는 가볍게 헛기침을 하며 덧붙였다.

"전하께서 궁 밖에서 누굴 만나는지 철저히 감시하도록 해. 들키면 끝장이니까 조심하도록 하고."

뚝섬 나루터는 떠들썩했다. 곡식을 싣고 온 세곡선부터 물고기를 잡는 어선은 물론이고 북한강을 통해 내려온 뗏목들까지 가세했기 때문이다. 뚝도진이나 독백탄이라고도 불리는 이곳은 경강 남쪽에 있는 봉은사로 갈 수 있는 나루터라 불공을 드리러 가는 한양 사람들까지 모여들어 북적거렸다. 작은 주막집에서 잠깐 쉬면서 식사를 하던 송현우는 여전히 명한 표정을 지었다. 그걸 본 진운이 물었다.

"여전히 가슴과 이마가 뜨거우십니까?"

국밥을 먹던 송현우가 고개를 끄덕거렸다. 그러자 진운이 조심스럽게 말했다.

"거부하거나 두려워하지 말고 받아들이십시오."

"배도 고프지 않고 목도 마르지 않아. 잠도 잘 오지 않고 말이야. 내가 죽어서 그런 건가?"

진운은 쓴웃음을 지으며 송현우에게 말했다.

"삶과 죽음은 그렇게 딱 잘라 구분할 수 없습니다. 사람은 죽으면 영혼이 몸에서 떠나게 되어 있습니다. 그런 경험이 있으십니까?"

천천히 고개를 저은 송현우가 진운을 바라봤다.

"전부 기억나지는 않지만 그런 적은 없었던 것 같아. 자네는 어떤가?"

우연의 일치인지는 모르겠지만 진운의 목에도 길게 베

인 상처가 보였다. 송현우처럼 스스로 낸 상처인지 아니면 누군가의 손에 의해서 난 상처인지는 알 수 없었지만 말이다. 진운이 대답하려는 찰나, 주막의 입구에서 배가 도착했다는 외침이 들렸다. 미리 국밥 값을 냈던 송현우와 진운은 미련 없이 자리에서 일어났다. 주막의 입구에 배를 깔고 엎드려 있던 검정개 어둠도 쓱 일어나서 둘을 따랐다. 나루터에는 수십 명은 너끈히 탈 만한 큰 배가 있었다. 장옷과 너울로 얼굴을 가린 아낙네부터 쪽지게에 짐을 올린 보부상, 갓과 도포를 입은 선비들이 앞다투어 널빤지를 밟고 배에 올랐다. 송현우와 진운 역시 그들의 뒤를 따라 배에 올랐다. 뱃머리의 빈자리에 앉은 그들 옆으로 검정개 어둠이 다가와서 발치에 앉았다. 사공이 널빤지를 거두고 출발한다고 외쳤다. 거대한 배가 삐걱거리며 움직이기 시작했다. 송현우는 흘러가는 물살을 말없이 바라봤다.

한편 좌의정 심환이 마패를 두고 떠난 다음 날 아침, 두 명의 건장한 사내가 훈련원 근처에 있는 이명천의 집에 들어섰다. 한 명은 떡 벌어진 어깨에 땅딸막한 체구의 사내였고, 다른 한 명은 상대적으로 호리호리하고 키가 컸다. 둘 다 푸른색 쾌자에 양태가 작은 갓을 쓰고 있다. 인기척을 느낀 이명천이 밖으로 나오자 키 큰 사내가 입을 열었다.

"암행어사께 인사드립니다. 저는 이득시라고 하고 옆에 있는 자는 황종원이라고 합니다. 둘 다 호분위의 군뢰들이었습니다."

"좌의정 대감으로부터 얘기 들었네. 아버님에게 작별 인사를 드리고 출발할 것이니 잠시 기다려 주게."

"알겠습니다."

두 사람이 마당에 서 있는 가운데 이명천은 마루를 건너가서 아버지의 방으로 향했다. 문을 열고 들어간 이명천이 방석에 엎드려 절을 하자 아버지가 착 가라앉은 목소리로 말했다.

"가서 내 딸이자 너의 여동생을 죽인 그놈을 반드시 잡거라."

"갈기갈기 찢어 죽여서 여동생의 원한을 갚고 집안의 명예를 되찾겠습니다."

"몸조심하고, 절대로 흥분해서는 아니 된다."

"그리하겠습니다."

일어나려는 이명천에게 잠깐 있으라고 얘기한 아버지가 다락에서 무언가를 꺼내 이명천에게 건넸다. 둥글게 말린 활이었다.

"이게 무엇입니까?"

"5대조 할아버지인 무영공께서 쓰셨던 무영궁이라는

활이다. 무영공께서 이걸로 여우 귀신을 쏘아서 잡았지."

"그건 저도 알고 있습니다만 활이 남아 있는지는 몰랐습니다."

"소문을 듣고 훔치거나 달라고 하는 사람들이 많아서 잃어버렸다고 둘러대고 은밀히 보관하고 있었다. 신통한 힘이 있는 활이니까 이걸로 괴이한 힘을 가졌다는 그놈을 잡아라."

이명천은 두 손으로 무영궁을 받으면서 기필코 송현우를 잡아서 여동생의 원한을 갚겠다고 다시금 약속했다.

활을 챙겨서 밖으로 나온 이명천은 예상 밖의 인물과 맞닥뜨렸다.

"너는?"

바닥에 엎드려 있던 덕이는 고개를 들며 울부짖었다.

"듣자 하니 송현우를 잡으러 가신다고 들었습니다. 소인도 따를 수 있게 허락해 주십시오."

난감한 표정을 지은 이명천에게 덕이가 필사적으로 애원했다.

"소인이 길도 안내하고 허드렛일을 도맡아 하겠습니다. 부디 저를 거두어 주십시오."

덕이의 애원을 들은 황종원이 낮고 탁한 목소리로 말했다.

"어차피 심부름꾼 하나 정도는 있어도 괜찮지 않겠습

니까?"

이득시 역시 같은 생각이라는 듯 고개를 끄덕거렸다. 이명천은 덕이에게 말했다.

"지금 바로 떠날 건데 따라올 수 있겠느냐?"

"물론입니다. 어디로 가실 겁니까?"

"놈이 갈 만한 곳."

"그럼 남쪽일 겁니다."

"어찌 그리 확신하느냐?"

"송씨 집안의 고향이 무원이기 때문입니다."

"무원? 처음 듣는 지명인데?"

"맞습니다. 저도 어딘지 정확히는 모르지만 돌아가신 대감마님께서 남쪽이라고 한 것을 기억합니다요."

덕이의 얘기를 들은 이명천이 섬돌에 놓인 목화를 신으면서 말했다.

"일어나라."

"예."

무릎에 묻은 흙을 털고 일어나는 덕이를 바라보던 이명천이 옆에 서 있는 두 명에게 말했다.

"동대문으로 나가서 남쪽으로 가려면 반드시 뚝섬 나루터를 이용해야 할 것이다. 그쪽으로 간다."

배를 타고 경강을 건넌 송현우는 무작정 남쪽으로 향했다. 무원이 어디 있는지는 모르지만 예전에 아버지에게서 무원은 남쪽에 있다는 얘기를 들은 것을 떠올렸기 때문이다. 길가의 바위에 걸터앉아서 발목을 감싼 행전을 고쳐 매던 송현우가 중얼거렸다.

"참으로 이상해."

"무엇이 말입니까?"

"나는 한양에서 태어났지만 아버지의 고향인 무원에 대해서는 아는 게 아무것도 없었어. 아버지는 언급조차 잘 하지 않으셨고, 명절 때 우리가 그곳으로 방문하지도 않았고, 그쪽에서 찾아오는 사람도 없었지."

"신녀님은 그곳에 어사님이 얽힌 일의 비밀이 있다고 하셨습니다."

"내가 과연 진실을 감당할 준비가 되어 있는지 의문이군."

"두려우십니까?"

진운의 물음에 행전의 끈을 적당히 조인 송현우가 일어나면서 대답했다.

"부모와 아내를 죽인 살인자라는 누명을 썼고, 절친한 친구가 원수가 되어 버렸어. 보다시피 죽었다가 살아난 것인지 아닌지 알 수 없는 상태이고 말이야. 진실이 무엇이든 지금 내가 겪는 처지보다 나쁘지는 않을 거야."

허탈하면서도 초월한 것 같은 송현우의 대답을 들은 진운이 돌연 걸음을 멈췄다. 그리고 손에 들고 있던 창포검의 손잡이를 움켜쥐었다. 길의 맞은편에서 온 것은 한 무리의 보부상들이었다. 솜이 끼워진 패랭이를 쓴 그들은 조금 전 송현우 일행을 앞서서 갔었다. 송현우를 보고 걸음을 멈춘 보부상 중 한 명이 손사래를 쳤다.

　"저기로 가지 마시구려."

　"무슨 일인가?"

　진운이 대신해서 묻자 방금 얘기한 보부상이 한숨과 함께 대답했다.

　"남한강을 건널 수가 없어요. 물이 갑자기 불어서 그런지 건너편에서도 꼼짝 못 하고 있습니다."

　"저런, 배도 없는가?"

　"물살이 너무 세서 어려울 겁니다."

　혀를 찬 보부상은 돌아가야 하는 바람에 손해가 이만저만이 아니라는 말을 남기고 사라졌다. 멀어져 가는 그들을 보면서 진운이 송현우에게 말했다.

　"아까 갈림길에서 보니까 장승이 있었습니다."

　"그렇다면 마을이 있다는 뜻이로군."

　"하루이틀 정도 기다렸다가 강을 건너는 게 좋겠습니다."

　"그렇게 하세."

진운이 앞장서고 검정개 어둠이 꼬리를 흔들며 따라 갔다. 왔던 길을 돌아가자 갈림길이 나왔고 다른 쪽 길에 진운이 얘기한 대로 장승이 서 있었다. 장승이 있는 길은 구불구불하게 산으로 이어졌다. 야트막한 산을 타고 넘어가자 아슬아슬하게 산자락에 걸려 있던 해도 서서히 저물어 갔다. 다행히 산 너머에 마을이 하나 보였다. 두 개의 산이 맞닿은 곳에 좁은 평지가 있었고, 거기에 초가 집들이 옹기종기 모여 있었다. 앞에는 평지가, 뒤쪽으로는 높은 산이 병풍처럼 둘러 있었다. 마을 가운데로는 실개천이 흘렀다. 그걸 본 송현우가 중얼거렸다.

"옆과 뒤는 산이 막고, 앞에는 평야가 펼쳐져 있군. 명당에 자리 잡았어."

"인심이 좋을 거 같으니 쉴 곳도 찾을 수 있겠군요."

"그랬으면 좋겠는데 말이야."

진운과 이런저런 얘기를 나누면서 마을로 들어선 송현우는 낯선 자들을 바라보는 마을 사람들의 차가운 시선을 느꼈다. 하지만 애써 모른 척하고 걸었다. 마을 가운데를 지나는 냇가에 큰 나무로 된 다리가 걸려 있었고, 그 주변에서 아낙네들이 빨래를 하거나 아이들을 씻겼다. 그리고 그 옆 공터에는 젊은이들이 모여서 얘기를 나누고 있었다. 송현우는 고개를 돌린 젊은이들의 적대적인 시선을 고스란히 느꼈지만 못 느끼는 척하고 웃으며 다가갔다.

"이 마을 이름이 무엇인가? 땅이 정말 좋네그려."

젊은이 중 한 명의 표정이 가볍게 풀어졌다.

"여긴 한림이라는 마을이고 계방촌입니다."

"계방촌이라면?"

"나라에 내는 세금과 부역을 면제받는 대신 향리들의 주머니를 채워 주는 곳이죠."

젊은이의 얘기를 들은 송현우의 표정이 어두워졌다. 계방촌은 별도의 급여를 받지 못하는 향리들이 자신의 사리사욕을 채우기 위해 관내의 부유한 마을을 골라서 지정한 다음에 착취하는 곳이다. 보통은 부유한 곳을 지정하지만 향리들이 사사롭게 요구하는 것들이 많다 보니 계방촌의 주민들은 아주 고통스러워했다. 나라에서도 없애려고 했지만 향리들의 반발로 인해 쉽사리 손을 대지 못하고 있는 상황이었다. 그걸 알고 있는 송현우는 계방촌이라는 말을 듣고는 안타까움을 드러냈다. 이를 본 젊은이가 말했다.

"제 이름은 범우라고 합니다. 선비님의 함자는 어찌 되십니까?"

"아, 나는 이준호라고 하네. 한양에 과거를 보러 갔다가 보기 좋게 낙방을 하고 고향으로 돌아가는 길이지. 그런데 강에 물이 불어서 못 건너고 여기로 온 걸세."

송현우의 설명을 들은 범우가 고개를 끄덕거렸다. 그는 고개를 돌려 제일 끝에 있는 큰 초가집을 가리켰다.

"다들 손님을 받을 여유가 없습니다. 그나마 우리 집이 나을 겁니다. 아버지가 마을을 책임지는 호장이거든요."

"그럼, 염치 불고하고 부탁하겠네."

범우가 친구들에게 금방 오겠다고 하고는 앞장서서 안내했다. 야트막한 언덕을 오르자 끝에 돌과 진흙으로 담장을 쌓은 집이 나왔다. 역시 지붕이 초가이긴 하지만 대문도 있었다. 삐걱거리는 대문을 열고 들어선 범우는 마당에서 망건을 쓴 채 고드랫돌로 자리를 짜는 노인에게 다가갔다. 범우의 얘기를 들은 노인이 살짝 짜증 나는 표정을 지었지만 대놓고 내치지는 않았다. 노인과 얘기를 나눈 범우가 문가에 서 있는 두 사람에게 돌아왔다.

"저기 토방이 한 칸 있습니다. 저기서 쉬시면 이따가 저녁을 챙겨 드리겠습니다."

"고맙네."

"제가 죄송하죠. 우리 마을이 한림현에 속하는데 거기 향리들이 최근 요구하는 것들이 늘어나서 마을을 맡은 아버님이 많이 힘들어하십니다."

"저런, 어떻게 방법이 없겠는가?"

안타까워하는 송현우의 얘기에 범우가 힘없이 고개를 저었다.

"사또한테 몇 번 하소연을 했는데 들은 척도 하지 않습니다. 탐욕스럽고 뇌물을 좋아해서요."

"탐관오리로군."

송현우의 말에 범우가 반사적으로 주변을 돌아봤다.

"조심하십시오. 누가 고해 바칠지 모릅니다."

"아, 알겠네."

"그럼 쉬십시오. 이따가 음식을 챙겨서 들르겠습니다."

범우와 인사를 나눈 송현우와 진운은 대문 옆에 있는 토방으로 들어갔다. 문 역할을 하는 거적을 젖히자 흙으로 된 바닥에 돗자리가 깔려 있었다. 짚신을 벗은 송현우와 진운이 돗자리에 앉고, 검정개 어둠은 입구에 배를 깔고 앉았다. 옆에는 창문 역할을 하는 작은 구멍이 있었는데 그쪽을 통해서 바깥을 살펴보던 송현우는 범우가 빨간색 댕기를 한 옆집의 처녀와 싸리 담장을 사이에 두고 얘기를 나누는 모습을 보았다. 서로를 바라보는 시선을 통해 송현우는 두 사람이 애틋한 사이라는 것을 알 수 있었다. 혼인 첫날밤에 죽은 아내를 떠올린 그는 눈시울이 뜨거워졌다. 아내는 다른 조선의 여인들처럼 이름이 없었다. 그래서 송현우는 아내에게 수국이라는 이름을 붙여 줬다. 이명천의 손에 이끌려 단옷날 만났을 때 활짝 핀 수국처럼 아름다웠기 때문이다. 아직도 단옷날에 그네에서 내려오면서 자신을 바라볼 때의 그녀 얼굴이 기억났다. 이명천의 옆에 서 있는 송현우를 본 그녀는 활짝 웃으면서 가볍게 고개를 숙였다. 그걸 본 송현우는 얼굴이 빨개지면서 어쩔 줄 몰라 했었다. 추억의 끝은 아내의 죽음이었다. 송현우의 머릿속에는 부모와 아내를 죽인 범인들에게 반드시 복수하겠다는 단 하나의 생각만이 남았다.

잠시 후, 주먹밥 몇 개와 간장 종지가 올라가 있는 소반을 든 범우가 거적을 걷고 들어왔다.

"손님 대접이 변변치 않아서 죄송합니다."

"괜찮네."

사실 배가 고프지는 않았지만 의심을 피하려면 식사를 거절할 수가 없었다. 거기다 마을의 돌아가는 사정이 궁금해서 송현우는 일부러 배가 고픈 척 주먹밥을 먹으면서 범우에게 말을 건넸다.

"사또와 향리가 손을 잡고 이 마을을 수탈하는 상황이로군."

"뭘 그리 꼬치꼬치 물으십니까? 꼭 암행어사 같으십니다."

범우의 물음에 놀란 송현우는 손사래를 쳤다.

"나도 마패를 들고 암행어사 출두를 외치는 게 소원일세. 이번에 과거에 합격했으면 그리될 수 있었는데 아쉽네."

송현우가 일부러 좌절하는 표정을 짓자 범우가 따뜻한 시선을 보냈다.

"과거에 합격하기가 굉장히 어렵다고 들었습니다. 힘내시고 열심히 하시면 다음에는 꼭 합격하실 겁니다."

"고맙네. 그나저나 나이가 찬 거 같은데 아직 상투를 올리지 않았군."

"어머니가 일찍 돌아가시고 동생도 재작년에 병으로 죽어서 혼인을 치를 여력이 없었습니다."

"저런, 안타깝네."

"선비님은 혼인을 하셨습니까?"

송현우의 상황을 모르는 범우의 질문에 진운이 걱정스러운 눈으로 바라봤다. 하지만 침착함을 유지한 송현우가 입을 열었다.

"얼마 전에 혼인을 치렀네."

"좋으시겠습니다, 선비님."

"그럼, 아내를 맞이해서 가정을 꾸려야 진짜 어른이 되는 거니까, 자네도 얼른 혼인을 하게."

"좋아하는 사람은 있습니다."

쑥스러워하는 범우를 본 송현우는 서글픈 미소를 지었다. 그때, 대문 쪽에서 사람들의 발소리와 헛기침 소리가 들렸다. 벽에 난 구멍으로 내려다보자 조금 전 범우와 어울려서 얘기를 나눈 젊은이들과 지팡이를 짚은 노인들이 들어서는 게 보였다. 그걸 본 범우가 일어났다.

"잠시만요."

범우가 밖으로 나가자 안방에 있던 그의 아버지도 나왔다. 자연스럽게 모두 대청에 모였다. 주먹밥을 한입 베어 문 송현우는 거적을 살짝 들추고 얘기를 들었다. 지팡이에 의지해서 찾아온 노인들 중 이마에 큰 사마귀가 있는 노인이 범우에게 말했다.

"듣자 하니 마을의 젊은이들과 같이 뒷산의 폐사찰에 가려고 한다고?"

"예, 향리들이 자꾸 재물을 내놓으라고 해서 더 이상 견딜 수 없는 상황이라서요."

"그렇다고 해도 폐사찰은 너무 위험해."

"헛소문일 뿐입니다. 거기에 있는 등신불의 황금만 있으면 향리의 괴롭힘에서 벗어날 수 있지 않겠습니까?"

범우의 간절한 얘기에 이마에 사마귀가 난 노인이 대답했다.

"안 된다. 그곳은 요괴들이 있는 곳이라 위험해. 내가 젊었던 시절에도 그곳에 올라갔던 사람들이 있었어. 아무도 돌아오지 못했다."

"그 얘기는 저도 들었습니다. 그래서 마을 밖에 있는 무당에게 얘기해서 부적을 몇 장 얻어 왔어요."

"그때 내 동생도 따라갔다가 돌아오지 못했다. 다음해 봄에 나무를 하러 산에 갔다가 동생의 시신을 발견했지. 두 눈이 파여 있었는데 손가락에 눈동자가 걸려 있었어. 뭘 봤는지 모르겠지만 자기 손으로 눈을 파내 버린 것이지."

이마에 사마귀가 있는 노인의 간곡한 얘기에 범우는 잠깐 한숨을 쉬고 대답했다.

"무슨 말씀이신지는 알겠지만, 다음 달까지 쌀 백 섬을 마련해야 합니다."

"그렇긴 하다만……."

이마에 사마귀가 난 노인이 머뭇거리며 말을 끝맺지 못했다. 돌아가는 상황을 대략 짐작한 송현우가 진운에게 말했다.

"그야말로 진퇴양난인 거 같군."

"수탈은 어디에나 존재하고, 줄어들지는 않으니까요."

"요괴가 있는 폐사찰이라니, 흥미롭군."

송현우의 얘기에 진운이 얼굴을 찌푸렸다.

"요즘 세상의 기운이 이상해졌습니다."

"이상해졌다니?"

"요괴나 혼령들에게 인간들이 사는 이곳은 낯선 곳입니다. 그래서 아주 사악하거나 원한에 가득 차지 않으면 좀처럼 돌아다니지 않죠. 그런데 신녀님이 말씀하시기를 최근에는 별자리도 뒤틀리고 혼령들이 기운이 강해졌다고 하셨습니다."

"무슨 이유로?"

"신녀님도 잘 모르는 눈치였습니다."

"그 일이 우리 집에서 일어난 변괴와 연관이 있는 것인가?"

송현우의 물음에 잠시 고민하던 진운이 고개를 끄덕거렸다.

"아마도요."

둘이 얘기를 나누는 사이 범우와 이마에 사마귀가 난 노인의 목소리가 더 높아졌다.

"내일 올라가겠습니다."

"안 된다."

"다른 방법이 없습니다."

"위험하다니까 그러네. 10년 전에도 한 무리의 나그네들이 올라갔다가 한 명만 빼고는 모조리 죽었어. 간신히 살아서 내려온 사람도 며칠 동안 시름시름 앓다가 죽고 말았지, 애꾸눈을 봤다는 얘기만 하고서 말이야."

이마에 사마귀가 난 노인의 말을 들은 송현우의 눈썹이 꿈틀거렸다.

"애꾸눈이라면?"

잊을 수 없는 살육의 밤에 집에 나타났던 세 명 중 하나가 애꾸눈이었다. 물론 그 애꾸눈이 송현우가 본 애꾸눈일지는 모르겠지만 같은 존재일 것 같다는 생각이 강하게 들었다. 바짝 신경을 곤두세운 송현우가 중얼거렸다.

"그놈이 분명해."

대화는 애매하고 어정쩡하게 끝났다. 범우는 고집을 꺾지 않았고, 다른 청년들까지 합세하면서 양쪽이 좀처럼 자신들의 주장을 굽히지 않았기 때문이다. 사실, 듣고 있던 송현우는 범우를 비롯한 마을의 청년들이 왜 고집을 부리는지 이해가 갔다. 폐사찰에 있는 무언가를 가져와서 그걸로 크게 돈을 벌 생각인 것 같았다. 결국, 노인들은 뜯어말리는 데 실패하고 돌아갔다. 범우는 청년들과 내일 올라가자는 얘기를 나누고는 돌아가는 그들을 배웅했다. 그리고 송현우가 있는 토방으로 왔다.

"소란을 피워서 죄송합니다."

"괜찮긴 한데 무슨 일인지 궁금하군."

송현우의 물음에 범우는 돗자리가 깔린 바닥을 내려다보면서 한숨을 쉬었다.

"마을 뒷산을 보셨지요?"

"오면서 봤네."

"지금은 없어졌지만 예전에 거기에 아주 큰 절이 있었습니다. 흥광사라고 불렸다고 하는데 정확한 이름은 모르겠습니다."

"큰 사찰이라면서 왜 폐허가 된 건가?"

"그건 정확하게 잘 모르겠습니다. 다들 말하기를 꺼려서요."

"그런데 거기는 왜 올라가려고 하나?"

"거기에 등신불이 있다고 해서요."

"등신불이라면 법력이 높은 스님이 입적하면 만들어지는 불상 아닌가?"

"그렇습니다. 거기에 금박을 입혀서 모셔 둔다고 들었습니다."

"등신불이 어찌 된 연유로 폐허가 된 사찰에 남아 있는 거지?"

"그것도 자세히는 모릅니다. 다만, 등신불이 있는 건 맞는 거 같습니다. 그걸 찾으러 종종 외지인들이 오거든요. 하지만 아무도 멀쩡히 돌아오지 못했습니다. 마을에서도 예전에 한 번 올라갔다가 큰 사고가 났었다고 했거든요."

"그런데도 올라가려고 하는 연유가 무엇인가?"

"그거야 당연히 향리들의 수탈 때문이죠. 계방촌이 되고 나서 나라에 내야 하는 세금은 안 내도 되었지만 향리들의 주머니를 채우는 역할을 해야만 했고, 날이 갈수록 요구가 심해집니다. 그래서 등신불에 붙은 금박을 벗겨서 한숨을 돌려 보려고 합니다. 그걸 밑천으로 삼아서 장사나 다른 것도 좀 해 보고 싶어서요."

"마을을 떠나서 말인가?"

송현우의 물음에 범우가 고개를 끄덕거렸다.

"할 수 있는 게 별로 없고, 뭐든 하지 말라는 사람들투성이니까요. 넓은 세상에 나가 새로운 삶을 살아 보고 싶습니다."

송현우는 자신은 한 번도 해 본 적 없는 고민을 하는 범우에게 해 줄 수 있는 말이 없었다. 그런 송현우의 눈치를 보던 범우가 걱정 말라고 하면서 저고리를 풀어서 안쪽을 보여 줬다. 거기에는 붉은색으로 그려진 부적이 꿰매져 있었다.

"강 건너에 있는 용한 무당에게 부탁해서 받은 부적입니다. 사찰에 떠도는 악령으로부터 우리를 지켜 줄 겁니다."

"부적이 아무리 용하다고 해도 나쁜 기운을 반드시 이겨내는 건 아니라네."

"잘 알고 있습니다. 하지만 나쁜 세상이라면 모험을 좀 해 봐야 하지 않겠습니까?"

평행선을 그은 것 같은 대답을 한 범우가 어색한 미소와 함께 쉬라는 말을 남기고 일어났다. 범우가 나간 후에 진운이 물었다.

"아까 얘기를 듣고 놀라신 것 같던데 왜 그런 겁니까?"

진운의 물음에 주저하던 송현우가 대답했다.

"애꾸눈 얘기가 나와서 그랬네. 우리 가족이 살육당하던 그날 밤에 세 명의 침입자가 있었어. 그중 하나가 애꾸눈이었거든."

대답을 들은 진운이 대답했다.

"일단 좀 쉬십시오. 그래야 떠날 수 있으니까요."

"피곤하지도 배가 고프지도 않은데?"

아무 대답도 하지 않던 진운이 씁쓸한 미소를 지었다.

"스스로 산 자이기를 바라신다면 산 자로 사셔야 합
니다."

진운의 대답을 들은 송현우는 벽에 난 구멍을 통해 하늘을 올려다봤다.

"하늘은 그대로인데 나는 달라졌네. 다시 예전으로 돌아갈 수 있을까?"

진운은 이번에는 아무런 대답도 하지 않았다. 침묵 속에서 송현우는 잠이 들었다. 그리고 꿈속에서 누군가 외치는 소리가 들려왔다.

여덟. 등신불

"무환 스님! 여기서 뭐 하시나?"

등 뒤에서 들려오는 정다운 목소리에 무환 스님은 천천히 고개를 돌렸다. 숨을 헐떡거리며 서 있는 것은 동기인 혜주 스님이었다. 공손하게 합장을 한 무환 스님이 말했다.

"보시다시피 길을 쓸고 있는 중일세. 사람과 말이 자주 오가는 길이라 잠깐만 지나면 금방 지저분해지지 않나."

무환 스님의 말대로 흥광사로 들어서는 오르막길은 쉴 새 없이 사람과 말이 오고 갔다. 덕분에 말똥부터 짚신에 묻은 흙으로 금방 지저분해졌다. 무환 스님은 싸리비를 들고 쓸고 또 쓸었다. 그걸 본 혜주 스님이 말했다.

"길은 금방 지저분해지는데 뭘 그리 치우고 또 치우나?"

"어제 보니까 여기서 머물고 떠나던 보부상이 말똥을 밟고 미끄러졌거든. 내가 게을렀던 탓이지."

환하게 웃으며 대답한 무환 스님이 다시 싸리 빗자루로 길을 쓸었다. 그걸 바라보던 혜주 스님은 고개를 돌려서 사찰의 일주문을 바라봤다. 산 중턱에 있는 사찰이었지만 강을 건너면 바로 길이 연결되어 있고, 여행자나 장사꾼들이 머물 수 있는 역원을 겸하고 있어서 많은 사람들이 오고 갔다. 그들이 쓰는 돈은 사찰이 유지되는 데 큰 도움이 되었고, 젊은 스님들이 온전히 부처님을 섬기게 만들어 줬다. 무환 스님은 그런 스님들 중에서도 가장 눈에 띄었다. 젊었을 뿐만 아니라 잘생겼으면서 부처님을 섬기는 자세도 남달랐기 때문이다. 혜주 스님 역시 못지않았지만 작은 키에 넓적한 코와 얼굴, 그리고 축 처진 눈매의 그는 늘 무환 스님에게 밀렸다. 때마침, 불공을 드리러 올라오던 마을의 할머니들이 무환 스님을 보고 합장을 하면서 알은척을 했다. 무환 스님이 인사를 받자 할머니들이 사위 삼고 싶은데 아쉽다며 농담을 건넸다. 웃으며 농담을 받아넘긴 무환 스님은 일주문으로 나오는 옥교자를 바라봤다. 사방이 트여 있는 평교자와는 달리 벽이 쳐져 있고, 지붕까지 씌운 옥교자는 주로 권세가의 아녀자가 탔다. 앞뒤로 두 명씩 붙은 가마꾼들이 구령을 붙여 가면서 움직였다. 옆에 난 작은 창문이 반쯤 열려 있었는데 두 사람 앞을 지나갈 때 탁 하는 소리를 내며 닫혔다. 하지만 무환 스님은 마치 홀린 것처럼 멀어져 가는 옥교자에서 눈을 떼지 못했다. 그런 모습을 힐끔거리며 지켜본 혜주 스님이 은근슬쩍 말했다.

"누군지 아나?"

무환 스님이 누군지 모르겠다고 대답하자 혜주 스님이 말했다.

"아랫마을에 사는 인제군수를 역임한 김씨 집안의 며느리일세."

"사찰에 불공을 드리러 오는 아녀자 중 한 명일 뿐이지."

무환 스님이 애써 침착한 목소리로 얘기했지만 말끝이 떨리는 걸 혜주 스님은 놓치지 않았다. 무환 스님이 다시 빗자루로 길을 쓸기 시작하자 혜주 스님이 주변을 살펴보다가 슬쩍 말했다.

"혼인을 한 지 3년이 넘었는데도 아이가 없어서 치성을 드리러 온 모양이야. 소문으로는 남편이 여자보다는 남자를 더 좋아한다더군."

무환 스님이 못 들은 척하면서 계속 빗질을 하자 혜주 스님이 가볍게 헛기침을 하고는 덧붙였다.

"대웅전에서 불공을 드리고 나오면서 자네를 봤는지 한동안 물끄러미 서 있더군. 그리고 몸종을 시켜서 이걸 보냈어."

혜주 스님이 승복의 소매에서 구슬이 달린 작은 노리
개를 꺼냈다. 놀란 무환 스님이 바라보자 혜주 스님은 얼
른 무환 스님의 손에 쥐어 주었다.

"보름달이 뜨는 밤에 산신각에서 기다리고 있겠다고
하더군."

"부처의 계율을 믿는 자가 어찌 아녀자를 가까이한단
말인가?"

흠칫 놀란 무환 스님의 대답에 혜주 스님이 혀를 찼다.

"김씨 집안의 며느리가 지금 어떤 고통을 겪는지 잘 알
지 않는가? 세상의 고통을 짊어져야 한다면 마땅히 그녀
의 아픔 역시 보듬어 주는 게 불자의 도리 아닌가?"

혜주 스님의 말에 무환 스님은 아무 말도 하지 않고 돌
아서서 빗질을 이어 갔다. 하지만 방금 건넨 작은 노리개
를 챙겨서 소매에 넣은 것을 본 혜주 스님은 조용히 합장
을 했다.

보름달은 사흘 뒤에 떴다. 저녁을 먹고 불공을 드리던
무환 스님은 요사채로 돌아와 잠을 청했다가 유령처럼
스르륵 일어났다. 그리고 밖으로 나와 짚신을 신었다. 하
늘 높이 뜬 보름달이 환한 빛을 뿜어내서 세상 모든 것들
의 그림자를 만들어 냈다. 무환 스님 역시 자신의 그림자
를 꼬리처럼 드리운 채 산신각으로 향했다. 휘청거리며

걷던 무환 스님은 몇 번이고 걸음을 멈추고 합장을 했다. 하지만 발걸음은 계속 산신각으로 향했다. 산중턱에 자리 잡은 두 칸짜리 산신각은 창백한 달빛 아래 우두커니 그를 기다렸다. 주변을 돌아본 무환 스님은 마지막으로 합장을 하고는 산신각 안으로 들어갔다. 그가 들어가기를 기다렸다는 듯 어둠 속에서 한 무리의 사람들이 나와서 산신각의 문에 자물쇠를 채워 버렸다. 그것도 모자라서 주변의 나무와 돌을 가져와서 문을 막아 버렸다. 당황한 무환 스님이 거칠게 문을 당겼지만 자물쇠가 채워져 있어서 꿈쩍도 하지 않았다. 문 앞에 선 혜주 스님이 산신각 안에 대고 속삭였다.

"무환 스님. 당황하셨나?"

"혜주 스님이십니까? 장난이 좀 심한 거 아닌가?"

"장난이 심하긴. 아녀자에게 혹해서 부처님을 저버리려고 한 것은 어떻게 설명할 건데?"

"그, 그것은……."

"김씨 집안 부인이 다 털어놨어. 지금 주지 스님도 와 있고."

혜주 스님이 소매로 입을 가린 채 웃는 와중에 뚱뚱한 주지 스님이 거칠게 말했다.

"네 이놈! 네놈이 지금 우리 사찰의 문을 닫게 만들려고 하는 것이냐?"

"주지 스님! 그게 아니라."

"그게 아니면 지금 네가 한 짓이 무엇이란 말이냐? 인근의 부자들이 시주하는 것이 사찰을 운영하는 데 큰 몫을 차지하고 있는데 승려가 불공을 드리러 온 아녀자와 놀아나는 게 알려지면……."

말을 잇지 못한 주지 스님이 눈을 감은 채 합장을 했다. 그걸 보고 있던 혜주 스님이 잽싸게 끼어들었다.

"소문이 퍼지면 끝장입니다. 어떤 사람이 자기 딸과 며느리를 우리 사찰로 보내겠습니까?"

"나도 잘 알아. 하지만 어찌해야 할지."

주지 스님의 푸념을 들은 혜주 스님이 잽싸게 얘기했다.

"불목하니들은 제가 입단속을 시키겠습니다. 김씨 집안에서도 창피한 일이니 입을 열지는 않을 겁니다. 하지만 무환 스님은."

혜주 스님이 산신각을 바라보며 말을 끊었다. 그러자 주지 스님이 볼을 실룩거리며 얘기했다.

"그냥 놔둘 수 없지. 하지만 어찌해야 한단 말이냐? 저놈을 좋아하는 신도들이 한둘이 아니라 고민이 되는군."

혜주 스님은 산신각에서 좀 떨어진 곳으로 주지 스님을 끌고 간 후 속삭이듯 말했다.

"산신각에 불을 질러 버리는 건 어떻겠습니까? 무환 스님이 불공을 드리러 이곳에 왔다가 화마를 피하지 못했다고 하면 다들 수긍할 겁니다."

주지 스님은 겉으로는 너그럽고 자애로운 척했지만 사실은 대단히 탐욕스러운 사람이었다. 그걸 잘 알고 있던 혜주 스님의 얘기에 주지 스님의 표정이 밝아졌다.

"좋은 방법이군. 일단 불목하니들은 모두 돌려보내게."

혜주 스님은 불목하니들을 모두 돌려보내고 그들이 가지고 온 횃불 하나를 챙겼다. 그리고 산신각의 문가로 다가갔다. 주지 스님은 책임을 지기 싫다는 듯 뒷짐을 진 채 좀 떨어진 곳에 서 있었다. 그걸 본 혜주 스님이 문가에 대고 속삭였다.

"무환 스님, 지금 기분이 어떠신가?"

"참담할 뿐일세. 앞으로 이 죄를 어떻게 속죄해야 할지 감당이 안 되네."

"속죄할 필요는 없네. 자네는 산신각과 함께 잿더미가 될 테니까."

"뭐라고?"

놀란 무환 스님이 다시 문을 흔들었다. 하지만 단단히 잠긴 문은 꿈쩍도 하지 않았다.

"처음부터 자네가 마음에 들지 않았어. 그래도 함께한 정이 있어서 자네 이름에 먹칠을 하지 않게 만들어 주는 것이니 받아들이게."

혜주 스님이 껄껄 웃으며 문을 막은 나무에 횃불을 갖

다 댔다.

잠시 침묵을 지키던 산신각 안의 무환 스님이 떨리는 목소리로 말했다.

"이제 보니 자네의 함정이로군."

"어떻게 생각해도 개의치 않겠네. 하지만 자네는 처음부터 재수 없었어."

심드렁하게 대꾸한 혜주 스님에게 무환 스님이 얘기했다.

"자네는 천벌을 받을 걸세. 주지 스님도, 이 사찰까지도 모두."

다소 섬뜩한 그의 말에 잠깐 움찔했던 혜주 스님이 대꾸했다.

"항상 용서와 포용을 얘기하더니 드디어 본색을 드러내는군. 그동안 감추느라 힘들었겠네."

불을 좀 더 잘 붙이려고 문가에 바짝 붙은 혜주 스님은 문틈으로 자신을 바라보는 무환 스님과 눈이 마주쳤다. 깜짝 놀란 혜주 스님은 횃불을 놓치고 뒷걸음질을 치다가 바닥에 넘어지고 말았다. 먼 발치서 지켜보던 주지 스님이 달려왔다.

"괜찮은가?"

주지 스님의 물음에 마치 잠에서 깨어난 것 같은 표정을 지은 혜주 스님이 고개를 끄덕거렸다.

"괜찮습니다."

　둘이 얘기를 주고받는 사이 문가에 붙었던 불은 산신
각을 집어삼켰다. 엉덩이에 묻은 흙을 털면서 일어난 혜
주 스님은 활활 타오르는 산신각을 말없이 바라봤다. 산
신각을 집어삼킨 불은 새벽에야 꺼졌다. 불길이 치솟는
걸 보고 사찰의 승려와 불목하니들이 뛰어왔지만 주지
스님이 위험하다며 불을 끄지 못하게 했기 때문이다. 그
리고 잿더미가 된 산신각 안에 가부좌를 튼 채 불에 탄
시신이 발견되었다. 그걸 본 혜주 스님이 외쳤다.
　"무환 스님이 틀림없습니다. 평소에 스스로를 바쳐서
우리 사찰의 번창을 기원하겠다고 하셨는데 이렇게 스스
로를 희생하실 줄은 몰랐습니다."
　혜주 스님의 얘기에 주지 스님이 맞장구를 치면서 불
에 탄 무환 스님의 시신은 대웅전 옆의 전각으로 옮겨졌
다. 혜주 스님의 거짓말에 무환 스님이 등신불이 되었다
는 소문이 돌면서 인근 마을은 물론 멀리 있는 곳에서부
터 오는 사람들이 발길이 이어졌다. 그들이 시주한 물건
들이 산더미처럼 쌓였고, 그걸 본 주지 스님은 입을 다물
지 못했다. 무환 스님의 등신불엔 금박이 입혀졌다. 등신
불에 대한 비밀을 공유한 주지 스님과 혜주 스님은 한층
가까워졌다. 하지만 행복은 오래가지 않았다.

"주지 스님! 불목하니들이 또 도망쳤습니다."

"혜주 스님, 목주 스님이 절벽에서 스스로 몸을 던졌습니다. 벌써 두 명째입니다. 저도 더 이상 무서워서 여기 있지 못하겠어요."

"주지 스님, 요사채에서 길덕 스님이 온몸이 말라비틀어진 채 발견되었습니다. 어찌해야 합니까?"

"혜주 스님! 밤마다 이상한 소리가 들려서 잠을 잘 수가 없습니다. 아무리 성심껏 불공을 드려도 마음이 고통스럽습니다."

스님들이 하나둘씩 죽거나 미쳐 버리는 일을 시작으로 하루가 멀다 하고 이상한 일들이 계속 벌어졌다. 대웅전의 기둥에서 피가 새어 나오고, 밤마다 알 수 없는 비명 소리 같은 게 들려오기 일쑤였다. 장사꾼들이 끌고 온 말들이 마구간에서 갑자기 죽어 버리는 일들이 이어지면서 사람들의 발길이 차츰 끊어졌다. 그러면서 사찰은 서서히 쇠락해 갔다. 결국 마지막에 남은 건 주지 스님과 혜주 스님뿐이었다. 텅 비어 버린 대웅전에 앉아 있던 주지 스님이 문을 열고 들어온 혜주 스님에게 말했다.

"모든 것이 꿈만 같네그려."

"이게 다른 곳에서 새 출발을 하라는 부처님의 뜻이지 않겠습니까?"

혜주 스님의 얘기를 들은 주지 스님이 옆에 있는 궤짝

을 만지작거리며 대답했다.

"맞는 말일세. 그래도 어디 가서 사찰을 다시 열 정도의 재물은 남아 있으니까, 나와 같이 가겠나?"

"물론이죠. 그런데 그냥 가실 겁니까?"

"그냥 가다니?"

주지 스님의 반문에 혜주 스님이 대웅전 옆에 있는 전각을 가리켰다.

"저 등신불에 붙은 금박을 떼어서 가져가야죠."

"금박을?"

"그냥 놔두고 가면 누군가 와서 가져갈 겁니다. 등신불 전체에 붙은 금박이라서 벗겨 내면 제법 많을 겁니다."

"생각해 보니 그렇군."

주지 스님의 얘기를 들은 혜주 스님이 일어나면서 말했다.

"제가 짐을 꾸릴 테니 주지 스님이 등신불의 금박을 벗겨 내시죠."

혜주 스님은 답을 듣지 않고 일어나서 나갔다. 주지 스님은 할 수 없이 대웅전을 나가서 전각으로 들어갔다. 한낮이었지만 창문이 없는 전각은 어두컴컴했다. 전각 한가운데의 좌대에 온몸에 황금이 발라진 등신불이 서 있었다. 그걸 보고 있던 주지 스님이 한숨을 쉬었다.

"잘 풀릴 줄 알았는데."

그러고는 조심스럽게 등신불에 붙은 금박을 떼어 내려고 했다. 그때, 전각의 문이 요란한 소리를 내며 닫혀 버렸다. 놀란 주지 스님이 돌아보자 자물쇠가 채워지는 소리까지 들렸다. 문틈으로 바깥을 살펴본 주지 스님의 눈에 득의양양한 표정을 짓고 있는 혜주 스님이 보였다.

"무, 무슨 짓이야?"

주지 스님의 외침에 혜주 스님이 입술을 비틀어 웃었다.

"왜요? 받은 대로 돌려드리는 것뿐입니다."

원래 혜주 스님의 목소리와는 다른 목소리를 듣고 주지 스님이 놀라서 물었다.

"자, 자네 목소리가 왜 그런가?"

"제 목소리가 어때서요? 아! 모르셨겠군요. 저와 혜주 스님은 몸이 바뀌었습니다."

"몸이 바뀌다니 그게 무슨 해괴한 얘긴가?"

혜주 스님의 몸을 차지한 무환 스님은 당황스러워하는 주지 스님의 목소리를 들으면서 흡족한 웃음을 지었다.

믿었던 혜주 스님에 의해 산신각에 갇힌 무환 스님은 불길이 점점 커지는 걸 보고 모든 걸 포기한 채 가부좌를 틀었다. 무환 스님이 자신의 잘못을 뉘우치며 죽음을 받아들이려는 순간, 눈앞에 애꾸눈이 나타났다. 그리고 시간이 멈춰 버렸다. 두 손을 모아 합장한 애꾸눈이 물었다.

"죽음을 순순히 받아들이겠는가?"

"저승에서 오시었소?"

"비슷한 곳에서 왔네."

"잘못한 게 있으니 그래야지요."

모든 걸 내려놓은 무환 스님의 대꾸에 애꾸눈이 혀를 찼다.

"자네가 모르는 걸 하나 알려 주지. 김씨 집안의 며느리는 애초부터 자네에게 관심이 없었어."

"뭐라고요?"

"자네가 받은 노리개는 혜주 스님이 몸종에게 돈을 주고 받아 낸 것일세. 처음부터 작정하고 자네를 함정에 빠트린 것이지."

"그게 사실입니까?"

"안 그러면 저들이 어찌 이렇게 빨리 들이닥쳤겠는가?"

"맙소사."

놀란 무환 스님에게 애꾸눈이 말했다.

"억울하다면 복수할 기회를 주겠네."

"어떻게 말입니까?"

무환 스님의 물음에 애꾸눈이 입술을 비틀어 웃었다.

"나를 믿게."

잠시 고민하던 무환 스님이 고개를 끄덕거렸다. 그러자 애꾸눈이 크게 웃으며 외쳤다.

"그럴 줄 알았네. 잠시 후에 혜주가 불을 붙이려고 문 가까이 다가올 거야. 그때 그자와 눈을 마주치게."

"그러면 됩니까?"

애꾸눈이 자신 있게 고개를 끄덕거리자 무환 스님은 가부좌를 풀고 몸을 일으켰다. 그는 천천히 불길이 치솟고 있는 산신각의 문가로 다가갔다. 그러고는 차분하게 중얼거렸다.

"자네는 천벌을 받을 걸세. 주지 스님도, 이 사찰까지도 모두."

문밖의 혜주 스님이 껄껄거리며 대꾸했다.

"항상 용서와 포용을 얘기하더니 드디어 본색을 드러

내는군. 그동안 감추느라 힘들었겠네."

무환 스님은 문가에 난 틈으로 혜주 스님을 노려봤다. 불을 붙이고 있던 혜주 스님은 무환 스님과 눈이 마주치자 깜짝 놀랐다. 그리고 그 순간, 두 사람의 영혼은 서로 바뀌었다. 혜주 스님의 몸에 들어간 무환 스님은 놀라서 뒷걸음질을 치다가 넘어지고 말았다. 그걸 본 주지 스님이 달려왔다.

"괜찮은가?"

자신이 혜주 스님의 몸에 들어갔다는 걸 느낀 무환 스님은 잠시 눈을 깜빡거리다가 고개를 끄덕거렸다.

"괜찮습니다."

무환 스님의 몸으로 들어간 혜주 스님은 영문을 모른
채 불타는 산신각을 둘러봤다.

"이게 어찌 된 일이야? 내가 왜?"

놀란 혜주 스님의 어깨에 애꾸눈의 두 손이 얹어졌다.

"불타는 연옥에 온 걸 환영하네. 남을 괴롭히고 속인 자
는 불구덩이 속에서 벌을 받아야지."

혜주 스님은 아무 대꾸도 하지 못한 채 강제로 가부좌
가 틀어지고 온몸에 불이 붙으면서 그대로 숨이 끊어지
고 말았다. 산신각이 잿더미가 되고 난 후, 불타 버린 몸
은 사찰로 옮겨져서 등신불로 모셔졌다. 그날 밤, 요사채
의 뒤뜰로 나간 무환 스님의 앞에 애꾸눈이 나타났다. 처
연히 뜬 달을 올려다보던 무환 스님이 물었다.

"왜 나를 도와준 겁니까?"

애꾸눈이 입을 열었다.

"사람들의 고통이 보고 싶어서. 이제 복수를 시작해
볼까?"

담장 너머 대웅전을 힐끔 바라본 무환 스님이 주먹을
꽉 움켜쥐었다. 그리고 그의 눈동자에 검은 안개가 차올
랐다. 애꾸눈의 조종을 받게 된 무환 스님의 복수가 서서
히 진행되었다. 혜주 스님의 몸에 들어간 무환 스님은 애
꾸눈과 함께 사찰에 저주를 내렸고, 스님과 불목하니들이
하나둘 죽거나 미쳐 버렸다. 그들이 모두 떠나고 흉흉한

소문이 돌면서 사찰에 오던 신자들과 여행객들의 발길도 끊어졌다. 마침내 사찰에는 주지 스님과 둘만 남게 되고, 마지막 복수를 하게 된 것이다. 주지 스님이 문을 두드리며 용서해 달라고 외치는 가운데 무환 스님은 망설임 없이 불을 붙였다. 예전 무환 스님이 갇혀 있던 산신각처럼 등신불이 있는 전각은 주지 스님의 비명을 삼키며 활활 불타올랐다. 그걸 지켜보던 무환 스님 역시 서서히 증발하면서 사라져 버리고 그 자리에는 애꾸눈만 남게 되었다. 사찰을 돌아본 애꾸눈은 흡족한 표정을 지었다.

"이제 이곳은 영원히 저주받는 장소가 될 것이야."

애꾸눈도 사라진 사찰은 풀이 무성하게 자라나면서 황폐해졌다. 간혹 금박을 입힌 등신불의 전설을 들은 사람들이 사찰에 발을 디뎠지만 이곳에서 죽은 스님과 불목하니들의 악령들이 나타나서 그들을 미쳐 버리게 만들었다. 아무도 살아서 돌아가지 못한다는 흉흉한 소문까지 돌면서 사찰은 더 폐허가 되어 버렸다.

식은땀을 흘리며 눈꺼풀을 파르르 떨던 송현우는 벌떡 잠에서 깨어났다. 꿈에서 본 것들이 폐사찰에 얽힌 과거임을 본능적으로 눈치챘다. 송현우는 거적을 걷고 밖으로 나갔다. 둥근 보름달이 송현우를 내려다봤다. 문득 고개를 돌린 송현우는 자신에게는 그림자가 없다는 사실을 깨달았다. 한숨을 쉬는데 진운의 기침 소리가 들렸다. 송현우는 진운에게 낮은 목소리로 말했다.

"사찰에서 예전에 무슨 일이 벌어졌는지 꿈에서 보았네. 사실일까? 환상일까?"

"어사님의 능력이라면 사실일 겁니다."

"나에게 왜 이런 능력이 생긴 거지?"

"저도 잘 모르겠습니다. 다만."

진운이 구름 속으로 파고드는 달을 올려다보며 덧붙였다.

"이번 여행의 끝에 모든 것의 해답이 있을 겁니다."

문득 궁금해진 송현우가 진운의 그림자를 살폈다. 하지만 때마침 구름이 달을 완전히 가렸고 빛과 어둠의 경계가 사라졌다.

아침이 되자 송현우는 물을 길러 가는 범우를 토방으로 불렀다. 그러고는 조용히 소매에서 마패를 꺼내서 보여 줬다. 황금빛 마패를 본 범우는 마른침을 삼켰다.

"이건!"

"마패일세. 누가 가지고 다니는지는 잘 알고 있지?"

"무, 물론입죠. 암행어사셨습니까?"

감격한 표정의 범우가 넙죽 엎드려 절을 했다. 마패를 도로 챙긴 송현우가 입을 열었다.

"지금 당장 관아로 출두해서 잘못된 문제를 바로잡고 싶네. 하지만 이제 암행을 떠나온 시점이라 지금 출두를 하면 소문이 나서 앞으로 활동하기가 어려울 거야. 내가 남쪽을 돌아보고 올라오면서 반드시 이 일을 처리해 주겠네. 그러니 사찰에 올라가는 건 잠시 기다려 주게."

고개를 든 범우의 표정은 실망감이 가득했다.

"나라님도 고을 아전들을 못 이길 겁니다. 몇 달은 둘째치고 며칠도 견디기 힘듭니다, 나리."

"자네 마음은 잘 알겠네. 하지만."

"오늘 올라가기로 약조를 했습니다. 죄송합니다, 나리."

굳은 표정의 범우가 일어나서 토방을 나가려고 하자 송현우가 급히 말했다.

"정 올라가고 싶다면 우리와 같이 올라가세."

"나리와 함께요?"

범우가 의아한 눈빛으로 묻자 송현우가 대답했다.

"혹시나 변고가 생길지 몰라서 말이야. 거기다 만약 뭔가를 찾았는데 관아에서 그걸 알고 찾아오면 내가 막아 줄 수 있을 것 같기도 하고."

송현우의 얘기를 들은 범우는 수긍했다.

"도와주신다면 저에게는 큰 힘이 될 겁니다. 감사합니다."

"언제 출발할 건가?"

"아침 먹고 바로 움직일 예정입니다. 시간이 얼마나 걸릴지 몰라서요."

"그럼 나도 준비를 하겠네."

"알겠습니다."

송현우는 몸을 일으킨 범우에게 자신의 신분을 밝히지 말아 달라고 신신당부했다. 알겠다고 한 범우가 토방을 나가자 지켜보던 진운이 물었다.

"폐사찰로 가시는 겁니까?"

"그곳을 폐허로 만든 자가 애꾸눈이었어."

송현우의 대답을 들은 진운이 말없이 고개를 끄덕거렸다.

잠시 후, 출발 준비를 한 젊은 청년들이 하나둘씩 마당에 들어섰다. 몇 명은 괭이와 삽을 가지고 있었고, 나머지는 가마니를 봇짐처럼 매고 있었다. 옆집의 붉은 댕기를 한 처녀와 인사를 나눈 범우는 여전히 만류하는 아버지에게 말했다.

"저분께서도 동행하신답니다. 너무 걱정 마세요."

"그래도……."

걱정스러워하는 아버지를 뒤로한 범우는 마을 청년들과 함께 싸리 대문을 빠져나갔다. 송현우는 진운, 그리고 검정개 어둠과 함께 뒤를 따랐다. 마을에서 몇 명 더 합류를 하면서 십수 명으로 불어난 젊은이들은 산으로 이어지는 오솔길로 올라갔다. 송현우는 낙죽장도를 손에 쥔 채 뒤를 따랐다.

아홉. 심연

양주 나루터에서 황종원과 이득시가 수소문한 결과, 송현우로 보이는 선비가 배를 타고 강을 건너갔다는 얘기를 들은 이명천은 부하들과 함께 남쪽으로 향했다. 아버지에게 받은 무영궁을 부린 상태로 보자기에 싸서 등에 짊어진 이명천은 아무 말도 하지 않은 채 앞장서서 걸었다. 포도청 포졸 출신의 이득시와 황종원도 묵묵히 따랐고, 덕이 역시 지친 기색을 보였음에도 불구하고 말없이 따라붙었다. 한참 남쪽으로 내려가던 이명천 일행은 물이 불어난 남한강과 마주쳤다. 황토색 물이 흘러가는 가운데 나루터의 늙은 뱃사공이 다리를 걷어붙인 채 앉아 있다가 이명천 일행을 보고는 일어났다.

"강을 건너시려면 좀 기다리시구려. 손님이 없어, 손

암행

귀신이 된 암행어사

같이
읽고 싶은
이야기
틱스티

완독	년	월	일
별점	☆ ☆ ☆ ☆ ☆		

읽으면서 느꼈던 감정들

○ 기쁜	○ 수줍은	○ 쓸쓸한	○ 놀라운
○ 그리운	○ 흥분되는	○ 피가 끓는	○ 억울한
○ 벅찬	○ 황홀한	○ 괘씸한	○ 난처한
○ 후련한	○ 뭉클한	○ 미칠 것 같은	○ 골 때리는
○ 끝내주는	○ 참담한	○ 끔찍한	
○ 전율을 느끼는	○ 애처로운	○ 진땀 나는	
○ 따사로운	○ 공허한	○ 숨가쁜	
○ 감미로운	○ 외로운	○ 막막한	
○ 짜릿한	○ 애틋한	○ 소름 끼치는	
○ 생생한	○ 안타까운	○ 충격적인	

가장 와닿았던 문장은?	
가장 인상적인 캐릭터는?	
한마디로 이 책을 표현한다면?	

TXTY

님이."

이명천은 조금 떨어진 바위에 걸터앉았다. 덕이는 조금 떨어진 바닥에 주저앉아서 짚신을 벗고 발을 주물렀다. 하지만 이득시와 황종원은 늙은 뱃사공에게 다가가서 이것저것 물었다.

"영감, 물은 언제 이렇게 불어난 거요?"

이득시의 질문을 받은 뱃사공이 빠르게 흘러가는 황토색 강물을 보면서 대답했다.

"엿새 전에 큰비가 내렸어. 이틀 동안 내린 다음에 그쳤는데 여기 나루가 다 잠길 정도로 물이 불었지."

"그럼 그동안은 배가 강을 건너지 못했던 겁니까?"

이번에는 황종원이 물었다. 뱃사공은 황종원을 바라보며 말했다.

"어제까지는 못 건너. 오늘 아침이 되어서야 겨우 배를 띄울 수 있었지."

"오늘 누가 강을 건넜습니까?"

황종원의 물음에 뱃사공이 손사래를 쳤다.

"없었어. 저기 형석골에 사는 김 진사가 배를 타려다가 겁이 났는지 꽁무니를 뺐지."

"그럼 엿새 전부터 지금까지 아무도 못 건넜다는 얘기군요. 근처에 나루터는 어디 있습니까?"

"저기 30리쯤 아래 내려가서 금창골 지나가면 하나 있지. 그런데 거긴 아직도 물이 많아서 배를 못 띄울 거야."

뱃사공의 얘기를 들은 두 사람은 이명천에게 돌아왔다. 이득시가 가볍게 헛기침을 하고는 입을 열었다.

"엿새 동안 아무도 못 건넜다면 송현우도 여길 넘어가지는 못했을 겁니다."

"그렇다면? 이 근처에 있단 말이냐?"

"배를 띄울 수 있을 때까지 기다릴 겁니다. 다른 도리가 없으니까요."

황종원에 이어 이득시가 말을 이었다.

"우리보다 아주 멀리 앞서가지는 못했을 것이니 엿새 전에 여기를 넘어가기는 어려웠을 겁니다. 오늘도 배를 타고 넘어간 사람이 없으니 분명 이 근처 마을에 머물고 있을 겁니다."

둘의 얘기를 들은 이명천이 일어나서 늙은 뱃사공에게 다가갔다. 정강이를 긁으며 하품을 하던 늙은 뱃사공은 이명천이 풍기는 분위기에 압도되었는지 얼른 일어나서 고개를 조아렸다.

"급히 건너가실 거면 네 분이라도 태워 드리겠습니다."

"근처에 마을이 있느냐?"

"예?"

고개를 든 늙은 뱃사공의 반문에 이명천이 다시 물었다.

"나루터에 왔다가 비가 많이 와서 못 건넌다면 근처 마을에서 머물 터, 그런 곳이 있는지 묻는 것이다."

"예, 여기로 오다가 장승을 보셨는지요?"

"보았네."

"거기를 따라 야트막한 산을 몇 개 넘으면 한림이라는 계방촌이 나옵니다."

"한림이라고?"

"예, 이 근처에서 가장 가까운 마을은 거기입니다."

"알겠네."

뒷짐을 진 채 돌아선 이명천이 기다리고 있던 일행에게 돌아갔다. 그 사이, 덕이는 짚신을 도로 신고 발목에 감은 행전을 풀었다가 다시 감고 있었다. 이명천이 황종원과 이득시에게 말했다.

"놈이 여기서 강을 건너지 않았다면 분명 근처의 마을로 가서 기다리고 있을 게다. 뱃사공 얘기로는 근처에 한림이라는 마을이 있다고 하니까 거길 가서 살펴보는 게 좋겠어."

이득시는 고개를 끄덕거렸지만 황종원은 불안한 표정을 지었다.

"놈이 그것까지 계산했다면 어찌합니까?"

황종원의 우려스러운 물음에 잠깐 고민하던 이명천이 덕이를 바라봤다,

"네가 이곳에 남아서 배를 건너는 자들을 살펴보아라.

눈에 띄는 곳 말고 숲에 숨어서 말이다."

"알겠습니다. 만약 어사님께서 안 계실 때 놈이 나타나면 어찌합니까?"

주먹을 불끈 쥔 덕이의 물음에 이명천이 대답했다.

"숨어 있다가 어디로 가는지 잘 살펴보고 나에게 아뢰어라."

"그리하겠습니다."

나루터에 덕이를 남겨 놓은 세 사람은 발길을 옮겼다. 갈림길에서 장승이 세워진 길로 향한 이명천은 몇 개의 산을 넘어서 마을을 발견했다. 반걸음 뒤처져서 따라오던 이득시가 말했다.

"저기가 뱃사공이 얘기한 한림이라는 마을 같습니다. 그런데 뭔가 일이 좀 생긴 모양입니다."

"일이라니?"

"저기, 마을 입구에 말과 깃발들이 보입니다. 아무래도 관아에서 온 거 같습니다만."

"설마 송현우와 관련된 일은 아니겠지?"

이명천의 물음에 황종원이 끼어들었다.

"일단 서둘러서 가 보시지요."

이명천은 황종원의 말대로 발걸음을 서둘렀다. 마을 입구에 세워진 말들을 지키고 있던 것은 관아에 속한 노비들이었다. 그들은 허름한 차림의 이명천 일행을 보고는 앞을 막아섰다.

"사또께서 행차 중이시다. 딴 곳으로 가든지 여기서 기다리거라."

이명천이 들은 척도 하지 않고 지나가려고 하자 노비 중의 한 명이 어깨를 잡았다.

"내 말 못 들었어?"

이명천이 힐끔 쳐다보자 뒤에 있던 황종원이 쇠좆매[5]로 노비의 어깨를 내리쳤다.

"으윽!"

어깨를 부여잡고 주저앉은 노비를 내려다보던 황종원이 쇠좆매를 흔들거리면서 말했다.

153

"관노 따위가 양인을 우습게 보고 행패를 부리다니, 관아의 기강이 얼마나 엉망인지 불 보듯 뻔하구나."

주춤거리던 노비들 중 한 명이 물었다.

"어디서 오셨습니까?"

"그건 알 거 없고, 당장 사또에게 안내하거라."

황종원이 으름장을 놓고 이득시 역시 육모방망이를 꺼내 들자 방금 질문을 한 노비가 주춤거리며 말했다.

"따르시지요."

앞장선 노비는 우물가로 이명천 일행을 안내했다. 그

5) 쇠좆매: 과거, 황소의 생식기를 말려 형구(刑具)로 쓰던 매. 죄인을 때릴 때에 썼다.

곳에는 마을 사람들이 엎드려 있었고, 푸른색 철릭에 꿩 깃이 달린 전립을 쓴 사또가 접이식 의자인 교의에 앉아 있었다. 사또는 아전들에게 둘러싸인 채 호통을 치는 중이었다.

"마을의 젊은 놈들이 죄다 사라졌는데 입을 다물고 있다니, 너희들이 정녕 압슬형[6]을 당해 봐야 자백을 하겠느냐?"

사또의 서슬 푸른 호통에 범우의 아버지가 고개를 들었다.

"그게 아니오라, 잠깐 산에 나무를 하러 갔습니다."

"산에 나무를 하러 젊은것들만 올라갔다고? 그게 아니라 도망을 친 거겠지. 세금을 내기 싫어서 말이야."

"그건 아니옵니다. 반드시 돌아올 것이니 잠시만 기다려 주십시오."

호장의 간곡한 호소에도 불구하고 사또는 여전히 호통을 쳤다.

"어허, 감히 사또를 속이려고 하다니! 네놈부터 물고[7]를 내고 말겠다."

거친 사또의 호통에 주변에 있던 아전들이 맞장구를 치면서 아졸들에게 호장을 끌어내서 매우 치라고 지시를 내렸다. 지켜보던 이명천은 눈살을 찌푸렸다. 그 때를 타

---

6) 壓膝刑: 죄인의 무릎 위에 무거운 돌을 올려놓고 압박하는 고문.
7) 物故: 죄인이 심문을 받다가 죽는 것을 의미함.

서 안내를 한 노비가 아전들이 있는 곳으로 후다닥 도망쳤다. 그러고는 이명천을 가리키며 하소연을 했다.

"저놈이 갑자기 나타나서 행패를 부렸습니다."

모여 있던 아전들 중 한 명이 꾀죄죄한 몰골의 이명천 일행을 보고는 눈살을 찌푸렸다.

"어디서 굴러온 개벽다귀 같은 놈들이 감히 관아의 공인에게 행패를 부린 것이냐?"

사람들의 시선이 이명천 일행에게 몰렸다. 그 순간, 이명천은 소매에서 마패를 꺼내서 사람들에게 보여 주었다. 놀란 아전이 입을 딱 벌리고 멈췄다. 뒤늦게 마패를 본 사또 역시 접이식 의자에서 일어나 바닥에 엎드렸다. 그런 사또를 한심스러운 눈길로 바라본 이명천이 말했다.

"무릇 만백성의 어버이가 되어야 할 수령이 행패를 부리고 있는 연유가 무엇이냐?"

"그, 그게, 이곳은 계방촌이온데 마을 사람들이 내야 할 세금을 내지 않고 버티는 와중에 마을의 청년들이 모두 종적을 감췄사옵니다. 분명 도망을 친 것인데 잡아떼고 있어서 문초를 하는 중이었습니다."

"나무를 하러 갔다고 한 걸 들었다. 만약 때가 되어서 오지 않으면 그때 처벌해도 늦지 않았을 것인데 어찌 겁박을 하고 매까지 치려고 한 것이냐?"

이명천의 추궁에 사또는 이마가 땅에 닿을 정도로 고개

를 숙였다. 고개를 절레절레 저은 이명천은 사또에서 시선을 돌려 방금 봉변을 치를 뻔했던 호장에게 다가갔다.

"일어나거라."

호장이 무릎을 떨면서 일어나자 이명천이 뒤에 있던 황종원에게 손을 내밀었다. 황종원이 등에 멘 봇짐에서 접힌 종이를 꺼내서 건넸다. 이명천이 펼친 종이에는 송현우의 얼굴이 그려져 있었다. 그 종이를 호장에게 내민 이명천이 말했다.

"이자를 찾고 있다. 혹시 본 적이 있느냐?"

종이에 그려진 얼굴을 본 호장의 표정이 일그러지는 걸 본 이명천이 한 걸음 다가갔다.

"빠짐없이 얘기하면 사또가 행패를 부리는 걸 막아주마."

고개를 잠시 숙인 채 생각에 잠겨 있던 호장이 한숨과 함께 말했다.

"사실은 어제 저의 집에서 머물렀습니다."

"뭐라고?"

이명천이 눈을 부릅뜬 채 묻자 호장이 고개를 끄덕거렸다.

"아들놈이 데리고 왔습니다. 검은 옷을 입은 무사같이 생긴 자와 개 한 마리가 동행했습니다."

"그자는 지금 어디 있느냐?"

"아들놈과 함께 산으로 올라갔습니다."

"산으로?"

고개를 돌린 늙은 호장이 손가락으로 뒷산을 가리켰다.

"저기에 오래전 폐허가 된 사찰이 있습니다. 거기로 간다고 아침나절에 친구들과 나갔지요. 어사님이 찾는 그 사람도 따라갔습니다."

"폐허가 된 사찰에는 왜 간 것이냐?"

"수십 년 전에 번창했던 곳입니다. 그때에 금박을 입힌 등신불을 모셨다고 해서 그걸 찾으러 갔습니다."

"등신불에 씌워진 금박을 벗기러 말인가?"

이명천의 물음에 호장인 범우의 아버지가 잠시 고민을 157 하다가 결심한 듯 입을 열었다.

"이곳은 계방촌이라 아전들의 수탈이 극심합니다. 거기에 사또 역시 욕심이 끝이 없어서 우리 마을 사람들은 허리도 제대로 펴지 못하고 일을 해야만 했습니다. 아들 녀석이 이렇게 버티는 데 한계가 있다면서 등신불의 금박을 벗겨서 재물을 마련하자고 하였습니다. 그러면 한숨을 돌릴 수 있을 것이라고 말입니다."

사또의 눈치를 보면서 고개를 조아린 호장의 얘기를 들은 이명천은 그가 가리켰던 뒷산을 바라봤다. 높지는 않았지만 울창한 숲에 가려진 산은 어쩐지 음침해 보였다. 하지만 여동생을 죽인 불구대천의 원수인 송현우가 가까운 곳에 있다는 것은 명백한 사실이었다. 송현우의 용모파기가 적힌 종이를 접은 이명천이 호장에게 말했다.

"내가 갈 것이니 앞장서라."

하지만 호장은 손사래를 쳤다.

"어사 나리, 그곳은 가면 안 되는 곳입니다."

"무엇 때문에?"

"거긴 악령들이 나타나서 사찰에 들어오는 사람들을 괴롭히다 죽입니다. 지금까지 거기 갔다가 멀쩡하게 살아서 돌아온 사람이 없습니다. 어사님도 가시면 분명히 해를 입을 겁니다."

"폐허가 된 사찰이라고 하지 않았느냐? 거기에 뭐가 있기에 사람들이 돌아오지 못한다는 얘기를 하는 것인가?"

"예전에 두 눈을 잃고 간신히 살아 돌아온 사람이 있었는데 그가 말하기를 난생처음 겪은 연옥 같은 곳을 보았다고 하였습니다."

좀처럼 믿기 힘든 얘기를 하는 늙은 호장을 바라보던 이명천에게 아까 시비를 걸었던 아전이 슬쩍 다가왔다.

"저, 어사 나리."

이명천이 고개를 돌리자 아전이 굽실거렸다.

"무슨 일이냐?"

"사또께서 아뢸 말씀이 있다고 합니다."

아전의 대답을 들은 이명천은 그 너머에 있는 사또를

바라봤다. 접이식 의자에서 일어난 사또는 두 손을 공손히 모은 채 서 있었다. 얼마 전까지 포도청 포교였던 이명천보다 품계가 몇 단계는 위였다. 거기다 무관 출신이라 승진에 한계가 있는 이명천과는 달리 사또는 문관이라 정1품인 영의정까지 승진할 수 있었다. 하지만 지금은 이명천이 그의 생살여탈권을 쥐고 있었다. 암행어사에게 걸려서 파직을 당하거나 평점이 깎이면 승진은 물 건너가게 된다. 그걸 잘 알고 있던 사또는 조금 전까지의 오만함을 버리고 공손한 모습을 보였다. 일단 들어 보기로 결정한 이명천은 아전을 따라 사또에게 다가갔다.

"어사께서는 호장의 말을 믿지 마소서."

"그래야 할 이유가 있는가?"

"이곳은 관아의 각종 비용들을 채워 주는 계방촌입니다. 나라에 내는 세금과 부역을 하지 않는 혜택을 받고 있지요."

"들었네."

"약은 놈들이라 내야 할 것들을 내지 않고 매번 없다는 얘기만 합니다. 특히, 젊은 놈들이 주동이 되어서 공공연하게 반항을 하는 중이지요."

"그래서 이렇게 무자비하게 압박을 하고 함부로 매를 치려고 한 것이냐?"

"이들이 제대로 일을 하지 않으면 관아에 필요한 물품

들을 사거나 받는 데 문제가 생깁니다. 어사 나리, 유념해 주십시오."

"그건 양쪽의 얘기를 들어 보면 알겠지. 그 일로 날 부른 것이냐?"

"아니옵니다. 먼발치서 들어 보니 마을의 젊은것들이 뒷산의 폐사찰로 올라갔다고 들었습니다."

"그렇다네."

"거기에는 예전에는 번성했다가 버려진 사찰이 있습니다."

"거기 등신불에 있는 금박을 벗기러 간다고 하였네."

"그 소문은 저도 들었습니다. 헛소문이라고 생각했는데 마을의 젊은 놈들이 떼로 올라간 걸 보니 사실인 모양입니다."

"그건 나도 모르네. 다만, 한양에서 큰 죄를 저지른 자가 젊은이를 따라 올라갔다고 들었네."

이명천의 대답을 들은 사또가 조심스럽게 말했다.

"소인과 함께 올라가 보시겠습니까?"

"산으로 말인가?"

"사찰의 위치는 대략 알고 있습니다. 가서 보면 이 마을 사람들이 얼마나 거짓말을 잘하는지 알 겁니다. 아까도 나무를 하러 간다고 둘러대지 않았습니까? 금박을 벗겨 내서 분명 자기들이 챙겨서 도망칠 것입니다."

사또의 제안에 이명천은 고민에 빠졌다. 사실 마을 사람들과 사또 사이의 문제에 개입하고 싶은 생각은 없었다. 다만, 마을의 젊은이들과 함께 간 송현우를 붙잡고 싶은 것뿐이었다. 거기까지 생각이 이어지자 사또의 주변이 보였다. 관아를 지키는 역할을 하는 아졸들이 십여 명이었고, 아전들까지 합하면 스무 명에 가까웠다. 대부분 무기를 가지고 있어서 송현우를 제압하는 데 도움이 될 것 같았다. 결심을 굳힌 이명천이 사또에게 말했다.

"누굴 앞장세우겠느냐?"

이명천의 물음에 사또가 아까 말을 건넸던 아전을 쳐다봤다.

"저 아전이 사찰 근처까지 가 본 적이 있다고 합니다."

"알겠다."

사또가 안도의 표정을 지으며 아전에게 말했다.

"얼른 앞장서거라."

아전이 잽싸게 대답하고는 고개를 조아렸다. 이명천은 늙은 호장에게 다가갔다.

"사또와 함께 사찰에 올라갔다 오겠다. 만약 네 얘기대로 사또가 가혹한 수탈을 하였다면 반드시 처벌하마."

"부디 조심하십시오……."

말을 잇지 못하는 늙은 호장에게 안심하라고 얘기하고 돌아선 이명천은 황종원과 이득시를 손짓으로 불렀다.

"송현우가 이 마을 젊은이들과 뒷산의 사찰로 올라갔다고 한다."

"따라서 올라가실 겁니까?"

이명천은 고개를 끄덕거리고는 어깨에 메고 있던 무영궁을 손에 들고 감싸고 있던 보자기를 펼쳤다. 그리고 가부좌를 틀고 앉아서 부려진 활을 반대로 구부려서 고자에 활시위를 걸었다. 보통 부린 활을 반대로 얹으려면 불을 지펴서 활의 아교를 녹인 다음에야 할 수 있는데 이명천은 그냥 얹어 버린 것이다. 다들 놀라는 가운데 아무렇지도 않은 표정으로 일어난 이명천은 화살과 편전[8]이 꽂혀 있는 동개[9]를 몸에 채웠다. 황종원과 이득시 역시 손에 쇠좆매와 육모방망이를 꺼내서 챙겼다. 무영궁을 손에 든 이명천이 바짝 얼어붙어 있는 아전에게 말했다.

"길을 안다고 그랬지? 앞장서라."

"예, 나리."

아전이 기다렸다는 듯 움직였고, 사또와 아졸들이 뒤를 따랐다. 이명천이 따라가려고 하는데 마을 사람들 사이에 섞여 있던 붉은 댕기를 한 처녀가 조심스럽게 다가왔다.

"저, 어사 나리."

---

8) 片箭: 화살의 한 종류로 보통 화살보다 길이가 짧아서 통아라는 장치를 이용해서 쏘아야 한다. 화살이 작고 가벼워서 보통 화살보다 멀리 날아간다.
9) 筒箇: 화살을 넣는 화살집으로 벨트를 이용해서 허리나 어깨에 착용한다.

걸음을 멈춘 이명천이 바라보자 그녀가 고개를 조아렸다.

"뒷산의 폐사찰에 올라가시는 겁니까?"

이명천이 가볍게 고개를 끄덕거리며 대답했다.

"그렇다."

"아까 올라간 마을 청년들 중 범우라는 청년이 있습니다. 그를 만나거든 잘 타일러서 데리고 돌아와 주십시오."

조심스럽고 부끄러워하면서도 용기 있게 부탁을 하는 그녀의 태도에 이명천은 쓴웃음을 지었다. 송현우와 혼인을 했다가 불귀의 객이 되어 버린 여동생이 떠올랐기 때문이다. 그리하겠다고 대답한 이명천은 앞장서 올라가는 사또 일행을 따라 산으로 올랐다. 좁은 오솔길을 오르자 무성한 나무들이 금방 주변을 가렸다. 그리고 이명천 일행이 지나간 곳에는 숨어 있던 안개가 고개를 치켜들

그 시각, 산으로 올라가던 송현우는 자욱한 안개와 맞닥뜨렸다. 저도 모르게 흠칫 놀란 송현우가 발걸음을 멈추자 범우가 걸음을 멈춰 섰다.

"이 산에서는 안개가 종종 생깁니다. 너무 개의치 마십시오."

"아, 알겠네."

태연하게 대답했지만 발걸음이 휘청거리는 송현우를 본 진운이 그를 가볍게 부축해 주면서 물었다.

"괜찮으십니까?"

"아내와 부모님이 세상을 떠난 날도 이런 안개가 집 안에 자욱했어."

두 사람이 얘기를 나누는 사이 안개는 삽시간에 일행을 둘러쌌다. 평상시에도 자주 안개가 낀다고 말했던 범우 역시 이제는 적잖게 당황한 것 같았다. 삽시간에 한 치 앞도 안 보이게 되자 진운이 말했다.

"눈을 감아야 보실 수 있습니다."

"어떻게 눈을 감고 볼 수 있지?"

"눈으로 볼 수 있는 것들이 아니기 때문이죠."

송현우가 영문을 모르겠다는 표정으로 바라보자 진운이 덧붙였다.

"마음의 눈으로 봐야 한다는 뜻입니다. 심연으로요."

"심연이라면 깊은 연못이라는 의미가 아닌가?"

"어둠을 보려면 어둠에 익숙해지는 수밖에는 없습니다. 제 말대로 눈을 감고 눈을 뜨십시오."

이해할 수 없는 얘기였지만 다른 방법은 없었다. 범우와 마을 청년들이 가는 폐사찰에 애꾸눈이 있다면 반드시 만나야만 했다. 심호흡을 하면서 마음을 가다듬은 송현우는 눈을 감았다. 그러자 감은 눈 속에 어둠이 찾아왔다. 마음을 가라앉히려고 노력하던 송현우는 질끈 감은 눈을 통해 새로운 세상을 보려고 했다. 처음에는 아무것도 보이지 않았다. 당황한 송현우가 진운의 이름을 부르려는 찰나, 이상한 점을 느꼈다.

"소리가 들리지 않아."

산으로 올라가는 오솔길 주변으로는 온갖 소음들이 들렸었다. 이름 모를 새가 우는 소리에 바람이 사그락거리며 풀잎을 치고 지나가는 소리, 나뭇가지가 흔들거리면서 내는 삐걱거리는 소리가 복잡하게 들려왔었다. 하지만 눈을 감은 송현우의 귀에는 아무 소리도 들려오지 않았다. 어찌할 바를 모르는데 어둠 속에서 착 가라앉은 진운의 목소리가 들렸다.

"보이지 않는 세상을 보실 준비가 되셨습니까?"

마른침을 삼킨 송현우가 고개를 끄덕거렸다. 그러자 들리지 않던 주변의 소리가 들려왔다. 새가 우는 소리나 바람이 부는 소리가 아니라 뭔가 속삭이는 듯한 소리가 들린 것이다.

"이게 무슨 소리지?"

"새로운 세상을 볼 수 있는 소리입니다. 이제 눈을 뜨십시오."

진운의 말대로 눈을 뜨자 새로운 세상이 보였다. 자욱한 안개를 뚫고 그 너머가 보인 것이다.

열. 안개 속의 악마

안개가 낀 것 같은 희뿌연 모습이었지만 형태와 모습
들은 선명하게 보였다.

"이게 대체…….."

말을 잇지 못하는 송현우에게 진운의 목소리가 들려
왔다.

"심연의 눈을 뜨신 겁니다. 이제 보이지 않는 세상을
보시게 된 거죠."

주변을 살펴보자 아까와는 다른 풍경이 보였다. 길옆
의 나무에 뭔가 대롱대롱 매달려 있어서 자세히 살펴봤
더니 나뭇가지에 목을 맨 아낙네였다. 놀란 송현우가 눈
을 떠서 나무를 바라봤지만 아무것도 보이지 않았다. 하
지만 서늘하고 섬뜩한 기운이 느껴졌다. 송현우가 진운

에게 말했다.

"죽음이 보이는군."

"세상은 억겁과 같은 죽음에 둘러싸여 있으니까요. 삶과 죽음은 명확하게 구분되는 것 같지만 때로는 그 경계가 희미하기도 합니다."

"그 속에서 우리 집안을 몰살시키고, 사찰을 폐허로 만든 악령들이 날뛰는 것인가?"

송현우의 물음에 진운이 차분하게 대답했다.

"세상 모든 일에는 이유가 있는 법입니다. 심연은 그걸 찾게 만들어 줄 겁니다. 하지만."

고개를 돌린 진운이 앞장서 가는 범우 일행을 바라보면서 덧붙였다.

"그걸 어떻게 찾아내느냐는 온전히 어사님의 몫입니다."

앞장서 가던 범우가 돌아봤다. 얼른 따라오라는 느낌 같아서 송현우는 큰 소리로 말했다.

"금방 따라가겠네."

"안개가 짙습니다. 길을 잃지 않으시려면 잘 따라오셔야 합니다."

"걱정 말게."

눈을 감으면 모든 게 보인다는 얘기는 차마 하지 못한 송현우는 그냥 웃음으로 메웠다. 그리고 눈을 감은 채 발걸음을 옮겼다. 아까 목을 매단 시신이 있는 나무를 힐끔 봤는데 대롱거리며 매달려 있던 아낙네의 시신이 그를 향해 손을 뻗는 게 보였다. 놀란 송현우의 어깨를 진운이 잡았다.

"놀라지 마십시오."

"죽은 게 아니었나?"

"죽었습니다. 다만, 산 사람을 보고 질투를 하는 것이죠."

"질투?"

"죽음은 항상 삶을 질투합니다. 죽음 이후에 얻는 게 많다고 해도 한 조각의 삶보다 못한 법이니까요. 그걸 깨달았을 때는 너무 늦은 것이지요."

"그래서 산 자를 질투하는 건가?"

"정확하게는 삶을 질투하는 것이죠. 그게 심해지면 세상은 혼란에 처합니다. 넘어가지 말아야 할 선을 넘게 되는 것이니까 말입니다."

"죽은 자의 질투를 받는 걸 보니 아직은 살아 있는 쪽에 가까운 모양이군."

송현우는 우울한 표정으로 대답하고는 부지런히 범우 일행을 따라잡았다. 눈을 감으면서 보게 된 세상엔 온통 죽음으로 가득했다. 나무 사이에는 맹수에게 뜯어먹힌 흔적이 남은 노루와 토끼들이 보였고, 웅크리고 죽은 맹수들도 보였다. 막상 눈을 떠 보면 아무것도 보이지 않아서 더 으스스했다. 중간중간 널브러진 채 죽은 사람들도 보였다. 그 모든 것을 천천히 바라보면서 지나가는데 앞쪽에서 범우가 외치는 소리가 들렸다.

"저기 사찰이 보인다. 잠깐 쉬었다가 가자."

활기찬 범우의 목소리에 따라온 청년들이 웃으면서 알겠다고 대답했다. 걸음을 빨리한 송현우는 범우 일행을 따라잡았다. 송현우가 범우가 앉아 있는 바위 아래쪽을 내려다보며 덧붙였다.

"저기가 폐사찰인가?"

"네, 흥광사라고 불렸던 절입니다. 여행객들이 먹고 쉴 수 있는 역까지 있어서 제법 번성했던 곳이라고 들었습니다."

흥광사에 얽힌 사연을 꿈속에서 봤던 송현우는 걱정이 되었다. 불심이 깊었던 스님조차 파멸로 몰아넣은 애꾸눈의 능력이라면 마을 청년들쯤은 얼마든지 해칠 수 있을 것이기 때문이다. 하지만 동시에 애꾸눈과 만나서 가족들의 죽음에 얽힌 비밀을 풀고 싶다는 생각도 들어서 섣불리 말리지 못했다. 물을 마신 범우가 쾌활한 목소리로 따라온 마을 청년들에게 말했다.

"금박이 입혀진 등신불은 대웅전 옆에 있는 전각에 모셔져 있다고 들었어. 가자마자 바로 전각으로 가서 등신불의 금박을 벗겨 낸다. 부적이 있긴 하지만 무슨 일이 벌어질지 모르니까 최대한 빠르게 움직이자. 욕심부리지 말고 말이야."

다들 알겠다고 대답하자 범우가 한 명씩 살펴보다가 입을 열었다.

"가자."

마을 청년들이 일제히 오솔길을 내려가서 사찰로 향했다. 불안한 표정으로 지켜보던 송현우도 진운과 검정개 어둠과 함께 따라갔다. 아까부터 죽은 혼령들이 보여서 길을 가는 데 방해가 되었다. 하지만 검정개 어둠 덕분에 어렵지 않게 길을 걸을 수 있었다. 어둠이라는 이름대로 어둠 속에서도 길을 잘 보는 능력이 있는 것 같았다. 자욱하게 낀 안개는 사찰 안으로 침범하지 않았다. 그래서 폐허가 된 사찰의 모습이 똑똑히 보였다. 몇 개의 전각은 세월의 무게를 이기지 못하고 주저앉았고, 사찰 곳곳에는 풀과 나무가 자라고 있었다. 멀쩡하게 서 있는 전각들도 지붕의 기와가 듬성듬성 빠졌다. 앞장서 걷던 범우가 주변을 돌아보다가 제일 큰 전각을 손가락으로 가리켰다.

"현판은 없지만 저기가 대웅전 같아. 저기 가서 주변을 찾아보자."

마을 청년들이 우르르 몰려가는 가운데 송현우는 심연의 눈을 이용해 주변을 살펴봤다. 그러고는 살짝 놀랐다.

"아무것도 안 보이는데?"

"보이는 게 전부는 아닙니다."

차분한 진운의 대답에 송현우는 눈을 뜨며 물었다.

"심연은 보이지 않는 걸 볼 수 있다고 하지 않았나?"

"어떤 악령은 심연조차 볼 수 없을 정도로 잘 숨습니다."

그리고 진운은 조용히 창포검을 살짝 뽑았다. 그 사이, 범우와 마을 청년들은 대웅전 옆의 불타 버린 전각을 찾아냈다. 저기가 분명하다는 범우의 말에 마을 청년들이 달려들어서 무너진 전각의 잔해들을 치웠다. 다들 신이 나서 금박을 벗겨 내서 뭘 할지 얘기들을 주고받았다. 좀 떨어진 곳에서 심연을 이용해서 주변을 신중하게 살피던 송현우는 범우와 마을 청년들이 쓰러진 전각의 문짝을 드는 것을 봤다. 위에 쌓인 재와 잔해들이 우수수 흘러내리는 가운데 범우의 활기찬 목소리가 들렸다.

"여기 아래 반짝거리는 게 있어."

송현우는 범우의 목소리를 듣고 심연에 더욱 집중했다. 그리고 넘어진 문짝 아래에 있던 악령들이 기다렸다는 듯 쏟아져 나오는 걸 봤다.

"안 돼!"

사방으로 쏟아져 나온 악령들은 주변에 있던 범우와 마을 청년들의 가슴을 뚫고 지나갔다. 갑작스러운 공격에 놀란 범우와 마을 청년들은 힘없이 쓰러졌다.

"맙소사!"

몇 개의 악령들은 송현우에게도 날아왔다. 하지만 접

근하기 전에 진운이 뽑은 창포검에 베어졌다. 검정개 어둠도 이빨을 드러내고 펄쩍 뛰어올라 악령을 하나 붙잡은 다음 입으로 물어서 갈기갈기 찢어 버렸다. 그 사이, 악령들의 공격을 받은 범우와 마을 청년들이 정신을 차렸는지 하나둘씩 일어났다. 그걸 본 송현우가 다행이라고 생각하는 순간, 그들은 각자 들고 온 도구를 들고 서로를 공격했다.

"무! 무슨 짓이야!"

놀란 송현우가 그들 사이로 뛰어들면서 만류했다. 하지만 눈동자가 모두 하얗게 변한 그들은 서로를 향해 가지고 온 도구를 휘둘렀다. 괭이에 맞아서 머리에서 피를 철철 흘린 마을 청년이 쓰러지면서 괴성을 질렀다. 낫으로 다른 청년의 목덜미를 찍은 마을 청년은 괴성을 지르며 있는 힘껏 낫을 그었다. 피가 사방으로 튀면서 찔린 사람과 찌른 사람 모두 피범벅이 되어 버렸다. 이들을 뜯어말려야 할 범우 역시 돌을 쥔 채 쓰러진 마을 청년의 얼굴과 가슴을 마구 내리찍는 중이었다. 그걸 본 송현우가 발길질로 그를 걷어차서 밀어내 버렸다. 옆구리를 걷어차이면서 옆으로 굴러간 범우가 벌떡 일어나는 걸 본 송현우가 외쳤다.

"뭐 하는 거야? 정신 차려!"

하지만 범우는 돌을 집어 든 채 송현우에게 덤벼들었

다. 몸을 옆으로 움직여서 피한 송현우는 다가오는 범우를 발로 밀어냈다. 뒤로 몇 발 밀려난 범우는 진정하라고 거듭 외치는 송현우에게 돌을 집어 던졌다. 얼굴을 향해 날아오는 돌을 가까스로 피한 그에게 진운이 외쳤다.

"낙죽장도를 뽑으십시오."

"저들을 베란 말이야?"

"어차피 악령에 물들었습니다. 설사 정신을 차린다고 해도 제정신으로는 살아가지 못합니다."

"그래도 어떻게!"

주저하던 송현우가 뒤로 물러나자 범우가 이빨을 드러내며 덤벼들었다. 그걸 본 진운이 다시 외쳤다.

"뽑지 않으면 어사님이 다치십니다."

결국 송현우는 낙죽장도를 뽑아 들었다. 그러자 칼이 뽑힌 칼집에서 서늘한 바람과 함께 온갖 요괴 같은 것들이 튀어나왔다. 놀란 송현우는 하마터면 낙죽장도를 놓칠 뻔했다.

"뭐, 뭐야?"

"죽장 요괴들입니다. 어사님이 부리실 수 있는 존재들이죠."

"요괴라고?"

"십이지신과 이무기가 있습니다. 정신을 집중하시면 조종할 수 있습니다."

진운의 얘기를 들은 송현우는 허공을 떠도는 죽장 요괴들을 응시하다가 괴성을 지르며 다가오는 범우를 쳐다봤다. 죽이지 말고 제압하라는 생각을 하자 죽장 요괴들이 다가오던 범우를 휘감았다. 두 눈이 하얗게 변한 범우가 괴성을 지르며 죽장 요괴들을 향해 두 팔을 허우적거렸다. 하지만 힘에 떠밀리면서 뒤로 밀려났다. 다시 덤벼들려던 범우는 호랑이처럼 생긴 요괴가 치고 지나가자 뒤로 확 밀려나서는 바닥에 넘어졌다. 보통의 사람이라면 꼼짝도 못 하고 쓰러질 정도의 충격이었지만 범우는 아무렇지도 않게 일어났다. 그걸 본 송현우가 절박하게 외쳤다.

"제발 덤비지 마!"

범우는 대답이라도 하는 것처럼 입을 한껏 벌리고 괴성을 질렀다. 어쩔 줄 몰라 하는 송현우에게 진운이 외쳤다.

"요괴를 조종해서 저들을 물리치십시오."

진운의 얘기를 듣고 허공을 바라봤다. 이무기처럼 생긴 요괴가 거대한 꼬리를 흔들면서 떠 있었다. 이무기를 바라본 송현우가 마음속으로 외쳤다.

'범우를 다치지 않게 멀리 보내!'

이무기 요괴는 마치 알아들었다는 듯 고개를 한번 끄덕거리고는 아래로 내려와서 송현우에게 다가오던 범우를 꼬리로 휘감았다. 그러고는 그를 멀리 던져 버렸다.

대웅전의 지붕으로 떨어진 범우는 자욱한 연기 속으로 사라졌다. 그걸 본 송현우는 이무기 요괴에게 다시 지시를 내렸다.

'다른 마을 청년들도 떨어뜨려 놔.'

이무기 요괴는 크게 울부짖으며 서로 싸우던 마을 청년들을 꼬리로 휘감아서 멀리 떨어뜨려 놨다. 다른 요괴들에게도 지시를 내리자 다들 순식간에 마을 청년들을 떨어뜨렸다. 하지만 다들 치명상을 입었고, 몇 명은 아예 움직이지 않았다. 삽시간에 벌어진 참혹한 비극에 어쩔 줄 몰라 하던 송현우의 눈앞에 한 줌의 안개가 소용돌이쳤다. 그리고 잠시 후, 사라진 소용돌이가 있던 자리에 애꾸눈이 서 있는 게 보였다. 모습은 약간 달라졌지만 안개가 침범한 그날 밤, 집에서 만난 세 명 중 하나가 분명했다. 눈앞의 애꾸눈은 맨발에 누더기 같은 옷을 걸치고 있었다. 한쪽 눈은 가죽으로 만든 안대로 가리고 있었고, 머리카락 한 올 없는 머리부터 온몸은 회색이라 마치 죽은 사람처럼 보였다. 침묵과 고요가 양쪽 사이를 가로질러 갔다. 송현우는 그들에 의해 목숨을 잃은 아내와 부모, 그리고 노비들이 떠오르자 분노가 치밀어 올랐다. 떨리는 손으로 주먹을 불끈 쥔 송현우가 외쳤다.

"가족의 원수!"

송현우는 아까 진운에게 배운 대로 주변의 요괴들에게

마음속으로 지시를 내렸다.

'저놈을 없애!'

하늘 높이 떠 있는 이무기 요괴를 시작으로 한꺼번에 애꾸눈을 향해 쇄도했다. 하지만 그대로 서 있는 애꾸눈과 부딪치자마자 오히려 산산조각이 났다. 산산조각 난 요괴들이 하나둘 사라지면서 애꾸눈의 몸은 점점 더 거대해졌다. 두 배는 커진 애꾸눈이 송현우를 내려다보면서 한 걸음 다가왔다. 그걸 본 송현우가 이를 악물었다. 칼집에서 다시 요괴들이 쏟아져 나왔다.

'가라!'

요괴들은 쏜살같이 애꾸눈에게 날아갔지만 이번에도 벽에 부딪힌 것처럼 부서져 나갔다. 부서진 요괴의 잔해들이 애꾸눈의 발 앞에 깔렸다. 머리가 어지러워진 송현우는 코피를 뚝뚝 흘렸다.

"젠장!"

아내와 가족들을 죽인 원수가 눈앞에 있는데 아무것도 할 수 없다는 무력감에 송현우는 미칠 것만 같았다. 그때, 지켜보고 있던 진운이 외쳤다.

"분노를 다스리십시오."

"원수가 눈앞에 있는데 어떻게 다스리란 말이야!"

"다스리지 못하면 이기지 못하니까요. 죽장 요괴들을 다스리십시오."

"애꾸눈의 상대가 되지 않아!"

"지금은 죽장 요괴들을 써야 할 때입니다. 어서 뽑으십시오."

짧게 대답한 진운은 창포검을 뽑아 들고 송현우의 앞을 막아섰다. 그가 뽑아 든 창포검에서는 붉은 기운이 서서히 뻗어 나왔다. 진운은 어깨 위로 비스듬하게 창포검을 치켜들고는 다가오는 애꾸눈을 향해 크게 휘둘렀다. 붉은 기운의 잔상이 연기처럼 퍼져 나가는 가운데 애꾸눈의 왼쪽 목덜미부터 오른쪽 옆구리까지 크게 베어졌다. 거의 절단될 것처럼 보이던 몸은 서서히 다시 붙어 버렸다. 진운은 다시 창포검을 수평으로 휘둘러서 애꾸눈의 목을 베었다. 하지만 살짝 떨어졌던 애꾸눈의 목은 다시 붙어 버렸다. 검정개 어둠도 뛰쳐나가서 애꾸눈의 정강이를 물었다. 하지만 애꾸눈이 발을 한번 크게 털어 버리자 튕겨 나가고 말았다. 진운은 창포검을 고쳐 잡고는 말했다.

"제 말 잘 들으십시오. 분노는 다스리지 못하면 분노로 끝날 뿐입니다. 분노는 파도일 뿐입니다. 몰아치지만 허물지는 못하죠."

"만약, 분노를 다스리면?"

"폭풍이 되는 거죠. 모든 걸 날려 버릴 수 있는."

송현우가 손가락으로 거대해진 애꾸눈을 가리키며 외

쳤다.

"저놈도?"

대답 대신 고개를 끄덕인 진운은 고함을 지르며 애꾸
눈을 향해 달려들었다. 튕겨 나간 검정개 어둠 역시 기운
을 차리고 덤벼들었다. 진운은 이번에는 베지 않고 아랫
배를 찔렀다. 급소였는지 애꾸눈은 크게 고통스러워했
다. 몸부림을 치던 애꾸눈은 칼을 쥐고 있던 진운의 팔을
잡아서 뜯어 버렸다. 그리고 한쪽 팔을 잃은 진운과 허벅
지를 물고 있던 검정개 어둠을 세게 걷어찼다. 순식간에
둘을 제압한 애꾸눈은 아랫배에 꽂힌 진운의 창포검과
그걸 쥐고 있는 팔을 뽑아서 내동댕이쳤다. 거칠 것이 없
어진 애꾸눈은 송현우를 바라봤다. 그리고 의미를 알 수
없는 말을 했다.

"아직도 안개의 의미를 모르고 있는 건가?"

안개라는 말을 들은 송현우는 그날의 기억이 떠올랐
다. 마음이 불타오르는 것 같은 고통에 송현우는 거칠게
대꾸했다.

"내 가족을 죽인 안개에게 어떤 의미가 있는지 궁금하지 않아. 대신 궁금한 건!"

불같이 타오르던 마음이 한순간에 차가워지는 것이 느껴졌다. 마음이 싸늘해진 송현우는 있는 힘껏 외쳤다.

"왜 죄 없는 내 가족들을 처참하게 죽였는지야!"

다가오던 애꾸눈은 얼핏 웃는 것 같았다.

"그들은 죄를 지었다."

"무슨 죄!"

"너의 가족인 죄."

그 말을 들은 송현우의 차가운 마음은 다시 뜨겁게 타올랐다. 하지만 아까와는 달리 균형을 찾을 수 있었다. 그런 송현우의 변화를 눈치챘는지 한쪽 팔을 잃은 채 쓰러져 있던 진운이 외쳤다.

"다시 요괴들을 소환하십시오."

송현우가 낙죽장도의 칼집을 바라보자 아까보다 더 많은 죽장 요괴들이 나왔다. 아까보다는 침착해진 송현우는 속으로 생각했다.

'힘을 합쳐서 싸우게 해 볼까?'

말도 안 되는 생각이었지만 그게 통했는지 낙죽장도의 칼집에서 나온 요괴들은 서서히 하나로 뭉쳤다. 거대한 호랑이의 몸통에 이무기의 꼬리가 솟아났고, 노루의 뿔 같은 것이 머리에서 생겼다. 몸통에서 뿔과 뼈 같은 게 생겨났다. 호랑이를 중심으로 합쳐진 요괴를 본 애꾸눈이 괴성을 질렀다. 그와 동시에 애꾸눈의 두 손에서 손톱이 엄청나게 길게 늘어났다.

'공격하라!'

호랑이 요괴가 으르렁거리며 뛰어올라 애꾸눈에게 내리꽂혔다. 애꾸눈은 길어진 손톱을 칼처럼 휘둘렀다. 호랑이 요괴는 가볍게 피한 다음 이무기의 꼬리를 철퇴처럼 휘둘렀다. 가슴을 얻어맞은 애꾸눈은 크게 휘청거렸고, 호랑이 요괴는 기세를 타서 앞발로 공격을 이어 갔다. 얼굴을 발톱으로 몇 번 긁힌 애꾸눈은 고통스러워하면서 두 팔을 허우적거렸다. 이번에도 가볍게 애꾸눈의 손톱 공격을 피한 호랑이 요괴는 뒤쪽으로 돌아가서 애꾸눈의 어깨를 물었다. 이빨이 살을 파고들면서 뼈를 으스러뜨리는 것 같은 소리가 났다. 합체된 호랑이 요괴는 애꾸눈의 어깨를 문 채 이리저리 흔들었다. 손쉽게 싸움이 끝날 것 같았지만 고통스러워하던 애꾸눈이 길게 자란 손톱으로 호랑이 요괴의 옆구리를 찌르면서 상황이 바뀌었다. 물고 있던 어깨를 놓은 호랑이 요괴는 몸부림을 쳤다. 그런 호랑이 요괴의 옆구리에 더욱 깊게 손톱을 찔러 넣은 애꾸눈이 힘껏 호랑이 요괴를 내동댕이쳤다. 바닥에 떨어진 호랑이 요괴는 일어나지 못했다. 애꾸눈이 송현우를 쳐다보며 포효했다. 그걸 지켜보던 진운이 소리쳤다.

"직접 처리하셔야 합니다."

"어떻게?"

"이제 칼에 신경을 집중하십시오. 지난번에 이명천을 물리쳤을 때처럼 말입니다."

손에 든 낙죽장도를 바라보자 붉은 기운이 스물거리며 자라났다. 그리고 두 눈이 뜨거워지는 걸 느꼈다. 칼과 함께 눈이 붉게 변한 것이다. 알 수 없는 힘이 온몸을 휘감아오자 송현우는 몸이 가벼워지는 걸 느꼈다. 온몸의 변화를 느끼는 동안 애꾸눈은 가까이 다가와 길어진 손톱을 칼처럼 휘둘렀다. 송현우는 붉은 기운이 자라난 낙죽장도를 들어서 막았다. 꿍음과 함께 불꽃이 튀었고, 어마어마한 힘이 밀려왔다. 하지만 가벼워진 몸은 그걸 버텨 냈고, 낙죽장도 역시 손톱을 막아 냈다. 애꾸눈이 당황스러워하는 게 느껴진 송현우는 몸에 힘을 주며 버티다가 서서히 밀어냈다. 뒤로 밀린 애꾸눈이 중얼거리는 목소리가 들렸다.

"말도 안 돼! 어떻게!"

애꾸눈을 완전히 밀어낸 송현우는 몸을 훌쩍 날렸다. 거대해진 애꾸눈을 내려다볼 정도로 높이 뛰어오른 송현우는 애꾸눈이 휘두르는 손톱을 피해 뒤로 날아갔다. 그러고는 거대한 애꾸눈의 등을 비스듬하게 베었다. 낙죽장도의 붉은 기운이 애꾸눈의 몸통을 파고들면서 상처를 남겼다. 회색의 피를 흘린 애꾸눈은 돌아서면서 손톱을 휘둘렀다. 하지만 가볍게 몸을 옆으로 굴린 송현우는 어렵지 않게 피할 수 있었다. 몸을 일으킨 송현우는 붉게 변한 눈으로 애꾸눈을 노려봤다. 애꾸눈의 몸에 입은 상처들이 보였는데 더 진하고 선명하게 보이는 부분들이 있었다. 더 크게 상처를 입은 곳이라고 판단한 송현우는 그쪽을 집중적으로 노렸다. 호랑이 요괴에게 물린 어깨를 낙죽장도로 깊게 찌른 송현우는 애꾸눈이 크게 고통스러워하는 걸 보고는 자신의 판단이 맞았다는 걸 깨달았다.

183

'다음으로 보이는 약한 곳이 목이었지.'

목 역시 아까 진운에게 베인 곳이라 그런지 선명하게 상처가 보였다. 목을 노리기 위해 접근하는데 고통스러워하던 애꾸눈이 갑자기 손을 뻗었다. 손톱이 길게 뻗어오는 걸 본 송현우는 아차 했지만 한발 늦고 말았다. 길게 자라난 애꾸눈의 손톱이 아랫배를 파고 들어와서 등 뒤로 뚫고 나왔다. 고통스러워하던 송현우는 그대로 몸이 들려졌다. 상상하지도 못할 고통이 밀려오면서 머리가 터져 버릴 것 같았다. 하지만 비웃는 표정을 짓는 애꾸눈을 보면서 억울하게 죽은 가족들을 떠올렸다. 엄격하지만 따뜻했던 아버지, 늘 자애롭고 인자했던 어머니, 그리고 활짝 웃으면 수국처럼 아름다웠던 아내의 모습이 차례로 떠오르자 마음 깊은 곳에서 분노가 치솟았다. 눈앞이 검게 변했다가 선명한 핏빛으로 바뀌었다. 동시에 고통으로 범벅이 된 몸에 새로운 힘이 생겨나는 게 느껴졌다.

"네가 이길 수 있을 것 같아?"

애꾸눈의 물음에 송현우는 손에 쥐고 있던 낙죽장도를 치켜들면서 차갑게 대답했다.

"져야 할 이유가 없어."

애꾸눈의 하나밖에 없는 눈이 커지는 순간, 붉은 눈의 송현우는 낙죽장도로 자신의 배를 꿰뚫은 손톱을 베어 버렸다. 손톱을 잃은 애꾸눈이 주춤거리는 순간, 송현우는 낙죽장도를 애꾸눈의 목에 깊게 찔러 넣었다. 순식간에 목을 관통당한 애꾸눈은 힘없이 뒤로 물러났다. 그 사이에 자신의 배에 박힌 애꾸눈의 손톱을 하나씩 뽑아 버린 송현우는 심호흡을 했다. 삽시간에 상처가 아물면서 온몸에 다시 차가운 기운이 감돌았다. 물러난 애꾸눈이 괴성과 함께 다른 손의 손톱을 뻗었다. 마지막 발버둥 같은 공격은 송현우가 가볍게 옆으로 물러나면서 아예 팔목을 잘라 버리는 것으로 끝났다. 회색 피가 흐르는 팔목을 부여잡은 애꾸눈이 주춤주춤 물러나면서 말했다.

"이, 이봐. 누가 너의 가족들을 죽였는지 궁금하지 않아? 나를 죽이면 영원히 모를 수 있어."

무릎을 꿇은 애꾸눈의 애원에 송현우는 가볍게 응수했다.

"괜찮아. 다른 놈들한테 물어보면 되니까."

송현우의 대답을 들은 애꾸눈이 멀쩡한 손을 들어 올리며 외쳤다.

"네 가족들이 죽은 건 너 때문이야."

하지만 송현우는 흔들리지 않고 인정사정없이 낙죽장도를 휘둘러 손과 목을 함께 베어 버렸다. 베어진 애꾸눈의 목에서 빛이 새어 나왔고, 그것이 넘어진 애꾸눈을 집어삼켰다. 쉬익거리는 소리와 함께 소멸해 버린 빛과 함께 애꾸눈은 흔적도 없이 사라졌다.

"이겼다."

힘없이 중얼거린 송현우는 긴장이 풀렸는지 그대로 무릎을 꿇었다. 쓰러져 있던 진운이 다가와서 송현우를 부축했다.

"잘하셨습니다."

"내가 어떻게 이런 힘을 가진 거지?"

"정해진 운명입니다."

송현우는 손에 쥐고 있던 낙죽장도를 쳐다봤다. 붉은 기운을 뿜어내던 낙죽장도는 원래 상태로 돌아갔다. 그리고 합체되었던 호랑이 요괴는 각각 분리되어서 칼집 안으로 들어갔다. 진운의 설명을 들었지만 여전히 혼란스러웠다. 하지만 한 가지는 확실했다.

"애꾸눈을 이겼어. 이제 다른 놈들도 이길 수 있겠지?"

송현우를 부축해 주던 진운이 대답했다.

"물론입니다. 힘은 쓸수록 강해지니까요."

그때서야 뽑혀져 나간 진운의 한쪽 팔이 멀쩡하다는 걸 깨달은 송현우가 물끄러미 바라봤다. 자라난 새 팔을 가볍게 흔든 진운이 입을 열었다.

"이런 힘을 '기'라고 부릅니다. 온몸을 타고 흐르는 기를 이용하면 엄청난 힘을 낼 수 있죠."

"낙죽장도에서 나오는 요괴들도?"

"그건 요괴를 부릴 수 있는 힘을 가지고 있다는 뜻입니다. 만약, 그럴 힘이 없었다면 칼집을 뽑는 순간 요괴들이 어사님을 공격해서 소멸시켰을 겁니다."

진운의 설명을 들으면서 송현우는 지나간 일들을 떠올렸다. 죽음에서 깨어난 이후 천격당에서 만난 소진주에게 들었던 기이한 설명들은 결국 자신이 무원을 찾아 나서게 만드는 과정이었다는 것을 깨달았다. 거기로 가는 길에서 가족들을 해친 자들을 만나게 되는 것도 어쩌면 예정된 일이었는지 모른다고 생각한 송현우는 허탈해지는 한편, 마음을 다잡을 수 있게 되었다.

"무원에 이르기 위한 힘을 키우는 과정인지도 모르겠군."

송현우의 말에 진운이 무겁게 고개를 끄덕거렸다.

"그게 어사님이 걸어야 할 길입니다."

187

"알겠네. 일단 청년들을 데리고 마을로 돌아가세."

청년들 중 상당수는 심한 상처를 입었다. 낫으로 목덜미를 찍힌 청년과 돌에 머리가 으깨진 청년 둘은 이미 숨이 끊어진 상태였다. 아까 송현우에게 덤볐던 범우도 뒤통수가 깨진 상태였다. 의식을 잃고 있던 범우는 송현우가 깨우자 간신히 눈을 떴다.

"어, 어사님. 이게 어찌 된 일입니까?"

"큰 변고가 있었네. 내려가서 설명할 테니까 어서 동무들과 함께 내려가세."

"아, 알겠습니다."

끙끙거리며 일어난 범우가 쓰러진 마을 청년들을 챙기는데 검정개 어둠이 크게 짖어 대기 시작했다. 송현우가 검정개 어둠이 짖으며 쳐다보는 쪽을 바라보자 낯선 이들이 산자락에 서 있는 게 보였다. 사람의 눈으로 보기에는 먼 거리였지만 송현우는 대번에 누군지 알아차렸다.

"이명천!"

산자락에 선 이명천은 안개가 서서히 사라지자 드러나는 폐사찰을 뚫어지게 바라봤다. 버려진 대웅전 옆에 사람들이 쓰러져 있거나 서 있었는데 그중 한 명이 눈에 띄었다.

"송현우!"

상대방도 자신을 알아봤다는 걸 눈치챈 이명천은 서둘러 폐사찰로 뛰어내려 갔다. 황종원과 이득시 역시 쇠좆매와 육모방망이를 들고 뒤를 따랐다. 이명천은 대웅전 옆에 우두커니 서 있는 송현우를 향해 마패를 내밀고 쩌렁쩌렁한 목소리로 외쳤다.

"살인자 송현우는 얌전히 포박을 받아라!"

물론 송현우가 저항하지 않는다고 해도 살려 둘 생각은 없었다. 하지만 송현우는 마치 바위처럼 버티고 서 있었다. 지난번처럼 이상한 힘을 발휘하는 것이 아닌가 걱정되었지만 그에게도 믿는 구석이 있었다. 무영궁을 손에 쥔 이명천은 송현우가 보이는 곳 앞에 서서 활을 겨눴다. 시위를 당긴 이명천이 물었다.

"왜 내 여동생을 죽였느냐!"

"나는 아내를 죽이지 않았어."

차분하게 대답한 송현우가 뜻 모를 얘기를 덧붙였다.

"안개 속에서 나타난 세 놈이 범인이야."

마치 놀리는 것 같은 대답에 이명천은 그대로 화살을 쐈다. 송현우는 빠르게 날아온 화살을 손으로 쳐 내려고 했다. 하지만 무영궁에서 날아온 화살은 송현우의 팔뚝을 관통해 버렸다.

"아니!"

송현우가 화살이 박힌 팔뚝을 놀란 눈으로 바라봤다. 그걸 보고 진운이 외쳤다.

"위험합니다. 피하십시오."

무영궁의 두 번째 화살이 날아오자 송현우는 뒤로 물러났다.

"보통 활이 아닌 거 같습니다. 일단 떠나야 합니다."

이명천이 화살을 쏘고 나서 황종원이 쇠좆매를 휘두르면서 덤벼들었다. 진운이 창포검을 휘두르면서 그들을 막았다. 창포검으로 황종원의 쇠좆매를 걷어낸 그가 외쳤다.

"네가 끼어들 자리가 아니니 물러나라."

뒤늦게 끼어든 이득시가 육모방망이와 철편을 양손에 쥐고 공격하려고 했다. 하지만 진운의 상대가 되지 못했다.

"젠장할!"

둘이 끼어들지 못하는 사이, 이명천은 다시 화살을 끼워서 시위를 당겼다. 하지만 검정개 어둠이 입에서 꾸역꾸역 안개를 토해 냈다. 삽시간에 주변을 감싼 안개 덕분에 송현우는 자취를 감춰 버렸다. 이명천이 화를 참지 못하고 소리쳤다.

"송현우! 어디까지 도망칠 수 있을 거 같으냐!"

안개 속에서 송현우의 담담한 목소리가 들려왔다.

"마을 청년들을 데리고 돌아가게."

비로소 주변에 쓰러져 있던 그들이 모두 피범벅이 되어 있는 걸 본 이명천이 물었다.

"무슨 일이 있었던 건가?"

"이곳은 악령이 또아리를 틀고 있는 곳이야. 사람이 오면 안 되는 곳이니 어서 돌아가게."

"네놈은 괜찮고?"

이명천의 물음에 안개 너머에서 송현우가 차가운 목소리가 들려왔다.

"나는 아내와 가족을 죽인 범인을 찾는 중일세. 반드시

네 여동생의 원수를 갚을 것이니 안심하게."

"거짓말!"

"그리고 이들은 자네가 이길 수 있는 존재들이 아니야. 돌아가서 가족들 곁에 있게."

송현우의 부하와 개가 안개 속으로 사라졌다. 보통 화살로는 멀리 떨어진 송현우를 쏠 수 없다고 판단한 이명천은 동개에서 애기살이라고도 불리는 편전을 하나 뽑아서 통아에 끼웠다. 그리고 시위를 당겼다가 놨다. 통아를 빠져나간 화살은 안개가 가신 허공을 가르며 날아갔다. 화살이 안개 너머로 사라지는 것을 본 이명천이 소리쳤다.

"살인마는 잘 들어라! 네놈이 무슨 변명을 하든 내 여동생을 죽인 죄는 사라지지 않는다. 반드시 너를 잡아서 목을 베고 심장을 씹어 먹어서 원한을 풀 것이다. 두고 봐라! 두고 보아라!"

이명천은 화가 풀릴 때까지 외쳤다. 팔목에 박힌 편전을 아무렇지도 않게 뽑아낸 송현우는 그대로 돌아섰다. 이명천이 두 번째 편전을 뽑아서 통아[10]에 끼웠다. 하지만 안개 너머의 송현우는 이미 기척마저 사라진 후였다.

"빌어먹을!"

무영궁을 내려놓으며 짜증을 낸 이명천에게 황종원이 다가왔다.

191

---

10) 筒兒: 짧은 화살을 쏠 때 살을 넣어서 시위에 메어 쏘는 가느다란 나무통.

"어사 나리, 여기 분위기가 많이 심상치 않습니다. 서둘러 벗어나는 게 좋겠습니다. 소인의 어머니가 무당이라 어릴 적부터 이런 분위기는 익숙합니다. 많이 안 좋습니다. 어서 자리를 뜨시지요."

황종원이 소매를 당기며 채근하자 이명천은 옆에 우두커니 서 있는 청년에게 말했다.

"계방촌에서 올라왔느냐?"

"그렇습니다. 소인은 범우라고 하옵니다."

올라오기 전 붉은 댕기를 한 처녀에게 들은 이름이라는 것을 떠올린 이명천이 말했다.

"걸을 수 있으면 서둘러 나를 따라오게."

"동무들이 몇 명 죽었습니다. 제 탓입니다."

"그건 내려가서 얘기해도 늦지 않아. 서두르게. 마을에서 자네를 애타게 기다리는 사람이 있어."

이명천의 얘기를 들은 범우가 힘없이 고개를 끄덕거렸다. 그리고 겨우 일어난 동무들과 함께 이명천의 뒤를 따랐다. 황종원과 이득시도 다친 마을 청년들을 부축했다. 그들이 떠나려고 하자 사또가 은근슬쩍 물었다.

"어찌하시렵니까?"

"이곳의 기운이 좋지 않은 것 같고, 마을 청년들이 험한 일을 겪은 것 같으니 일단 데리고 내려가서 치료를 하는 게 좋겠네."

"도망친 놈은 쫓지 않으시는 겁니까?"

"일단 다친 사람부터 구해야지. 자네도 어서 돕게."

이명천의 채근에 사또는 폐허가 된 사찰을 바라봤다.

"소인은 이곳에 남아서 등신불을 찾아보겠습니다."

어이가 없어진 이명천이 쏘아봤지만 사또 역시 물러설 뜻을 보이지 않았다. 일단 다친 사람들을 도와주는 게 우선이라는 생각에 이명천은 사또 일행을 남겨두고 마을로 내려갔다.

이명천이 부상당한 마을 사람들을 데리고 떠나자마자 사또는 아전에게 지시했다.

"금박을 입힌 등신불을 찾아라."

지시를 받은 아전이 아졸들에게 어서 흩어져서 찾을 것을 명했다. 하지만 아졸 중 한 명은 주변을 두리번거리며 두려움에 떨었다.

"여긴 소문대로 악귀들이 있는 모양입니다. 그냥 내려가시지요."

아졸의 하소연 섞인 말에 아전이 벌컥 화를 냈다.

"아니, 이곳까지 왔는데 그냥 빈손으로 내려간다고!"

"일단 살고 봐야 하지 않겠습니까?"

"정녕 매를 맞아야 정신을 차리겠느냐?"

아전이 거듭 윽박지르자 아졸들이 불만 가득한 표정으

로 사찰 여기저기로 흩어졌다. 그걸 본 아전이 사또에게 다가가서 굽실거렸다.

"곧 등신불을 찾아서 금박을 벗길 수 있을 겁니다."

아전의 보고를 받은 사또가 활짝 웃었다.

"금박을 찾으면 그걸 뇌물로 바쳐서 높은 자리로 올라갈 수 있을 거다."

"그렇고 말굽쇼. 그렇게 되시면 소인의 공로를 잊지 마시옵소서."

"내가 어찌 그걸 잊겠느냐."

너털웃음을 지은 사또에게 아전이 굽실거리는 와중에 사라졌던 안개들이 서서히 다시 나타났다. 폐사찰 주변을 슬금슬금 다가오는 안개를 본 아졸들이 서로의 눈치를 봤다. 그리고 아전과 얘기를 나누는 사또를 보고는 하나둘씩 사라졌다. 안개가 짙어지는 바람에 사또와 아전은 아졸들이 사라지는 것을 전혀 눈치채지 못했다. 결국 안개가 짙어져서 주변이 보이지 않게 될 때에야 뭔가 잘못되어 가고 있다는 걸 눈치챈 사또가 떨리는 목소리로 아전에게 말했다.

"아무래도 안개가 심해지는 걸 보니 일단 돌아가는 게 좋겠구나."

"그, 그게 좋겠습니다."

둘은 서로의 손을 잡고 폐사찰을 벗어나려고 했다. 하

지만 짙은 안개 때문에 길을 잃은 그들은 같은 자리만 맴돌았다. 아무리 걸어도 벗어날 수 없게 되자 사또와 아전은 겁에 질린 채 소리를 쳤다.

"거기 아무도 없느냐?"

"여기 사또 나리가 계시다. 얼른 와서 도와다오!"

사또와 아전이 번갈아 내던 목소리는 주변에서 들려오는 섬뜩한 웃음소리에 집어삼켜졌다. 놀란 사또가 아전에게 말했다.

"이게 대체 무슨 소리냐? 사람이 내는 것 같지는 않은데 말이다."

"맹수의 울음소리가 아니겠습니까? 어서 여기서 나가야겠습니다."

"앞장서거라. 계속 같은 자리만 돌고 있지 않느냐?"

"분명히 이쪽이 아까 왔던 길이었는데 귀신이 곡할 노릇입니다, 사또 나리."

"관아로 돌아가면 계방촌의 호장부터 아까 여기를 온 젊은 놈들까지 모조리 잡아다가 쳐 죽이고 말 것이야."

"도망친 아졸들도 그냥 놔둬서는 아니 되옵니다."

"물론이지. 그놈들부터 물고를 낼 것이다."

이를 갈던 사또는 아까 들려온 이상한 소리가 바로 옆에서 들려오자 화들짝 놀랐다.

"여봐라! 어서 여기를 나가자."

하지만 아전은 뭔가에 붙잡혀서 끌려가는 것 같은 소리와 함께 짧은 비명을 남겼다.

"아악!"

삽시간에 안개에 삼켜진 아전의 빈자리를 본 사또는 덜덜 떨면서 울부짖었다.

"나는 사또다. 나를 돕는 자에게는 포상을 내릴 것이다. 거기 아무도 없느냐! 제발 도와다오. 사, 살려 다오!"

절규하는 사또를 향해 마치 안개가 살아 있는 것처럼 꿈틀거리며 다가와서 단숨에 그를 집어삼켰다. 사또는 비명 소리조차 내지 못하고 사라졌고, 남은 자리에는 엄청난 양의 피가 남았다. 그렇게 사또와 아전을 집어삼킨 안개가 파도처럼 쓸려서 사라진 자리에는 애꾸눈이 서 있었다. 아까 송현우에게 잘린 팔목에서 뚝뚝 떨어지는 회색 피를 내려다보던 애꾸눈이 희미하게 웃으며 중얼거렸다.

"새로운 먹잇감 덕분에 살아났군."

3장

복마전

열하나. 비밀과 거짓말

정원석은 신경택과 함께 성균관의 외삼문으로 들어섰다. 유생들과 수복들이 내는 떠들썩한 소리를 들은 정원석은 잠시 기억을 더듬었다.

"열여섯에 소과에 합격하고 여길 들어왔지. 원점[11]을 받느라고 억지로 식사를 했던 기억이 엊그제 같은데 말이야."

정원석이 추억에 잠겨 있는 사이 신경택이 지나가는 성균관의 어린 노비인 재직을 불러세웠다. 재직의 대답을 들은 신경택이 정원석에게 얘기했다.

"동재로 가시지요. 그곳에 있다고 합니다."

---

11) 圓點: 성균관에서 유생들에게 하루에 두 끼를 제공해 주고 점을 하나씩 찍는데, 이것을 원점이라고 한다. 일정 숫자의 원점이 있어야 과거를 볼 자격을 준다.

"그러세."

두 사람은 공자를 비롯한 성현들의 위패가 모셔진 대성전 옆 동삼문을 지나갔다. 대성전 옆에 오래된 은행나무를 본 정원석이 여전히 자리를 지키고 있다고 반가워했다. 동삼문으로 들어가자 유생들이 공부를 하는 공간인 명륜당이 보였고, 좌우에는 유생들이 머무는 숙소인 동재와 서재가 있었다. 동쪽에 있는 동재로 가자 청색 심의에 검은색 치포건을 쓴 몇몇 유생들이 마루에 앉아서 얘기를 주고받았다. 신경택이 그들에게 물었다.

"혹시 강덕성이라는 유생이 있으시오?"

그들 중 한 명이 의아한 표정으로 신경택을 바라봤다.

"내가 강덕성인데 그대는 누구인가?"

가까이 다가간 신경택이 귓속말을 하자 표정이 굳어졌다. 잠시 고민하던 그는 동료 유생들에게 말했다.

"잠깐 갔다 오겠네. 이따 명륜당에서 보세."

검정 가죽으로 만든 흑피혜를 신은 그는 정원석에게 말했다.

"조용히 얘기 나누기로는 고직사가 제일이지요."

"그런가? 내가 있을 때는 향관청이었는데."

가볍게 웃은 정원석은 강덕성의 뒤를 따랐다. 관원들이 일하는 정록청의 입구인 고직사는 창고를 겸한 입구였다. 문가에 선 강덕성이 정원석에게 물었다.

"현우에 관해서 물어볼 게 있다고요?"

"조사할 게 있어서 알아보는 중일세."

"아이고, 아직도 믿기지 않습니다, 정말."

고개를 절레절레 저은 강덕성에게 정원석이 물었다.

"벌레 한 마리 못 죽이는 성격이라고 하던데."

"맞습니다. 험하고 나쁜 것과는 정말 거리가 먼 친구였어요. 술에 취한 것도, 욕을 하는 것도 본 적이 없었죠."

"그런데 어쩌다가 그런 흉악한 짓을 저지른 걸까?"

"정말 모르겠다니까요. 그래서 소식을 들었을 때 누명을 썼다고 생각했지요. 저만 그런 게 아니라 친구들 모두요."

"듣자 하니 광증이 있어서 종종 노비들을 때렸다고 하던데?"

"누가 그런 망발을 지껄입니까? 우리 집에서 부리는 노비가 2백 명이 넘거든요."

손가락 두 개를 펼친 강덕성이 덧붙였다.

"어릴 때부터 노비를 봐서 눈빛만 봐도 무슨 생각을 하는지 잘 알아요. 그런데 현우네 노비들은 무서워하거나 두려워하는 게 없었어요. 절대로요."

"평상시에 이상한 언행이나 태도를 보인 적은?"

"그랬다면 친구가 그렇게 많지는 않았을 겁니다. 말이 없고 재미가 없긴 했지만 좋은 친구였어요. 아랫사람들에게도 스스럼없이 대했고, 차별도 하지 않았죠. 혼인도 좋은 집안과 할 수 있었지만 명천이 여동생과 했잖아요. 둘이 친구긴 하지만 집안은 비할 바가 아니었어요."

"징조가 보이지 않았다면 왜 그런 일이 벌어졌을까?"

정원석의 물음에 강덕성이 얼굴을 찌푸렸다.

"전혀 짐작이 가지 않아요. 끔찍한 일이 벌어지고 나서 성균관에 다니는 동무들이 모여서 얘기를 나눠 봤지만 다들 모르겠다는 얘기밖에는 안 나왔어요. 워낙 처참한 일이라 입을 다물고 있긴 하지만 저는 아직도 걔가 부모와 아내를 죽였다고 생각하지 않아요."

몇 마디 얘기를 더 나눠 봤지만 단서가 될 만한 얘기는 없었다. 공부를 하러 가야 한다고 강덕성이 자리를 뜨자 정원석이 신경택에게 말했다.

"아무리 봐도 살인을 저지를 사람 같지는 않다는 평이군. 집 안에서 나온 증거들도 빈틈이 많은 걸 보면 단순하게 생각할 문제는 아닌 거 같아."

"그럴 일이었다면 임금께서 따로 부마에게 조사를 하라고 하지는 않았을 겁니다."

신경택의 대답을 들은 정원석이 잠시 생각하다가 입을 열었다.

"일단 송현우의 집안 전체에 대해서 조사를 해 봐야겠어. 알아볼 곳이 있을까?"

"들를 만한 곳이 생각났습니다. 사흘 후, 저녁때 궁으로 오실 수 있겠습니까?"

"궁으로?"

"제가 당직을 서는 날인데 같이 누구를 만나 보면 좋을
거 같아서요."

황급히 흥광사를 빠져나온 송현우 일행은 곧장 나루터
로 향했다. 편전에 관통당한 팔목을 만지작거리는 송현
우를 본 진운이 조심스럽게 물었다.

"괜찮으십니까?"

"통증은 느껴지지 않는데 관통이 될 줄은 몰랐어."

"활에 신통한 기운이 있는 것 같습니다. 앞으로 조심하
시는 게 좋을 듯싶습니다."

"그러겠네."

앞장서 걷던 검정개 어둠이 서둘러 따라오라는 듯 꼬
리를 흔들며 달려갔다. 장승이 있는 갈림길을 지나자 어
제 봤던 나루터가 보였다. 늙은 뱃사공이 모는 배에 사람
들이 하나둘씩 타는 중이었다. 그걸 본 진운이 말했다.

"어서 타시지요."

고개를 끄덕인 송현우가 배에 올랐다. 검정개 어둠까
지 배에 타자 늙은 뱃사공은 삿대로 배를 밀었다. 콧노래
를 흥얼거리는 늙은 뱃사공의 모습을 보면서 뱃전에 앉
은 송현우는 멀어져 가는 나루터를 바라봤다. 어디 숨어

있었는지 모를 덕이가 뛰쳐나와서 나루터에 서 있는 게
보였다. 아버지인 덕출이와 함께 알 수 없는 이유로 자신
을 살인자로 몰아넣은 장본인이었지만 어쩐지 미움보다
는 그리움이 더 많이 느껴졌다. 벚꽃이 피는 따스한 봄날
같았던 그 시절이 떠올랐기 때문이다. 덕이 역시 별다르
게 위협적인 행동을 하지 않고 그냥 지켜볼 뿐이었다. 뱃
전에 도로 앉은 송현우는 진운에게 물었다.

"계방촌 사람들은 무사하겠지?"

"친구분이 어사이시니 잘 처리할 겁니다."

"그래, 명천이라면 탐관오리들에게 고통받는 백성들을
그냥 보기만 하진 않을 거야."

송현우는 고개를 돌려 흘러가는 강물을 바라봤다. 뱃
전을 치고 지나가는 강물이 거품과 함께 산산이 흩어지
는 게 보였다.

계방촌으로 돌아온 이명천은 일을 처리하느라 해가 질
무렵에야 나루터에 도착했다. 관아로 가 홍광사에서 실
종된 사또와 아전들이 빼돌린 재물을 확인하는 한편, 그
들의 죄상을 파악하고, 계방촌의 고통을 굽어살펴 달라
는 내용까지 덧붙인 장계를 보내고 나서야 움직일 수 있
었던 것이다. 나루터에 도착한 이명천은 기다리고 있던
덕이에게 물었다.

"그놈이 지나갔느냐?"

덕이는 바로 고개를 저었다.

"아뇨, 못 봤습니다."

"못 봤다고?"

예상 밖의 대답에 놀란 이명천이 재차 묻자 덕이는 연거푸 고개를 저었다.

"제가 저기 나무 뒤에 숨어서 나룻배를 타는 사람들을 하나도 빼지 않고 봤습니다만, 그놈은 없었습니다."

"그럼 어디로 갔단 말이지?"

이명천이 실망감을 감추지 못하자 황종원이 말했다.

"우리가 이리로 올지 알고 다른 길로 간 거 같습니다."

"다른 길?"

"여기 강을 건너는 게 가장 빠르긴 하지만 내륙으로 해서 충청도 쪽으로 빠지는 길이 하나 더 있습니다. 물론 고개를 여러 개 건너야 해서 대부분은 여기서 강을 건너기는 합니다."

황종원의 얘기를 들은 이득시가 끼어들었다.

"제 생각에는 더 아래쪽 나루터로 갔을 수도 있을 거 같습니다. 30리쯤 가야 하고, 더 큰 강을 건너긴 해야 하지만 거기로 가면 산길을 가는 것보다는 훨씬 더 빨리 움직일 수 있으니까요."

고민하던 이명천에게 덕이가 말했다.

"마을에는 그자가 없었습니까?"

"뒷산의 폐사찰로 간 것을 쫓아갔지만 잡지는 못했다. 간발의 차이라서 여기로 오면 소식을 알 수 있을 줄 알았지."

"여기로는 오지 않았습니다. 내륙이나 더 아래쪽 나루터를 이용한 것 같은데 어쨌든."

주변을 돌아본 덕이가 으스스한 표정으로 덧붙였다.

"날이 저물었으니까 여기서 하루 머물러야 할 거 같습니다. 나룻배도 돌아오면 더 이상 강을 건너지 않는다고 하였고요."

이명천은 주먹을 불끈 쥔 채 강 건너편을 바라봤다. 불과 수십 척밖에 되지 않아 보였지만 물살이 세고 수심도 깊어 보였다. 날개가 있지 않고서야 넘어가는 건 불가능했다. 그리고 해가 저물어 가고 있다는 덕이의 말도 사실이었다. 주먹을 쥔 채 강을 바라보던 이명천은 마침내 결정을 내렸다.

"오늘은 이 근처에서 하루 머물고 내일 아침에 떠난다."

근처의 나무에서 그 광경을 내려다보던 까마귀는 머리를 한번 털고는 날개를 크게 펼쳤다. 그리고 아까 잡았다가 나뭇가지에 꿰어 둔 작은 물고기를 부리로 뽑아서 먹어 치웠다. 먼 길을 돌아가기 위해서는 든든하게 먹어 두어야만 하기 때문이었다.

머리를 한 바퀴 돌린 부엉이가 낮게 울어 댔다. 희뿌연 빛을 내뿜는 그믐달에 자극을 받은 것이다. 부엉이가 울고 있는 인왕산의 산자락 곳곳에는 마치 바위처럼 꿈쩍도 하지 않는 인간들이 곳곳에 자리 잡고 있었다. 검은색으로 칠한 초립에 어둠을 흠뻑 먹어 치운 회색 철릭 차림이었는데 끝이 휘어진 환도와 활, 그리고 철편을 들고 있었고, 화살이 끼워진 동개를 차고 있었다. 그들이 서 있는 가운데에는 천격당이 있었다. 칼을 찬 내관들이 조족등과 사방등을 들고 지키고 있는 가운데 천격당 안에는 갓과 도포를 입은 임금이 소진주와 마주 앉아 있었다. 소진주가 따른 차를 한 모금 마신 임금이 입을 열었다.

"부마인 정원석을 시켜서 따로 조사를 했었네."

소진주는 차가 든 주전자를 소반에 내려놓으며 물었다.

"어떻든가요?"

"확실하지는 않지만 병조판서의 아들이 범인이 아닐 수도 있다는 증좌들이 몇 개 나왔다고 하더군."

"송현우는 선택받은 자이지, 살인자가 아닙니다."

"그 선택이라는 것이 무엇인지는 정녕 얘기해 주지 않을 참인가?"

다소 짜증 섞인 임금의 물음에 소진주는 가볍게 웃었다.

"걱정 마십시오. 우리 천격당은 오로지 왕실을 보호하기 위해 존재합니다. 저 역시 마찬가지고요."

"그건 잘 알고 있네. 하지만 지금 나라 곳곳에 변괴가 생기고 있네. 흉년과 전염병이 퍼지고 있고, 괴이한 일들이 연달아 벌어지고 있어. 그것이 모두 과인이 부덕하기 때문이라는 여론이 생기면 딴마음을 품는 자들이 생겨날지도 모른다네."

"지금 일어나는 그 어떤 일도 전하의 위엄에 해가 되지 않을 것이니 심려치 마시옵소서."

"하늘의 뜻이 과인에게 있는 것이 분명한가?"

임금의 물음에 소진주는 웃음을 머금은 채 대답했다.

"왜 이리 불안해하십니까? 전하."

"심환의 움직임이 심상치 않아서 그렇다네."

"늙은 여우는 그저 늙은 여우일 뿐입니다."

"하지만 그 늙은 여우가 폐위된 임금의 목 줄기를 물어뜯었지. 한때는 간이라도 빼줄 것같이 충성스럽게 굴었다가 반정이 성공할 거 같으니까 말을 갈아탔어. 오랜 세월 그자를 처리하려고 했지만 그 어떤 빌미도 잡을 수 없었고 말이야. 병조판서가 사라진 이상 심환을 견제할 세력은 없다고 봐야 해. 대부분 심환이 자신과 같은 편으로 만들어 버렸거나 아니면 조정에서 쫓아 버렸으니까."

"송현우를 쫓을 암행어사를 보내기로 한 것은 전하의 결정이 아니었습니까?"

소진주의 물음에 임금이 입을 열었다.

"심환의 요청 때문이었네. 마음에 들지 않았지만 거절하면 오해를 살 수 있는 상황이어서 말이야."

불쾌한 표정을 감추지 않고 있던 임금은 밖에서 들려오는 피리 소리에 흠칫 놀랐다. 잠시 후, 내금위장이 문을 열었다.

"무슨 일이냐?"

임금의 물음에 내금위장이 고개를 숙였다.

"금군 한 명이 침입자를 발견했습니다."

"잡았느냐?"

"숨어 있는 것을 보고 급히 뒤쫓았지만 놓쳤다고 합니다."

"놓쳤다고?"

다소 격앙된 임금의 질책에 내금위장이 대답했다.

"신경택이 발견하고 쫓았는데 놓쳤다고 한 걸 보면 보통내기는 아닌 것 같습니다. 일단 안전한 궁궐로 돌아가시는 게 좋겠습니다."

"알겠다. 돌아갈 채비를 하여라."

내금위장이 문을 닫자 몸을 일으킨 임금이 갓을 고쳐 썼다.

"병조판서의 아들은 지금 어디 있느냐?"

따라서 일어난 소진주가 대답했다.

"남쪽으로 내려가는 중입니다."

"앉아서 1,000리를 바라보는 재주가 참 부럽군."

"하찮은 잔재주일 뿐입니다. 대신들이 하자는 대로 해괴제를 지내고 구휼[12]을 하셔서 민심을 다스리시옵소서. 혼란은 곧 가라앉을 겁니다."

"자네 말대로 하지."

잠시 후, 밖에서 내금위장의 헛기침 소리가 들렸다. 문을 열자 횃불을 든 한 무리의 내금위가 보였다. 임금은 따라서 나온 소진주의 인사를 받고는 돌아서서 내금위와 함께 사라졌다. 문 옆의 솟대에 앉아 있던 까마귀가 가볍게 날갯짓을 하며 잠을 털어 냈다.

경복궁 서쪽은 수성동 계곡이 있는 순화방 누각동이었는데 가파른 길이 쭉 이어져서 자기 발로 걷지 않는 고위 관리들이 주로 살았다. 희뿌연 달이 기와지붕을 희미하게 비추는 가운데 검은색 그림자가 지붕과 담장을 번갈아 타 넘어갔다. 워낙 속도가 빠르고 소리도 나지 않아서 지붕 아래 잠들어 있는 사람들은 아무런 기척을 느끼지 못했다. 인왕산이 보이는 솟을대문 위에 올라선 그림자는 곧장 바닥으로 뛰어내려서는 불이 켜진 사랑채로 향했다. 보료 위에 앉아서 책을 읽고 있던 심환은 인기척을 느끼고는 책을 덮었다. 문을 달고 무릎을 꿇은 그림자가

---

12) 救恤: 조선시대 흉년이 들 때 백성들에게 곡식을 나눠 주는 일.

말했다.

"동궁별감 배현렴입니다."

일렁거리는 등잔불에 비친 배현렴의 오른쪽 어깨에서 스며 나온 피를 본 심환이 물었다.

"다쳤느냐?"

"가볍게 스쳤습니다."

"저런, 내금위 중에 너를 다치게 할 수 있는 자가 있더냐?"

심환의 물음에 잠시 주저하던 배현렴이 말했다.

"신경택이라는 자입니다. 철퇴를 잘 쓰는 놈인데 이번에 저를 발견한 자도 그놈입니다. 그의 다리에 표창을 맞혀서 추격을 뿌리칠 수 있었습니다."

"그래, 무엇을 알아내었느냐?"

"임금이 천격당으로 직접 행차했습니다. 그리고 무녀와 직접 독대를 하였습니다."

"천격당으로 행차를? 요 근래에는 간 적이 없지 않았느냐?"

"거의 2년 만입니다. 내금위를 상당수 동원해서 삼엄하게 경계를 펼쳤습니다."

"무슨 얘기를 나눴는지는 알아냈느냐?"

"가까이 접근할 수가 없었습니다. 그런데 근래 들어 보이지 않았던 까마귀를 보았사옵니다."

"소진주가 부린다는 까마귀 말이냐?"

눈살을 찌푸린 심환의 물음에 배현렴이 고개를 끄덕거렸다.

"그렇습니다. 그 까마귀는 소진주의 눈이 되어서 멀리 갔다가 돌아오는 능력이 있는 걸로 알고 있습니다. 그게 사라졌다가 나타났다는 것은 아마도."

배현렴의 대답을 듣던 심환이 말을 가로챘다.

"죽은 병판의 아들 송현우의 행방과 관련이 있겠구나."

"그런 것으로 추측이 됩니다."

"내가 임금에게 고해서 송현우를 쫓을 암행어사를 보냈거늘, 임금이 따로 송현우의 행방을 쫓고 있었구나. 부마를 시켜서 사건에 대해서도 따로 조사하고 있고 말이야. 아무래도 그자에게 임금의 호기심을 끌 만한 무언가가 있는 거 같구나."

"행방을 찾아내서 알아보는 게 좋겠습니다."

"불구대천의 원수가 놈을 쫓고 있다. 조만간 소식이 들려오겠지."

잠시 생각하던 심환은 다시 책을 펼쳤다.

"임금과 천격당의 일거수일투족을 잘 감시하여라. 뭔가 물밑에서 움직이고 있는 게 분명해."

"그게 무엇일까요?"

배현렴의 질문에 심환이 혀를 찼다.

"아무것도 모를 때는 생각을 할 필요가 없어. 선입견이 생겨 버리면 일을 그르칠 수 있다고 내가 몇 번을 얘기하였느냐?"

"죄송합니다."

"일단 물러가서 상처를 치료하고 쉬고 있도록 하여라."

"알겠습니다."

조심스럽게 대답한 배현렴이 일어나서 밖으로 나갔다. 스르륵 닫히는 문을 바라보던 심환이 중얼거렸다.

"온 세상에 해괴한 일들이 가득하구나. 과연 임금이 어찌 움직일지 참으로 궁금하군."

며칠 동안 남쪽으로 내려가던 송현우 일행은 바닷가 포구에서 잠시 휴식을 취하기로 했다. 일단 이명천 일행이 따라붙지 않았고, 무원이라는 곳에 대한 정보를 얻기 위해서였다. 진운은 아무래도 사람들이 많이 모이는 곳이 유리하지 않겠느냐며 제안했고, 송현우도 같은 생각이라서 동해 바닷가의 포구를 찾아간 것이다. 삼량포라는 이름의 포구는 아주 큰 편은 아니었지만 한양으로 올라가는 세곡을 모으는 창고가 있었고, 근처의 어선들과 그 어선들이 잡은 물고기를 사기 위해 한양이나 동래 같은 곳에서 온 장삿배들이 모이면서 제법 떠들썩했다. 산을 끼고 움푹 들어간 포구는 바람과 태풍을 피하기 쉬워서 제법 많은 배들이 들어왔고, 빽빽하게 세워진 배의 돛

대들은 우거진 숲 같은 느낌을 줬다. 송현우 일행은 포구에서 약간 떨어진 언덕에 자리 잡은 주막집에 머물렀다. 물건을 사고파는 일을 중개해 주는 객주에 머무는 게 편했지만 눈에 띌 수 있었기 때문에 술과 음식을 파는 주막집에서 작은 방을 하나 빌려서 지냈다. 송현우는 눈에 띄지 않게 조심스럽게 지냈고, 진운이 다니면서 무원에 대해서 알아보았다. 그렇게 며칠을 지내던 송현우의 눈에 주막집 옆에 사는 소년이 들어왔다. 열 살이 겨우 넘은 듯 작은 체구에 댕기 머리를 한 소년은 뒷마당에서 작은 화로에 약탕기를 올려놓고 약을 달이고는 했다. 송현우가 머무는 구석방에서는 뒷마당이 잘 보이는 터라, 송현우는 소년과 자연스럽게 안면을 트게 되었다. 처음에는 눈만 마주쳤다가 나중에는 검정개 어둠 때문에 얘기를 나눌 수 있었다. 항상 무거운 표정을 짓고 있던 소년이 검정개 어둠을 보고는 환하게 웃었던 것이다. 송현우는 소년에게 말을 건넸다.

"이름이 뭐니?"

"상권이요. 아저씨는요?"

본명을 말하려던 송현우는 이번에도 가짜 이름을 말했다.

"남태혁이라고 한다."

"이 개는 선비님이 기르시는 건가요?"

"어둠이라고 부른단다."

꼬리를 흔드는 어둠을 본 상권이가 다시 한번 활짝 웃었다.

"저도 개 좋아해요."

"괴롭히지만 않으면 얌전하단다."

"순해 보입니다. 선비님은 어디로 가십니까."

"동래로 간다. 과거를 치러 올라갔다가 낙방을 해서 돌아가는 길이지. 몸이 안 좋아서 쉬고 있단다. 그런데 집에 아픈 사람이 있느냐?"

"네, 아버지가 몸이 불편하십니다."

"저런, 어디가 편찮으신 거냐?"

"부역을 나가셨다가 허리를 다치셨습니다."

"관아에서 시키는 일을 했다가 다쳤단 말이구나."

송현우의 대답에 상권은 힘없이 고개를 끄덕거렸다.

"산 너머 하천에 다리 놓는 일을 몇 년째 하고 있습니다. 그래서 다들 힘들어하고 있지요."

상권의 얘기를 들은 송현우는 고개를 갸웃거렸다.

"강이 얼마나 길기에 몇 년 동안 다리를 놓는다는 거지?"

혼잣말처럼 중얼거린 송현우의 얘기를 들은 상권은 한숨을 쉬었다.

"사또께서 다리가 마음에 안 든다고 자꾸 허물고 다시 지으십니다. 아버지도 다리를 허물다가 다치셨고요."

상권의 얘기를 들은 송현우는 고개를 갸웃거렸다.

"공사를 하던 다리를 허물고 다시 쌓는다고?"

"네, 그래서 사람들의 원성이 자자합니다."

"그 다리를 쌓는 곳이 어디냐?"

"가 보시게요?"

"그냥 궁금해서 말이다."

어색하게 웃은 송현우를 본 상권은 허리를 펴고 일어
나서는 뒷산을 가리켰다.

"계시는 주막집을 나오셔서 왼쪽으로 쭉 올라가시면
됩니다. 산을 넘으면 삼량천이라는 하천이 나옵니다."

"알겠다."

이것저것 더 물어보면 의심을 살 것 같아서 송현우는
일단 대화를 끝내기로 했다. 상권도 다시 약을 달이는
데 집중하면서 자연스럽게 이야기는 막을 내렸다. 조용
히 짚신을 신은 송현우는 산보를 나가는 척하면서 상권
이 얘기한 다리가 있는 곳으로 향했다. 객주와 주막들이
즐비한 포구를 지나서 산자락을 넘어가자 햇살을 받아서
반짝거리는 강이 보였다. 뒷짐을 진 채 지켜본 송현우가
중얼거렸다.

"개울보다는 크고 강보다는 작군."

강을 가로지르는 다리를 만드는 현장도 근처에 있었
다. 돌을 이용해서 만들고 있었는데 주변에는 부역을 나

온 백성들이 힘겹게 돌을 나르고 있는 중이었다. 몇 명은 물속에 들어가서 다리를 지탱할 돌을 세우고 있었다. 나무 옆에 서서 지켜보던 송현우는 이상한 점을 여러 가지 느꼈다.

"일단 돌다리까지 세울 이유가 없는 곳인데?"

부역을 나온 백성들이 물속을 드나들면서 돌을 세우는 걸로 봐서는 수심이 깊은 곳은 아니었다. 거기다 준비한 돌들이 너무 많았다. 한쪽에 쌓인 돌만 해도 다리를 두 개는 너끈히 짓고 남을 정도였다. 끌려온 백성들은 느리게 일을 하는 중이었고, 감독을 하는 아전들은 그들 사이를 돌아다니면서 어서 일하라고 고래고래 소리를 질러댔다. 그걸 본 송현우가 중얼거렸다.

"뭐가 잘못되어 가고 있군."

지금 당장 암행어사 노릇을 할 수 없는 현실이 너무나 안타까웠다. 비록 마패를 챙기긴 했지만 함부로 존재감을 드러낼 수 없는 상황이었기 때문이다. 당장 관아에 쳐들어가서 왜 이런 엉터리 공사를 하는지 추궁하고 싶은 마음이 굴뚝같았다. 간신히 마음을 억누른 송현우는 천천히 돌아서서 주막집으로 돌아왔다. 저녁때가 되어서 그런지 주막의 마당 평상은 국밥을 먹는 사람들로 가득했다. 진운과 마주친 송현우는 자연스럽게 구석의 툇마루에 앉았다. 그 일을 겪은 이후 배가 고프지는 않았지만 끼니를 거르거나 건너뛰면 의심을 살 것 같아서 남들이 먹을 때는 먹는 시늉을 하곤 했다. 주막집에서 일하는 일꾼인 중노미가 다가왔다. 진운이 국밥 두 그릇을 달라고 하자 중노미는 주모에게 달려갔다. 항아리에서 막걸리를 국자로 퍼내던 주모는 환하게 웃었다. 옆에 있는 가마솥으로 간 주모가 이빨이 나간 뚝배기에 시래기가 담긴 장국을 담고, 밥을 얹은 다음 소반에 올렸다. 그걸 물끄러미 바라보던 송현우의 바로 옆 평상에 앉은 한 무리의 남자들로 인해 주막이 떠들썩해졌다. 흙과 돌가루가 잔뜩 묻은 바지와 저고리 차림이었는데 평상 모서리에 있는 보자기에는 돌을 깎고 다듬는 정과 망치 같은 것들이 들어 있었다. 가장 키가 큰 남자가 막걸리를 벌컥벌컥 마시면서 입을 열었다.

"거참, 이상하단 말이야."

"뭐가 그리 이상한데?"

그의 말을 받은 것은 맞은편에 앉은 까무잡잡한 얼굴의 사내였다. 막걸리가 든 작은 그릇을 내려놓은 키 큰 남자가 말했다.

"아, 돌이 너무 무르잖아. 그런 돌로 다리를 만들면 금방 무너진다고, 내가 분명 아전들한테 몇 번을 얘기했는데 들은 척도 하지 않아. 진짜로 답답해."

장국이 담긴 소반을 송현우와 진운 사이에 놓은 중노

미가 맛있게 먹으라는 말을 남기고 사라졌다. 숟가락을
든 진운이 물었다.

"저자들 얘기에 관심을 기울이시는 이유가 무엇입니까?"

송현우는 조금 더 들어 보겠다는 손짓을 하고는 귀를
기울였다. 그 와중에 키 큰 남자의 투덜거림은 계속 이어
졌다.

"내가 열두 살 때부터 전국의 돌다리 놓는 곳을 돌아다
녀 봤지만 이렇게 해괴한 곳은 처음 본다니까."

키 큰 남자의 얘기에 젓가락으로 나물을 집어서 우물
우물 씹던 까무잡잡한 얼굴의 남자가 대답했다.

"안 그래도 이상한 거투성이야. 부역을 나온 백성들을
달달 볶아대는 건 그렇다 치고, 우리 같은 장인들에게 줄
임금도 악착같이 깎더라고. 그래서 어제 장흥에서 온 패
거리들은 돌아가 버렸잖아."

"돌이 상태가 나빠도 너무 나빠. 어디서 그런 것들만
구해 왔는지, 원."

투덜거리는 키 큰 남자에게 얼굴이 까무잡잡한 남자가
말했다.

"이러다 사고 나면 우리 같은 장인들만 피를 볼 게 분
명하다고, 그러니까 우리도 틈을 봐서 그냥 가 버리는 게
어때?"

다른 두 명이 거기에 동의한다는 듯 고개를 끄덕거리

자 잔에 막걸리를 가득 따른 키 큰 남자가 한숨을 푹 내쉬었다.

"그러면 밀린 임금은 어쩌고?"

"내가 불안해서 그래. 이런 곳은 처음이라고, 처음."

그들의 얘기를 귀 기울여서 들은 송현우가 한숨과 함께 숟가락으로 국밥을 퍼 먹었다. 그 모습을 본 진운이 물었다.

"어떤 상황입니까?"

돌아가는 상황을 간략하게 얘기하자 진운이 가만히 생각하다가 입을 열었다.

"설마 나설 생각은 아니시죠?"

"그럴 상황은 아니잖아. 다만 궁금해서 그러네. 수령이 그렇게 빼돌린 재물을 어떻게 쓸지 말이야."

"한양에 있는 고관대작들에게 보내겠죠. 뇌물로 말입니다."

"나도 같은 생각이야."

식사를 마친 그들이 일어났다. 물끄러미 지켜보던 송현우가 입을 열었다.

"처음에 암행어사로 임명된다는 얘기를 들었을 때 당황스럽기도 했지만 한편으로는 기뻤지. 백성들을 괴롭히는 탐관오리들을 직접 처벌할 힘을 얻었다고 생각했으니까 말이야. 그런데 지금은 그냥 어두운 길을 걷는 신세가 되었군."

한탄인지 서글픔인지 알 수 없는 송현우의 얘기를 들은 진운이 말했다.

"포구와 객주들을 다니면서 무원이라는 지명을 가진 곳이 있는지 물어봤습니다만 아는 자가 없었습니다. 죄송합니다."

"쉽게 찾을 거라고는 생각하지 않았네."

"한곳에 오래 머물면 의심을 살 수 있으니까 이곳을 떠나는 게 좋겠습니다."

한숨을 쉰 송현우가 대답했다.

"그러세."

여러모로 아쉬웠지만 진운의 뜻을 따르는 수밖에는 없었다. 식사를 마친 송현우는 방으로 돌아갔다. 그리고 검정개 어둠과 놀고 있던 상권과 마주쳤다. 싸리 울타리를 넘어간 검정개 어둠이 꼬리를 흔들며 상권의 주변을 빙빙 돌았다. 상권이 인사를 하는데 방문이 열리고 중년의 비쩍 마른 남자의 모습이 보였다. 상권이 벌떡 일어났다.

221

"아버지, 일어나시면 안 돼요."

"내일은 일을 나가야 하는데 움직여 봐야지."

상권이 부축해 주는 가운데 중년의 남자는 밖으로 나와서 툇마루에 앉았다. 허리와 한쪽 다리가 불편한지 연신 숨을 몰아쉬던 그는 아들의 머리를 힘없이 쓰다듬었다.

"나 때문에 네가 고생이 많구나."

"아니에요, 아버지. 얼른 일어나셔야죠."

그 모습을 보면서 송현우는 아버지와의 어린 시절을 떠올렸다. 엄하던 아버지였지만 송현우에게 따뜻하게 대해 줄 때가 있었다. 무서운 꿈을 꾸고 울면서 아버지 품에 안겼던 때가 생각이 났다. 아버지는 울고 있는 송현우를 차분하게 다독거려 주면서 밤새 곁에 있어 주었다. 항상 지켜 주겠다고 약속한 아버지의 따뜻한 손길이 기억나자 송현우는 눈물이 스며 나왔다. 아들을 대견스럽다는 듯 바라보던 상권의 아버지는 싸리 담장 건너편에서 지켜보던 송현우를 보았다.

"아들 녀석에게 얘기를 들었습니다. 고향으로 돌아가시는 길입니까? 선비님."

"과거에 떨어져서 돌아가는 중이라네."

"아이고, 참으로 안타깝습니다. 선비님, 다음에는 꼭 장원 급제를 하실 겁니다."

덕담을 하는 상권의 아버지에게 고맙다는 말을 건넨 송현우가 조심스럽게 입을 열었다.

"아까 산을 넘어 다리를 놓는 곳에 가 봤네만."

그 얘기를 들은 상권 아버지의 표정이 단번에 어두워졌다.

"아이고, 말도 마십시오. 사람을 잡아먹는 다리입니다."

"강을 보니까 굳이 돌다리를 놓을 필요가 없어 보였네만."

"잘 보셨습니다. 위로 조금만 올라가면 여울이 있어서 소가 끄는 수레도 너끈하게 넘어갑니다요. 그런데 갑자기 사또 나리가 고집을 부려서 벌써 해를 넘겨서 다리를 짓고 있지요."

"다리를 쌓는 데 그렇게 오래 걸렸다고?"

놀란 송현우의 물음에 상권의 아버지가 고개를 절레절레 저었다.

"말도 마십시오. 그동안 부역을 나가느라 밥벌이도 못하고 있었는데 돌을 나르다가 다쳐서 다리와 허리를 못 쓴 지 오래입니다."

"사연은 들었네. 부역을 하다가 다쳤는데 관아에서는 아무런 조치가 없었는가?"

"조치는 둘째치고 일손이 부족하다고 내일부터 다시 일을 나오라고 하였습니다."

223

"뭐라고? 몸이 이리 불편한 줄 모르고 있다는 말인가?"

송현우가 묻자 상권의 아버지는 서글픈 표정을 지었다.

"모르긴요. 어제 아전이 찾아와서 제가 꾀병을 부리는지 아닌지 직접 보고 갔습니다요."

"그런데 일을 나오라고 했단 말인가?"

"사또께서 다리를 놓는 일에 관심이 많으니 어떻게든

나오라고 하였습니다. 안 그러면 감옥에 갇힐 텐데 아들 녀석이 눈에 밟혀서 말입니다."

상권이 아버지의 얘기를 다 들은 송현우는 주먹을 불끈 쥐었다. 그러자 진운이 슬쩍 나섰다.

"이제 들어가서 쉬시지요. 내일 먼 길을 떠나셔야 합니다."

진운은 상권과 그의 아버지에게 등진 채 말하면서 고개를 살짝 저었다. 송현우는 너무나 안타까웠지만 나설 수 없는 처지라는 사실에 분노를 삼키는 수밖에 없었다. 진운이 문을 열어 준 방으로 들어가던 송현우는 상권에게 잘 있으라는 말을 남겼다.

깊은 밤, 경복궁의 궐내각사와 연결된 유화문이 조심스럽게 열렸다. 철릭에 전립을 쓰고 사방등을 든 신경택이 앞장을 섰고, 관복을 입은 정원석이 뒤를 따랐다. 신경택은 유화문을 열자마자 바로 왼쪽에 있는 두 칸짜리 작은 전각으로 걸어갔다. 기별청이라는 현판이 붙은 걸 본 정원석이 중얼거렸다.

"기별지를 만드는 곳이군."

"맞습니다. 승정원에서 관리하는 곳이죠. 여기 주서가 오랫동안 일해서 모르는 게 없습니다."

정원석에게 설명을 한 신경택이 작게 헛기침을 했다.

그러자 기별청의 문이 열리고 등이 굽은 늙은 관리의 모습이 등불에 비쳤다. 주변을 살펴본 그는 얼른 들어오라는 손짓을 하곤 기별청 안의 어둠으로 사라졌다. 두 사람이 안으로 들어가자 늙은 관리가 문을 닫았다. 안에는 등잔불이 곳곳에 피어 있어서 어둠이 살짝 물러나 있었다. 가운데 탁자에는 종이 더미들이 엄청나게 쌓여 있었다. 신경택이 사방등을 문 옆에 놓자 늙은 관리가 기침을 하면서 의자에 앉았다. 앞에 있는 빈 의자에 앉은 정원석이 입을 열었다.

"시간을 내줘서 고맙네. 송치인 대감의 자제가 벌인 사건에 대해서 조사 중일세."

"과거에 급제해서 사헌부에서 일하던 아들이 밤중에 부모와 부인, 하인들을 죽인 건이죠? 기별지에는 싣지 못했지만 흥미로운 사건이라서 이리저리 알아봤지요."

"조사하면 할수록 이상한 점이 있어서 찾아온 것이네."

"무엇이 궁금하십니까? 아는 대로 말씀드리죠."

"먼저 끔찍한 살육을 저지른 송현우가 평소에 광증이 있다고 하였는데 사실인가?"

"광증이라고 하면 갑자기 드러나는 법이라 때와 장소를 가리지 않지요. 만약 오랫동안 광증을 앓았다면 주변에서 모를 리가 없었을 겁니다."

"아랫것들은 입단속을 할 수 있고, 친구나 부모도 입을 열지 않았다면?"

정원석의 물음에 승정원 주서로 일하는 늙은 관리가
고개를 저었다.

"소문이라는 게 왜 나겠습니까? 사람들은 마음속에 뭔
가를 담아두지 못합니다. 그리고 아랫것들 중에 주인이
바뀌는 경우가 종종 있어서 입단속을 하기가 쉽지 않았
을 겁니다."

"그렇다면 누군가 송치인 대감과 가족들을 죽이고 아
들에게 누명을 씌웠을까?"

"그럴 가능성도 없진 않지만 너무 애매합니다."

"무엇이?"

"만약 아들까지 다 죽였다면 이렇게 조사할 일이 없었
겠지요."

"하긴, 사람을 죽이는 이유는 원한이나 재물인데 둘 다
보이지 않았어. 사라진 재물은 없었고, 원한이 있었다면
자식을 남겨 둘 리는 없으니까."

"맞습니다. 도적떼의 소행이라면 증거를 없애기 위해
불을 질렀을 것이고, 원한이라면 아들을 살려 둘 리가 없
겠죠. 그리고 송치인 대감의 외아들은 곱게 자라서 갑자
기 부모와 아내를 죽일 만한 사람은 아닐 겁니다."

"사람 속마음은 모르는 거 아닌가? 열 길 물속은 알아
도 한 길 사람 속은 모른다는 속담처럼 말이야."

"송치인 대감의 아들이 가족들을 죽일 때 쓴 것이 사인검이라고 들었습니다."

늙은 관리의 물음에 옆에 있던 신경택이 차고 있던 환도를 칼집째 보여 줬다.

"이것보다 조금 큰 크기일세. 송치인 대감의 사랑방에 있던 것이었어."

"칼을 다뤄 본 사람이라면 모르겠지만 붓이나 잡던 백면서생이 처음 뽑은 칼로 사람 목을 베는 건 쉽지 않습니다. 듣기로는 깔끔하게 베어졌다고 하던데요."

이번에도 신경택이 대답했다.

"회자수[13]가 벤 것만큼이나 잘 베어졌네."

"그렇다면 최소한 누군가 아들을 도왔을 겁니다. 아니면 누명을 썼거나 말이죠."

늙은 관리의 대답에 정원석이 물었다.

"누군가의 소행이라면 그 누군가는 누구일까?"

깊게 한숨을 쉰 늙은 관리가 쓴웃음을 지었다.

"제가 궁중에서 오랫동안 무사히 일을 한 것은 선을 넘지 않았기 때문입니다. 그 질문에 대한 답변은 하지 않는 게 좋겠네요. 그런데 말입니다."

표정을 바꾼 늙은 관리가 대답을 이어 갔다.

"송치인 대감은 여러모로 독특한 존재였지요."

---

13) 劊子手: 조선시대 사형수의 목을 베는 사형 집행인을 지칭한다.

"어떤 면에서 말인가?"

"30년 전 폐주의 악행이 극에 달했을 때 반정이 일어 났지요. 원래 폐주는 총명해서 세자 시절에 많은 기대를 받았고, 보위에 오른 이후에도 큰 문제는 없었습니다. 하지만 어느 순간부터 갑자기 실성한 사람처럼 변해서 닥치는 대로 주변 사람들을 죽였지요. 어린 내관이 술을 엎질렀다고 목을 베어 버리고, 이상한 제사를 지내서 그걸 반대한 언관들은 물론 삼족을 멸해 버리기도 했죠. 아예, 자신이 죽인 신하들의 머리를 대전에 늘어놓고 보여 주기까지 했답니다."

"그 정도였는가?"

"그것만이 아니었습니다. 사냥터를 늘리고 백성들의 출입을 금하게 해서 고통을 주었고, 흉년이 들었음에도 불구하고 연일 잔치를 열고 궁녀들의 숫자를 늘렸죠. 사소한 일로 사람들을 고통스럽게 죽여서 마침내 반정이 일어난 것이지요."

"그때 송치인 대감이 나타난 것인가?"

"자세한 건 그때의 정황을 아는 자를 찾아서 물어보십시오. 저는 더 이상 드릴 말씀이 없습니다."

늙은 관리의 얘기에 대답이라도 하는 것처럼 때맞춰 새가 울었다.

다음 날 아침, 눈을 뜬 진운은 말없이 짐을 꾸렸다. 그냥 떠나자는 무언의 압박이라 송현우는 아무 대꾸도 하지 못하고 봇짐을 꾸렸다. 그동안 신었던 짚신을 버리고 포구에서 산 미투리를 신은 송현우는 상권이 약을 달이고 있던 곳을 바라봤다. 빈 화로가 금이 간 벽 아래 덩그러니 놓여 있었다. 작별 인사라도 하고 싶었지만 상권은 보이지 않았다. 검정개 어둠 역시 궁금했는지 연신 꼬리를 흔들면서 짖어 댔다. 내키지 않는 발걸음을 뗀 송현우는 가마솥 옆에 우두커니 앉아 있는 주모에게 다가갔다. 작별 인사를 하려고 한 것인데 가까이 다가간 송현우는 깜짝 놀라고 말았다.

"아니, 왜 울고 있는가?"

송현우의 물음에 멍하게 앉아서 울고 있던 주모가 퍼뜩 정신을 차리고는 옷고름으로 눈가를 닦았다.

"아이고, 불쌍해서 어찌합니까?"

말끝을 흐리는 주모에게 송현우가 재차 물었다.

"그만 울고 똑바로 말해 보게."

"그게, 다리가 또 무너졌답니다."

주모의 얘기를 들은 송현우는 가슴이 철렁 내려앉았다.

"다리라면, 산 너머 하천에 짓는 거 말인가?"

"예, 사또가 보러 온다고 새벽부터 부역을 하러 나오라고 닦달을 했는데 돌이 무너져서 여럿이 죽고 다쳤다고 합니다. 그런데."

주모는 말을 잇지 못하고 건너편 상권이네 집을 바라봤다. 어제 상권이 아버지에게 들은 얘기를 떠올린 송현우는 진운이 미처 말리기도 전에 주막 밖으로 뛰쳐나갔다. 그리고 상권의 집으로 향했다. 싸리 대문 안쪽 좁은 마당에는 거적에 덮인 시신이 눕혀 있었다.

"상권아!"

송현우가 목청껏 불렀지만 상권이는 모습을 드러내지 않았다. 검정개 어둠도 걱정이 되었는지 연신 짖어 대며 집 주변을 돌았다. 하지만 아버지를 잃은 충격이 컸는지 상권은 나타나지 않았다. 정신없이 주변을 살피던 송현우는 문득 마당에 놓인 시신이 너무 작다는 것을 깨달았다.

"설마!"

송현우는 마음속으로 아니라고 중얼거리며 조심스럽게 거적을 열어 젖혔다. 거기에는 얼굴이 피범벅이 된 상권이가 누워 있었다. 놀란 송현우는 그 자리에 털썩 주저앉았다.

"네가 왜 여기 있는 거니?"

뒷마당으로 뛰어갔던 검정개 어둠이 달려와서는 죽은 상권이의 얼굴을 핥았다. 그걸 물끄러미 바라보던 송현우가 갑자기 벌떡 일어났다.

"그런데 상권의 아버지는 어디 있나? 아들이 죽었는

데, 곁을 지켜 주지 않고 대체 어디 갔단 말인가?"

의아함과 분노가 섞인 목소리로 내뱉은 송현우는 어제 상권의 아버지가 나왔던 방문을 벌컥 열었다. 어두컴컴한 방 한복판에 뭔가가 매달려서 흔들거리는 중이었다. 상권의 아버지가 서까래에 목을 맨 것이다. 놀란 송현우가 달려가서 두 다리를 붙잡았다. 따라 들어온 진운이 창포검을 뽑아서 목을 맨 새끼줄을 베었다. 툭 떨어지는 상권 아버지의 몸을 잡아서 조심스럽게 바닥에 눕힌 송현우가 목에 묶인 새끼줄을 벗겼다.

"이보게. 정신 차려! 눈 좀 떠 보라고!"

송현우가 거듭 소리를 쳤지만 상권 아버지는 꼼짝도 하지 않았다. 진운이 축 늘어진 팔을 잡고 맥을 짚어 보고는 고개를 저었다.

"늦었습니다."

참담한 마음으로 송현우가 내뱉었다.

"어찌 된 일이지?"

"주모에게 물어봤더니 상권이라는 아이가 몸이 불편한 아버지 대신 부역을 나간 모양입니다. 그랬다가 돌이 무너지는 사고를 당했고, 아전들이 시신을 집으로 가져온 거 같습니다. 그걸 본 아버지는 절망감에 목을 맨 것이고 말이죠."

진운의 얘기를 들은 송현우는 견디지 못하고 문을 박

231

차고 나갔다. 싸리 담장 너머에 주모가 울고 있는 게 보였다. 상권의 얼굴은 검정개 어둠이 핥아서 많이 깨끗해졌다. 온기가 하나도 없는 얼굴을 들여다보던 송현우는 천천히 소매에서 마패를 꺼냈다. 방에서 나온 진운이 마패를 꺼내려는 그의 손을 잡았다.

"안 됩니다."

"사람이 둘이나 죽었어. 내가 어제 출두하기로 결심했다면 죽지 않았을 것이라고!"

"모두에게는 정해진 운명이 있습니다. 설사 그것이 불합리하다고 해도 인간이라면 받아들일 수밖에 없습니다."

송현우는 처음으로 진운의 손을 뿌리쳤다. 그는 나지막하게 중얼거렸다.

"반드시 바로잡을 거야."

송현우의 눈이 붉게 변해 가는 걸 본 진운이 한 걸음 뒤로 물러났다. 그러고는 조용히 말했다.

"정 그러시다면 마패에 손을 얹고 조용히 생각을 집중하십시오."

"그러면?"

"마패의 힘을 조종할 수 있는 능력이 생길 겁니다. 어둠의 길을 걷는 암행어사로서 말이죠."

진운의 얘기를 들은 송현우는 왼손으로 마패를 쥐었다. 차갑고 딱딱했던 마패의 촉감은 송현우가 눈을 감고 죽은 상권과 충격에 빠져서 자살한 상권 아버지의 비극을 떠올리자 차츰 뜨거워졌다. 거기에 순수한 분노가 더해지자 마패는 열기를 발산하면서 손을 대고 있기가 어려울 정도로 달궈졌다. 하지만 송현우는 끝까지 마패를 움켜쥐고 있었다. 움켜쥔 손가락 사이로 하얀 연기가 치솟았고, 살이 타들어 가기 시작했다.

"으악."

손가락 사이로 빠져나온 연기는 삽시간에 주변을 자욱하게 만들었다. 그리고 하나씩 뭉쳐서 사람의 형상으로 만들어졌다. 역에서 일하는 역졸들로 만들어졌다. 그걸 본 송현우가 놀라서 진운을 바라봤다. 진운이 낮은 목소리로 말했다.

"실제는 아닙니다만 진짜로 보일 겁니다."

"진짜가 아니라고?"

233

"네, 데리고 출두하십시오. 하지만 역졸들은 시간이 지나면 사라질 것이니 최대한 빨리 마무리 지으셔야 합니다. 여기 오래 머물러 있으면 이명천 일행이 다시 따라잡을 수 있으니까요."

진운의 대답에 송현우가 대답했다.

"고맙네."

진운이 살짝 옆으로 물러나면서 고개를 숙였다. 한 걸음 앞으로 나선 송현우는 구름과 연기로 만들어진 역졸들에게 마패를 들어 올리며 외쳤다.

"지금 당장 관아로 출두한다. 들어가자마자 창고와 대문을 봉하고 아전들을 잡아 두어라."

다들 '예'라고 크게 대답하고는 좌우로 물러나서 송현우가 움직일 수 있는 길을 만들어 줬다. 밖으로 나오니 갑자기 나타난 역졸들을 보고 놀란 마을 사람들이 몰려와 있었다. 송현우는 그들 앞에서 마패를 높이 치켜들고 외쳤다.

"암행어사 출두야!"

가짜 역졸들이 일제히 따라서 외쳤다.

"암행어사 출두야!"

백성들이 환호성을 지르는 와중에 송현우는 관아로 향해 걸어갔다. 역졸들이 우르르 달려가면서 함성을 질렀다. 마치 진짜 같은 그들의 모습에 관아로 가는 길 중간에 있던 상인들과 행인들은 모두 놀란 표정을 지었다. 관아의 외대문을 지키고 있던 아졸들도 암행어사 출두라는 소리를 듣고는 창을 내던지고 꽁무니를 뺐다. 송현우는 빠르게 걸으면서 눈물을 삼켰다. 해맑게 웃던 상권이와 아들을 잃고 스스로 목숨을 끊은 상권 아버지에 대한 복수를 하기로 마음먹었다. 활짝 열린 외대문을 지나 안으로 들어가자 오른쪽에 동헌이 보였다. 몇몇 아전들이 동헌 쪽에 있는 걸 본 송현우는 그쪽으로 다가갔다. 흉흉한 기세를 본 그들이 도망치려고 했지만 역졸들이 둘러싸자 그대로 포기해 버렸다. 송현우가 무릎을 꿇은 그들에게 소리쳤다.

　"사또는 어디 있느냐?"

　눈치를 보던 아전 중 한 명이 기어들어 가는 목소리로 대답했다.

　"내아에 계십니다."

　"당장 동헌으로 오라고 하여라. 그렇지 않으면 목에 줄을 묶고 끌고 올 것이다!"

　송현우의 으름장에 방금 대답을 한 아전이 일어나서는 동헌 뒤편 내아로 달려갔다. 그 사이 역졸들이 여기저기 숨어 있던 아전들을 끌고 나타났다. 진운도 검정개 어둠과 함께 조용히 동헌에 모습을 드러냈다. 잠시 후, 정자관을 쓴 사또가 아전과 함께 나타났다. 단숨에 다가간 송현우는 정자관을 벗겨서 바닥에 내동댕이쳤다. 생각 같아서는 갈기갈기 찢어 버리고 싶었지만 보는 눈들이 많아서 꾹 참았다. 그런데 사또의 표정이 생각보다 고요했다. 지은 죄가 있는 상황에서 암행어사가 나타나면 겁을 먹거나 빠져나갈 방법을 생각해야 하는데 그런 것이 전혀 보이지 않았다. 자포자기한 것인지 아니면 뇌물을 준 고관대작들이 자신을 보호해 줄 것이라고 믿는 것인지 알 수 없었다. 화가 난 송현우는 사또의 멱살을 잡고 바닥에 내동댕이쳤다. 놀란 아전들이 움직이려고 하자 진운이 칼을 뽑아서 가로막았다.

"어사 나리의 앞을 막는 자는 일단 베어 버릴 것이다. 이어서 가족들을 베어 버리고, 마지막으로 친척들을 베어 버릴 것이다. 그러니 앞을 막지 마라."

무시무시한 진운의 협박에 아전들은 주춤거리며 뒤로 물러났다. 쓰러진 사또의 주변을 검정개 어둠이 빙빙 돌면서 위협적으로 짖어 댔다. 사또가 앉아 있던 동헌의 대청에 올라간 송현우는 의자에 앉아서 아래를 내려다봤다. 우왕좌왕하던 아전들이 일사불란하게 나란히 섰다. 마패에서 불러낸 역졸들이 하나둘 사라져 갔지만 다들 경황이 없어서 그런지 눈치채지 못했다. 화가 풀리지 않은 송현우는 발을 크게 굴렀다.

"사또는 듣거라. 만백성의 어버이여야 할 목민관이 어찌 말도 안 되는 다리 공사를 하면서 부역을 나온 백성들을 괴롭힌 것도 모자라서 죽음으로 몰아넣고도 반성하는 모습조차 보이지 않느냐!"

송현우의 질책에 사또는 고개를 숙였다. 별다른 변명을 하지 않는 모습을 보면서 송현우는 속으로 자신이 뿌린 뇌물을 받은 고위 관리들을 믿고 버티는 것이라는 생각이 들었다. 옆에 있던 진운은 어서 끝내고 떠나자는 눈빛을 건넸지만 송현우는 일단 일을 마무리하기로 했다.

"당장 사또를 옥에 가두고 모든 창고는 봉한다. 어서 사또를 끌고 가라."

눈치를 보던 아전들이 몇몇 아졸들을 불러서 사또를 일으켜 세워서 감옥으로 끌고 갔다. 송현우는 어쩔 줄 몰라 하는 아전들을 내려다보다가 입을 열었다.

"호방은 남고 나머지는 모두 질청에서 대기하라."

아전들이 슬금슬금 물러나고 호방만 남았다. 안절부절 못하는 호방에게 가까이 오라고 손짓한 송현우가 말했다.

"너는 육방 관속 중에서 재정에 관한 일을 맡고 있는 걸로 알고 있다."

송현우의 물음에 호방은 겁에 질린 표정으로 고개를

끄덕거렸다.

"산 너머 다리를 세우는 공사에 지금까지 얼마나 많은 공력과 재물이 들어갔는지, 그리고 그중에 얼마나 빼돌렸는지 소상하게 아뢰어라. 만약 거짓을 고한다면 조리를 돌린 다음에 목을 베어서 외대문에 높이 걸어서 백성들에게 보여 줄 것이다."

"그, 그것이."

고개를 숙인 호방이 말을 잇지 못하자 송현우가 진운을 바라봤다. 진운이 다가가서 그의 목에 칼을 갖다 댔다. 차가운 칼날이 목에 닿자 호방이 대답했다.

"사, 사실대로 고하겠습니다. 사또의 지시대로 다리 공사에 쓸 재물을 빼돌렸습니다. 절반 정도일 겁니다."

"빼돌린 재물은 어떻게 하였느냐?"

송현우의 질문에 호방이 바들바들 떨면서 대답했다.

"사또에게 바쳤습니다. 그 이후에는 어찌 되었는지 전혀 모릅니다."

"거짓말! 사또가 재물을 빼돌리기로 결심했어도 그걸 실행하는 건 아전의 몫이라는 걸 내가 모를 줄 알았느냐? 거짓말을 했으니 일단 귀 하나를 베겠다."

그의 말이 끝나기가 무섭게 진운이 칼을 휘둘러서 호방의 한쪽 귀를 베어 버렸다. 잘린 귀가 바닥에 떨어지는 걸 본 호방이 비명을 질렀다.

"내, 내 귀!"

귀가 잘린 곳에서 뿜어져 나오는 피가 금방 바닥을 적셨다. 무릎을 꿇은 채 벌벌 떨고 있는 호방에게 송현우가 소리쳤다.

"다음에는 눈을 하나 파내겠다. 하나 더 없어진 다음에 사실대로 고하겠느냐?"

"아, 아니옵니다. 성, 성수에게 바쳤습니다."

"성수? 그자가 누구냐?"

송현우의 추궁에 호방이 손사래를 쳤다.

"정말 모릅니다. 소인은 그저 사또가 시키는 대로 빼돌린 재물들을 모아 놓고, 그걸 성수에게 바친다는 얘기를 들었을 뿐입니다."

"바쳤다고? 성수가 보낸 자가 와서 빼돌린 재물을 가져갔느냐?"

"저는 시키는 대로 빼돌린 재물을 책방에 넣어 두고 봉해 두었을 뿐입니다. 나머지는 정말로 아는 바가 없사옵니다."

성수라는 이름을 들은 송현우는 고개를 갸웃거렸다. 언뜻 들으면 사람의 이름 같은데 만약 높은 사람이라면 함부로 이름을 언급하지는 않았을 것이다. 뇌물을 중개해 주는 상단이나 객주 이름일지 모른다고 생각했지만 그럴 가능성도 많지는 않았다. 의문을 품은 송현우가 재차 물었다.

"한양의 누군가에게 바친 게 아니고?"

두 손으로 귀가 있던 곳에서 흐르는 피를 막고 있던 호방이 고개를 저었다.

"저도 그런 줄 알았지만 전혀 아니었습니다. 책방에 넣어 두고 며칠 후에 가 보면 비어 있었습니다."

"누가 가져갔는지 본 적이 없다고?"

"예, 궁금해서 사또에게 여쭤 봤는데 대답을 하지 않았습니다. 다만, 지나가는 말처럼 성수에게 바쳤다는 얘기를 들은 게 전부입니다."

호방의 대답을 들은 송현우는 난감해졌다. 출두를 해서 들이닥쳐서 수령이나 아전을 추궁하면 배후를 쉽게 알아낼 수 있을 것이라고 생각했다. 하지만 수령의 측근이라고 할 수 있는 호방조차 공사에서 빼돌린 재물을 누구에게 보냈는지 알지 못했다. 호방의 귀를 자른 창포검을 칼집에 집어넣은 진운의 표정이 눈에 띄게 어두워졌다. 송현우는 일단 호방에 대한 신문을 마치기로 했다.

"알겠다. 너는 그만 물러가고 사또를 끌고 오너라."

죽었다가 살아난 표정을 지은 호방이 뒷걸음질로 물러났다. 그러자 진운이 바로 다가왔다.

"시간이 많이 지체되었습니다. 이제 떠나셔야 합니다."

"사또만 추궁해 보겠네."

"출두했다는 소문이 퍼지면 위험해집니다."

"알고 있어. 조금만 기다려 주게."

진운과 얘기를 나누는 사이, 아전 중에 우두머리인 이방이 헐레벌떡 뛰어 들어왔다.

"어사 나리, 큰일 났습니다."

놀란 송현우 대신 진운이 물었다.

"무슨 일이냐?"

"사, 사또가 옥에서 스스로 목숨을 끊었습니다."

열둘. 성수의 정체

"뭐라고!"

놀란 송현우는 의자에서 벌떡 일어났다. 송현우는 대청을 내려가서 벌벌 떨고 있는 이방에게 다가갔다.

"사또가 죽었다고?"

"예, 끌고 오라는 말씀을 듣고 옥으로 갔는데 사또가 벽에 머리를 부딪쳐서 스스로 목숨을 끊은 상태였습니다. 벽이 온통 머리를 찧으면서 생긴 피로 가득합니다. 감옥에서 자살하는 죄수들은 종종 봤는데 그렇게 많이 머리를 찧은 건 처음 봤습니다. 그 고통을 어떻게 참았을지 정말 믿을 수가 없습니다, 어사 나리."

예상 밖의 상황에 송현우는 일단 이방을 추궁했다.

"누군가 입을 막기 위해서 죽인 게 아니고?"

"절대 아니옵니다. 감옥의 문도 꼭 잠겨 있었고, 주변에 뇌졸들이 지키고 있었습니다."

이방은 직접 보여 주겠다며 따라오라고 손짓을 했다. 송현우는 진운과 함께 이방을 따라갔다. 종종걸음으로 앞장선 이방은 질청 뒤에 있는 감옥으로 두 사람을 이끌었다. 감옥은 통나무를 촘촘하게 세우고 기와를 얹었다. 큰 감옥이 하나 있었고, 옆에는 작은 감옥이 하나 보였다. 이방이 안내한 곳은 그쪽이었다. 통나무 대신 돌로 벽을 쌓은 감옥 주변에는 뇌졸들과 아전들이 득실거렸다. 이방의 안내를 받은 두 사람이 나타나자 그들이 좌우로 물러났는데 그러면서 감옥 안의 모습이 보였다.

"맙소사."

사또는 머리가 피범벅이 된 채 바닥에 쓰러져 있었다. 머리를 부딪친 벽 역시 피와 뇌수가 잔뜩 묻어 있었다. 이방이 감옥의 문에 채워진 자물쇠를 보여 줬다.

"여기 보십시오. 이렇게 튼튼한 자물쇠를 채웠고, 뇌졸들이 지키고 있었습니다."

일이 예상과는 다른 방향으로 돌아가자 당황했던 송현우는 가까스로 정신을 차리고 이방에게 말했다.

"오작인을 부르게."

"오작인이라면 시신을 검시하는 자를 말씀하시는 겁니까?"

"사인이 뭔지 알아내야 스스로 목숨을 끊은 것인지 아니면 누군가 손을 쓴 것인지 구분할 수 있지 않겠는가?"

송현우의 호통에 이방이 고개를 끄덕거리며 뇌졸에게 오작인을 불러오라고 지시를 내렸다. 죽은 사또는 고개를 문으로 돌린 채 엎드려 있었는데 표정이 더없이 평온해 보였다. 죽음을 결심했을 때의 고통이나 갈등 같은 건 전혀 보이지 않았다.

"왜 저런 표정으로 죽은 거지?"

물끄러미 시신을 지켜보는 동안 오작인이 도착했다는 외침이 들렸다. 고개를 돌리자 백발의 노인이 보였다. 몸을 일으킨 송현우가 물었다.

"자네가 오작인인가?"

"그렇사옵니다, 어사 나리."

"죽은 사또를 검시해야 한다."

감옥 안에 쓰러진 사또를 무심하게 바라본 오작인이 대답했다.

"벽에 머리를 부딪쳐서 죽은 거 같습니다만."

"기이한 일이라서 그렇다네."

"죽음은 기이한 일이 아닙니다. 한 번은 맞이해야 할 당연한 일이죠."

의미심장한 미소를 지은 송현우가 말했다.

"잘 알고 있네. 하지만 애매한 순간에 죽었네. 그리고 암행어사가 출두해서 감옥에 갇혔다고 곧바로 죽음을 택하는 건 잘 납득이 되지 않아. 아무리 그래도 받을 처벌이라곤 파직에 유배형 정도인데 말이야."

"알겠습니다. 일단 시신을 끌어내서 살펴봐야 할 거 같습니다. 제가 머무는 움막에서 해도 괜찮겠습니까?"

"그렇게 하게."

송현우가 승낙하자 오작인은 문을 열라고 말했다. 그리고 직접 안으로 들어가서 시신을 수습했다. 지켜보던 송현우의 표정이 착잡했다.

죽은 사또의 시신을 운반하는 오작인의 뒤를 따르던 송현우는 발걸음을 멈췄다. 감옥의 뒷문으로 나가자 엄청나게 큰 나무가 보였기 때문이다. 흔히 볼 수 있는 소나무나 오동나무가 아니라 팽나무였는데 뒤틀린 몸통과 사방으로 뻗어 나간 가지에서는 알 수 없는 음산함이 느껴졌다. 송현우의 시선을 느낀 오작인이 대답했다.

"1,000년 된 나무입니다. 신령한 나무라고 해서 사또들이 새로 오면 제사를 지내지요."

"사또가 이 나무에 말인가?"

유학을 공부하고 과거에 합격해서 관료 생활을 했던 송현우는 거부감을 느꼈다. 괴력난신은 말하지도 말고 관심을 기울이지 말라고 배웠기 때문이다. 그런 송현우의 속내를 눈치챘는지 오작인이 대답했다.

"처음에는 다들 안 하려고 했지요. 하지만 별수 없었죠."

"별수 없었다니, 그게 무슨 말인가?"

"제사를 지내지 않으면 안 좋은 일이 계속 벌어졌으니까요. 꿈자리가 뒤숭숭해지고 계속 병을 앓는 바람에 어쩔 수 없었죠."

"죽은 사또도 이 나무에 제사를 지냈나?"

"네, 처음에는 안 한다고 버텼는데 방도가 없었지요. 그런데."

잠깐 기억을 더듬던 오작인이 덧붙였다.

"이상한 일이 있었죠."

"어떤 일?"

"제사를 지내다가 갑자기 쓰러진 겁니다. 입에 거품을 물고 말이죠. 이후에는 이상하게 변했어요."

"변했다고?"

"네, 갑자기 관아를 새로 지어야 한다고 해서 재물을 거둬들였고, 그다음에는 포구를 손본다고 또 사람들을 괴롭혔죠. 그리고 그게 다 끝나니까 갑자기 다리를 놔야 한다고 했습니다."

"다리 이전에도 백성들을 괴롭혀서 재물을 갈취했군."

"예, 이것저것 짓는다고 돈 많은 부자들에게 반강제로 재물을 뜯어냈고, 백성들도 부역을 피하기 위해 뇌물을 바쳐야만 했습니다."

"그렇게 모은 재물들을 성수에게 바쳤다고 하더군."

송현우의 얘기를 들은 오작인이 고개를 갸웃거렸다.

"이상하네요."

"뭐가 말인가?"

질문을 받은 오작인이 오래된 나무를 바라보며 대답
했다.

"이 나무의 이름이 성수거든요."

"뭐라고?"

아까 호방에게 들은 것과 같은 이름이라 놀란 송현우
가 되물었다.

"그게 사실인가?"

"왜 그렇게 불리는지는 모릅니다만 다들 성수라고 부
릅니다."

오작인의 얘기를 들은 송현우는 걸음을 멈추고 뒤따라
오던 아전들 사이에 있는 호방을 노려봤다. 그의 시선을
느낀 호방은 난감한 표정을 지었다.

"설마 나무에게 재물을 바치겠습니까? 이름만 같은 것
이라고 생각했습니다."

송현우는 성수라는 나무를 올려다봤다. 알 수 없는 기
운을 느낀 그는 천천히, 조심스럽게 손을 뻗어서 나무를
만졌다. 닿는 순간 알 수 없는 기운이 손끝을 통해 느껴

졌다. 강렬하고 사악한 기운에 견디지 못한 송현우는 그 자리에서 기절해 버리고 말았다.

　나루터에서 내륙으로 빙 돌아오느라 며칠을 허비한 이명천은 쉬지 않고 걷다가 바닷가에 도달했다. 그리고 주막집에서 식사를 마치고 잠깐 쉬던 이명천은 바람을 쐬러 나갔다가 들어온 이득시로부터 깜짝 놀랄 만한 얘기를 들었다.

　"그게 사실인가?"

　놀란 이명천의 물음에 이득시가 고개를 끄덕거렸다.

　"제가 직접 들었습니다. 삼량포에 암행어사가 출두했다고 말입니다. 그런데 검정 옷을 입은 무사 한 명과 검정개 한 마리가 곁에 있었다고 합니다."

　그 얘기를 들은 덕이가 조심스럽게 말했다.

　"그런데 정말 송현우라면 설마 출두를 하겠습니까? 다른 어사일지 모릅니다."

　덕이의 반응에도 불구하고 이명천은 고개를 저었다.

　"혹시 모르니까 가 보자. 어차피 놈이 이쪽으로 내려가는 건 확인했잖아. 삼량포라면 바로 코앞이기도 하고 말이야."

　옆에 앉아 있던 황종원이 말없이 봇짐을 챙겼다. 그걸 본 덕이는 할 수 없다는 표정을 지으며 따라서 일어났다. 이득시가 그런 덕이를 의미심장한 눈길로 바라봤다.

정신을 잃었던 송현우는 동헌의 대청에서 눈을 떴다. 누워 있는 그를 내려다보던 진운이 어깨에 손을 올린 채 물었다.

"괜찮으십니까?"

아무 말 없이 일어난 송현우는 곧장 대청을 내려가서 문으로 향했다. 문가에서 서성거리던 아전들이 화들짝 놀란 가운데 송현우가 외쳤다.

"횃불을 가져오너라! 얼른!"

놀란 아전들이 개미떼처럼 흩어지는 와중에 송현우는 곧장 성수가 있는 감옥 뒤쪽으로 향했다. 아전이 들고 온 횃불을 낚아챈 진운이 뒤따라오면서 물었다.

"뭘 보신 겁니까?"

"욕망!"

짧게 대꾸한 송현우는 성수 앞에 서서 진운에게 손을 내밀었다. 진운이 횃불을 건네주자 송현우는 망설이지 않고 성수에 불을 붙였다. 먼발치서 지켜보던 아전들이 비명을 지르며 안 된다고 외쳤다. 오작인 역시 모습들 드러냈지만 송현우는 넋이 나간 사람처럼 나무에 횃불을 들이댔다. 그리고 진운에게 외쳤다.

"이 나무는 욕망을 삼키고 있었어."

"누구의 욕망을 삼킨 겁니까?"

"제사를 지내던 사또들의 욕망이지. 출세하고 싶고, 더 높은 곳으로 올라가고 싶은 마음 말일세."

"영혼이 없는 나무가 어찌 그런 능력이 있다는 말입니까?"

진운이 이해가 가지 않는다는 표정으로 대꾸하는 와중에 성수가 갑자기 울부짖었다. 불이 붙은 나무가 갈라지는 소리였는데 마치 사람이 내는 비명 소리처럼 들려서 다들 깜짝 놀랐다. 치솟는 불길이 거세지는 와중에 송현우는 눈을 감았다. 어둠이 눈을 뜨면서 감춰진 존재가 보였다. 사또들의 혼령들이 불에 타면서 고통스러워했다. 심연의 눈을 뜬 송현우가 소리쳤다.

"다른 존재가 있었기 때문이지. 그 존재가 사또들의 욕망을 빨아들이면서 거대해졌고, 이번에 온 수령의 마음을 빼앗은 것이야."

"환령술을 썼다는 얘깁니까? 사람의 마음을 조종하는 건 결코 쉬운 일이 아닙니다."

"저놈은 가능했어."

송현우가 손가락으로 가리키자마자 불타오르던 성수는 두 조각으로 갈라졌다. 그리고 그 안에서 엄청나게 큰 뱀이 보였다. 불길에 휩싸인 뱀은 몸을 꼿꼿하게 세운 채 송현우를 내려다봤다. 송현우는 떨고 있는 오작인에게 물었다.

"이 근처에 뱀을 섬기는 신앙이 있었느냐?"

"그, 저기 산 너머 화전골에 뱀신을 섬기는 사당이 있었다고 어릴 적에 들었지요."

"사당은 어찌 되었나?"

"어느 날, 향교의 유생들이 찾아와서 불을 질렀다고 하였습니다."

오작인의 얘기를 들은 송현우가 진운에게 말했다.

"사당의 뱀이 이 나무에 흘러들어 온 거야. 그리고 수령들의 욕망을 바탕으로 힘을 키웠다가 유독 욕심이 많았던 이번 수령을 통해서 백성들을 괴롭힌 거지."

"외면당한 것에 대한 복수였을까요?"

진운의 물음에 송현우는 불빛만큼이나 이글거리는 눈빛으로 자신을 내려다보는 거대한 뱀을 노려봤다. 송현우가 천천히 낙죽장도를 뽑아 들자 칼집 안의 죽장 요괴들이 쏟아져 나왔다. 그걸 본 아전들과 오작인이 뒷걸음질을 쳤다. 송현우는 붉은 기운을 끌어모으면서 눈을 감고 심연의 눈을 떴다. 검게 변한 세상에 뱀 안에 숨어 있던 뭔가를 보았다.

"저것도 껍데기에 불과해."

251

송현우는 고함을 지르며 붉은 기운이 맺힌 낙죽장도를 던졌다. 빙글거리며 날아간 낙죽장도는 뱀을 머리부터 몸통까지 길게 찢어 버렸다. 양쪽으로 찢긴 뱀의 몸속에 외다리가 있었다. 돌아온 낙죽장도를 움켜쥔 송현우가 외쳤다.

"뱀의 껍질을 써서 사람들의 욕망을 자극한 게 바로 너지!"

허공에 뜬 외다리가 기분 나쁜 웃음과 함께 입을 열었다.

"용케도 내 정체를 알아냈군."

낙죽장도에서 붉은 기운이 뻗어 나오자 송현우는 머리 위로 치켜든 채 외쳤다.

"가라!"

낙죽장도의 칼집에서 나온 죽장 요괴들이 앞다퉈서 외다리를 향해 덤벼들었다. 죽장 요괴들의 공격을 받아치면서 천천히 땅으로 내려선 외다리를 본 송현우가 중얼거렸다.

"애꾸눈 다음에 너로군."

외다리는 굽은 등과 긴 머리를 하고 있었다. 송현우를 바라보는 외다리의 머리카락이 고슴도치의 가시처럼 꼿꼿하게 섰다. 그걸 본 진운이 외쳤다.

"조심하십시오."

진운의 경고대로 외다리의 머리카락이 마치 가시처럼 날아왔다. 송현우는 붉은 기운이 뿜어져 나오는 낙죽장도를 휘둘러 날아오는 가시들을 막아 냈다. 그리고 칼을 고쳐 잡으며 외다리를 향해 덤벼들었다. 낙죽장도의 붉은 기운이 외다리의 허리를 두 동강 냈다. 하지만 떨어져

나갔던 몸통은 다시 하나로 붙어 버렸다. 하늘에 뜬 외다리의 머리카락은 마치 살아 있는 것처럼 너울거렸다. 외다리는 사방으로 가시 같은 머리카락을 날렸다. 지켜보던 아전들 몇 명이 그걸 맞고 고통에 몸부림치다가 쓰러졌다. 몸의 붉은 기운을 증폭시켜서 오작인을 지킨 송현우가 외쳤다.

"얼른 피하게!"

오작인이 담장 뒤로 몸을 피하는 것을 본 송현우는 낙죽장도를 고쳐 잡았다. 그리고 허공에 떠 있는 요괴들에게 소리쳤다.

"저놈을 죽여라!"

요괴들이 기괴한 비명을 지르며 외다리에게 덤벼들었다. 머리카락을 방패처럼 펼친 외다리가 여유롭게 소리쳤다.

"이따위 요괴들로 나를 없앨 수 있을 거 같아?"

"물론 아니지."

요괴들이 스쳐 지나가면서 머리카락들이 이리저리 흔들렸다. 그 틈을 지켜보던 송현우가 허공에 떠 있는 외다리를 향해 날아올랐다. 지켜보던 진운이 중얼거렸다.

"놀랍도록 빠르게 강해졌군."

날아오른 송현우가 그대로 외다리의 몸통을 낙죽장도로 여러 갈래로 베어 냈다. 잘린 몸통은 다시 붙으려고 했지만 요괴들이 달려들어서 물어뜯거나 움켜쥐었다. 결국 머리만 남았다. 호랑이 요괴가 앞발로 후려치자 머리는 바닥으로 떨어졌다. 눈알을 기괴하게 뒤틀던 외다리가 끝장내기 위해 다가오는 송현우를 보고 이죽거렸다.

"괴물이 다 되었군."

"가족의 원수를 갚을 수 있다면 더한 존재가 되는 것도 망설이지 않을 거야."

차갑게 대답한 송현우가 낙죽장도로 외다리의 머리를 찍으려고 했다. 그 순간, 외다리가 입을 벌리고 혀를 길게 뻗었다. 믿을 수 없을 정도로 길게 뻗은 혀가 송현우의 목을 휘감았다.

"으윽!"

예상 밖의 공격에 놀란 송현우가 어쩔 줄 몰라 하는 사이 외다리의 머리는 다시 허공에 떴다. 그리고 송현우의 목에 혀를 둘둘 감기 위해 빙빙 돌았다. 진운이 창포검을 들고 베려고 했지만 외다리의 머리가 워낙 빨리 움직이는 바람에 놓치고 말았다. 목을 졸린 송현우는 벗어나려고 발버둥을 쳤지만 점점 힘이 빠졌다. 그 순간, 검정개 어둠이 훌쩍 뛰어서 외다리의 머리를 물었다.

"크헉!"

순간 송현우를 놓친 외다리의 머리는 바닥에 떨어졌다. 어떻게든 벗어나려고 했지만 검정개 어둠의 이빨은 단단히 박혀서 빠지지 않았다. 떨어뜨린 낙죽장도를 집어 든 송현우가 다가가자 검정개 어둠이 이빨을 떼고 물러났다. 큰 상처를 입은 외다리의 머리가 송현우를 올려다봤다.

"안개가 흐르던 그날이 생각나는군."

송현우는 아무 대답 없이 낙죽장도로 정수리를 꾹 눌렀다. 칼날이 서서히 정수리를 뚫고 들어가자 두 눈이 차츰 녹아내렸다.

"크아아악!"

외다리의 머리를 낙죽장도로 완전히 꿰뚫어 버린 송현우는 천천히 그것을 치켜들었다. 머리가 꿰뚫린 외다리의 머리가 외쳤다.

"너는 영원히 목적지를 찾아가지 못할 것이다."

"지금은 너를 죽이는 걸로 만족하지. 부디 내 부모님과 아내가 겪었던 고통을 느끼기를 바란다."

싸늘하게 대답한 송현우는 정수리에 꽂은 낙죽장도를 옆으로 비틀었다. 외다리의 머리는 비명을 지르며 눈동자가 완전히 녹아 버렸다. 송현우가 머리를 내동댕이치자 기다리던 요괴들과 검정개 어둠이 다가와서 삽시간에 물어뜯어 버렸다. 외다리를 해치운 송현우는 한숨을 쉬었다. 불타던 성수는 삽시간에 잿더미로 변해 버렸다. 연기가 흘러나오는 성수를 바라보던 송현우는 담장 뒤에 숨어 있던 오작인에게 말했다.

"뱀신의 사당이 어딘지 알고 있는가?"

"무, 물론입죠. 제가 태어난 곳에서 가깝습니다."

"나중에 가서 작게나마 제사를 올리게. 그리고 사또가 새로 지은 창고가 근처에 있다고 들었네."

"마, 맞습니다. 그걸 어찌 아셨습니까?"

"제사를 지내고 창고를 열어 보게. 사또가 다리를 짓는다고 빼돌린 재물과 돈이 그곳에 있을 걸세."

"그런 걸 어찌 아셨습니까?"

놀란 오작인의 물음에 송현우는 아무 대답도 하지 않고 웃기만 했다. 그때, 동헌의 외대문에서 암행어사 출두라는 외침이 들렸다. 그 소리를 들은 진운이 다가왔다.

"이명천이 온 모양입니다."

"금방 따라왔군. 날 좀 도와줄 수 있겠나?"

둘의 대화를 듣던 오작인이 말했다.

"아무도 모르는 뒷문이 있습니다. 따라오십시오."

송현우 일행은 오작인을 따라 서둘러 작은 문으로 들어갔다.

"맙소사!"

삼량포의 관아에 들이닥친 이명천은 눈앞에 펼쳐진 풍경에 할 말을 잊었다. 뭔가 큰일이 벌어진 것 같은데 살아남은 아전들은 다들 큰 뱀이 나타났다면서 넋이 나간 모습이었기 때문이다. 뒷마당에는 수백 년은 된 것 같은 나무가 두 동강이 난 채 잿더미가 되어 있었고, 큰 뱀의 불탄 가죽도 보였다. 무슨 일이 벌어졌느냐는 황종원의 호통에 이방이 부들부들 떨면서 말했다.

"그, 그러니까 가짜 암행어사가 저 나무에 불을 지르니까 둘로 쪼개지면서 안에서 집채만 한 뱀이 나왔습니다. 그리고 그 뱀이 다시 다리 하나가 달린 이상한 괴인으로 변했고, 가짜 암행어사가 괴상한 술수를 부려서 그 괴인을 토막을 내 가지고……."

침을 튀기며 앞뒤 안 맞는 얘기를 하는 이방에게 이명천이 호통을 쳤다.

"그 가짜 암행어사는 어디로 갔느냐?"

퍼뜩 정신을 차린 이방이 주변을 돌아봤다.

"그, 그러니까 방금까지는 여기 있었는데 어디로 갔는지는 모르겠습니다."

울상을 짓는 이방을 보면서 이명천이 짜증 섞인 목소리로 황종원과 이득시에게 말했다.

"서둘러서 찾아보게. 멀리 못 갔을 거야."

오작인과 함께 관아의 뒷문으로 나온 송현우는 그가 알려 준 오솔길을 따라 걸었다. 그리고 뒤따라오는 진운에게 물었다.

"우리가 언제까지 이렇게 도망 다녀야 하지?"

"이명천이야 쉽게 없앨 수 있습니다. 하지만."

뒤쪽을 힐끔 본 진운이 덧붙였다.

"다음에 또 누군가를 보낼 겁니다. 주인님은 어둠의 길을 걸어야 하니까 조용히 눈에 띄지 않게 다니셔야 합니다."

"나에게는 힘이 있는데?"

진운이 걱정스러운 표정으로 덧붙였다.

"목적 없이 쓰는 힘은 결국 파멸로 향하고 맙니다."

"나는 목적 같은 건 관심 없어. 오직 원수를 갚고 싶을 뿐이야."

"무원에 가면 왜 어둠의 길을 걸어야 했는지 아실 수 있을 겁니다."

"내가 가지고 있는 힘의 근원도 그곳에 가면 알 수 있을까?"

송현우의 물음에 진운은 그렇다는 대답을 했다. 안심한 송현우는 앞장서 걸으면서 진운의 눈빛이 흔들린 것을 알아차리지 못했다.

신경택이 어렵게 수소문해서 찾은 노인은 정릉동의 허름한 골목길에서 꾸벅꾸벅 졸고 있었다. 가쾌라고 적힌 깃발을 옆에 꽂고 있었는데 앞에는 장기판이 하나 놓여 있었다. 신경택과 함께 서서 내려다보던 정원석이 장난 스럽게 외쳤다.

"장군이요!"

그러자 놀란 노인이 눈을 떴다.

"머, 명군!"

소리친 노인은 두 사람을 올려다보고는 눈을 껌벅거 렸다.

"집 구하러 오셨소?"

집을 사고파는 일을 중개하는 가쾌로 생계를 유지하던 노인이 묻자 신경택이 엽전 한 개를 꺼내서 보여 줬다.

"노인의 옛날 기억을 살려고 왔소. 이 정도면 팔겠소?"

마른침을 삼킨 노인이 대답했다.

"뭐, 어떤 기억을 얼마나 듣고 싶은지에 따라 달렸겠지."

노인의 대답을 들은 정원석이 입을 열었다.

"30년 전쯤 일이요. 당신이 호분위[14]의 팽배수[15]였 을 때."

"아주 오래전이라 기억이 얼마나 남아 있을지 모르겠 구려."

신경택이 엽전 하나를 더 꺼내자 노인은 고개를 끄덕 거렸다.

"마침 배가 출출했는데 골목길 입구에 있는 냉면집으

---

14) 虎賁衛: 조선 전기 중앙군인 5위 중 하나.
15) 彭排手: 둥근 원방패와 환도로 무장한 조선시대 병사.

로 갑시다."

몸을 일으킨 노인이 앞장서서 걷자 두 사람은 말없이 뒤를 따랐다.

냉면 가게 앞 장대에 매달린 길게 찢은 종이 다발이 바람에 펄럭거렸다. 문을 열고 들어간 노인이 익숙한 듯 구석의 자리에 앉아서 냉면 세 그릇을 주문했다. 그러고는 두 사람을 번갈아 바라봤다.

"무슨 일로 내 옛날 일이 궁금한 거요?"

정원석이 가볍게 웃으며 대답했다.

"돈까지 받았으면서 왜 그런 걸 궁금해하시오?"

"잘못된 돈을 받으면 탈이 나서 말이외다."

능글거리는 노인의 말에 신경백이 주먹으로 탁자를 쳤다.

"돈 받기 싫으신가?"

노인은 살짝 겁을 먹었는지 바로 손사래를 쳤다.

"그게 아니라, 그냥 궁금해서 그랬소이다. 뭐가 궁금하시오? 다 대답해 드리지."

주문한 냉면이 나오면서 잠깐 말이 끊겼다. 젓가락을 든 노인은 냉면을 후루룩 먹었다. 정원석은 임금의 명령으로 송현우의 살인사건을 조사했다. 의문투성이고, 용의자와 증인들이 모두 죽거나 사라져 버리고 말았다. 그래서 송현우의 아버지 송치인에 대해서 먼저 알아보기로 했다. 놀라운 건 그에 대해서 알려진 게 별로 없다는 것이다. 30년 전, 반정에서 가장 큰 공로를 세웠지만 심환이나 다른 공신들처럼 눈에 띄는 움직임을 보이지 않았다. 성공한 반정에 어떻게든 공로를 세웠다고 떠드는 것과 정반대였던 것이다. 그래서 송치인 대감부터 조사해 보자는 정원석의 의견에 신경택이 얘기를 해 줄 만한 사람을 수소문하다가 어렵게 당시 반정에 참가했던 호분위의 팽배수를 찾아냈다. 노인이 정신없이 냉면을 먹어 치우는 걸 조용히 지켜보던 정원석은 그가 트림을 하면서 한숨을 돌리자 입을 열었다.

"돈도 받고 배까지 채우셨으니 이제 오래전 기억을 되살릴 준비가 되셨나?"

"배가 차니까 생각이 납니다요. 어떤 것부터?"

"30년 전 반정에서 송치인 대감이 무슨 역할을 했는지가 궁금하오. 그리고 어디 출신이고 어떻게 합류했는지도?"

질문을 받은 노인이 잠깐 생각하다가 입을 열었다.

"참, 묘한 사람이었다오. 처음에 봤을 때는 백면서생이라 걱정부터 앞섰지. 책만 보던 사람이 책사 노릇 하는 게 쉬운 게 아니거든, 거기다 한양 출신도 아니었고 말이야. 그런데 내가 잘못 생각했었지 뭐요."

"잘못 생각했다고?"

261

신경택의 물음에 노인이 눈을 크게 뜨며 말을 이어갔다.

"사람을 휘어잡는 솜씨가 예사롭지가 않았거든. 지금 이야 반정이라고 부르지만 그때는 그게 성공할 것이라고 믿은 사람은 별로 없었소이다."

"급박하게 진행되어서 그랬던 거요?"

"멀쩡하던 폐주가 갑자기 미쳐서 닥치는 대로 주변 사람들을 죽이니까 다들 발버둥이라도 쳐 보자는 심정이었을 거요. 특히, 지금의 임금이신 대군께서는 역모죄로 아버지가 문초를 받다가 돌아가시고 동생은 자결하라는 명을 받고 스스로 목숨을 끊었으니 다음은 본인이라고 생각했을 것이고 말이요. 그때 임금이 무슨 신기라도 있었는지 자기를 해치려는 음모를 속속들이 알아내고 미리 손을 썼다오. 그래서 대군께서 반정을 도모하겠다고 했을 때에도 다들 합류하기를 꺼렸소이다."

노인의 대답을 들은 정원석이 끼어들었다.

"송치인 대감은 어떻게 반정에 합류했는가? 어디 출신이거나 누구의 소개로 왔는지에 대해서는 아는 게 없소?"

"정확하게는 기억이 나지 않소이다. 어느 날 갑자기 대군 곁에 나타났으니까요. 누군지 물어봐도 아는 사람이 없어서 혹시 폐주 쪽에서 보낸 간자가 아닌가 의심한 사람도 있었다니까요."

"그런데 어떻게 반정을 성공시킬 수 있었나?"

정원석의 물음에 노인은 곧바로 대답했다.

"거, 사람이 진짜 묘했소이다. 특별히 눈에 띄는 외모는 아니었는데 입을 열면 묘하게 설득되었소이다. 나도 긴가민가했는데 그 사람이랑 한번 얘기하고 나서 정신 차려 보니까 반정군에 가담했더이다. 그리고 또 기가 막히게 술수를 썼소."

"술수?"

"홍제역에 모인 반정군이 도성으로 들어가려면 창의문을 뚫고 들어가야 했지요. 그런데 칼질 한번 안 하고 통과했다오. 그뿐만 아니라 궁궐을 지키는 내금위도 꼼짝하지 않았소. 그때 반정군이라고 해 봤자 다 합해서 5백 명도 되지 않았으니, 폐주가 호령 한 번만 했어도 몰살당할 처지였는데 말이다. 나중에 알고 보니 그 사람이 원래 창의문 수문장과 내금위장이 역모를 꾸몄다고 엮어서 쫓아내고 대군과 친분이 있는 사람들을 앉힌 것이지요."

노인의 얘기를 들은 정원석은 바짝 긴장했다. 다들 모른다고 하거나 입을 열지 않았던 당시의 상황을 생생하게 들을 수 있었기 때문이다. 노인은 여전히 신이 나서 얘기했다.

263

"그뿐만이 아니외다. 앞서 얘기한 것처럼, 폐주를 시해하려는 시도는 여러 번 있었다오. 기미상궁이 독이 든 전복을 수라상에 올렸고, 내금위 병사들 몇 명이 사냥터에서 죽으려고 했지만 번번이 실패했지요. 그때 내 동료가 그 일에 연루되어서 사지가 찢기는 걸 눈앞에서 보았소이다. 내금위에 있다가 호분위로 옮긴 것도 그것 때문이었지요."

"딴소리하지 말고 묻는 말에나 제대로 대답하시게."

신경택의 핀잔에 노인이 아차 하는 표정을 지으며 말을 이어 갔다.

"아! 중간에 반정이 들킬 뻔한 적이 몇 번 있었소이다. 그런데 그때마다 송치인 대감이 무슨 수를 썼는지 모르지만 비밀이 새어 나가지 않게 막더이다. 그래서 저 사람만 있으면 반정에 성공할 것이라고 믿었다오. 고향이 어딘지는 모르오. 말투로 보면 남쪽 사투리를 쓰는 것 같았는데 원체 입이 무겁지 뭐요. 반정에 참여한 사람 중에 그 사람을 잘 알았던 사람도 없었고 말이요. 갓을 쓰고 도포를 입고 다닌 걸 보면 선비가 분명했소이다."

송치인 대감에 관해서 들은 괴상하고 기이한 이야기들의 결정판 같은 느낌에 정원석은 할 말을 잊었다. 그런 정원석을 대신해서 신경택이 질문을 이었다.

"반정은 어찌 진행되었나?"

"창의문을 뚫고 들어가서 곧장 경복궁의 광화문으로 들이쳤지요. 내금위장이 미리 문을 열어 줘서 곧장 안으로 들어가서 홍례문이랑 근정문까지 단숨에 뚫었지요.

그리고 근정전을 지나 편전인 사정전까지 갔습지요. 제
가 내금위 출신이라 앞장을 서서 내달렸는데 아직도 그
날이 기억납니다."

"폐주는 어디에 있었나?"

"사정전에 있을 것이라고 생각했는데 없어서 내관에게
물어보니 북문인 신무문 근처에 있는 집경전에 있다고
해서 거기로 갔지요. 과연 임금이 집경전 앞에서 우리를
지켜보고 있더이다. 머리는 풀어 헤치고 요상한 눈빛을
했는데 너무 기괴하고 무시무시해서 반정군 중 아무도
가까이 가지 못했답니다. 그러다가 반정을 이끈 대군과
송치인이 앞으로 나서자 폐주가 한동안 바라보다가 집경
전의 문을 닫고 들어갔지요. 그리고 잠시 후에 불길이 치
솟았지요."

"불길이? 폐주가 스스로 불을 질렀단 말인가?"

신경택의 물음에 노인은 고개를 끄덕거렸다.

"다들 어찌할 바를 모르고 있었는데 대군께서 불을 끄
지 말라고 하시고는 돌아섰습니다. 그리고 집경전 앞에
서의 대치에 대해서도 함구령이 떨어졌습지요. 그런데
이상한 게 있었습니다."

"뭐가 이상했단 말이오?"

"폐주가 대군 대신 송치인 대감 쪽을 한참이나 바라봤
었습니다. 마치 아는 사람처럼 말입니다. 물론 얘기를 주

고받거나 그러지는 않았습니다."

그 뒤로도 노인의 이야기는 이어졌지만 대개 자기 자랑이었다. 서로의 얼굴을 바라보던 정원석과 신경택은 말없이 젓가락을 들었다.

냉면을 먹고 밖으로 나온 정원석과 신경택은 신이 나서 사라지는 노인을 물끄러미 바라봤다. 정원석이 천천히 입을 열었다.

"파면 팔수록 알 수 없는 집안이로군. 유래를 알 수 없는 집안 출신으로 갑자기 반정에 가담해서 성공시키고도 조용히 지냈다니."

"30년 동안 조용히 지내다가 겨우 병조판서에 오른 셈이네요. 공을 세운 걸 내세우면 영의정이 되어도 부족함이 없는데 말입니다."

"그리고 아들에게 갑자기 죽임을 당했는데, 자세히 들여다보면 아들이 범인이 아닐 수도 있는 상황이잖아."

"그러게 말입니다."

잠시 고민하던 정원석이 입을 열었다.

"아무래도 만나 봐야겠군."

"누굴 말입니까?"

"송치인 대감의 옆집에 살았던 전 호조참의 김현신 대감 말이야."

"낙향했다고 하지 않았습니까?"

"돌이켜 보니 우리가 직접 정황을 들어 본 건 아니잖아."

"그렇긴 하죠."

수긍하는 신경택에서 정원석이 물었다.

"김현신 대감의 고향이 어디라고 했지?"

"남쪽 어디라고 들었습니다. 삼량포라고 한 것 같은데 정확하지는 않습니다."

"한번 알아보고 떠나세."

"알겠습니다."

신경택의 대답을 듣던 정원석은 한쪽 눈을 찡그렸다.

"다리가 좀 불편한 것 같은데 괜찮나?"

"괜찮습니다. 내일 댁으로 찾아뵙겠습니다."

4장

무원

열셋. 삼원도

　삼량포 관아에서 빠져나온 송현우 일행은 바닷가를
따라 남쪽으로 내려갔다. 그동안 심연의 이끌림에 따라
괴이한 일이 벌어지는 마을을 도와주느라 시간이 지체되
었다. 화전민들이 모여 사는 산속의 마을에서는 호랑이
에게 잡아먹힌 창귀들을 물리쳤고, 길을 가는 사람들을
해치는 인로골설이라는 해골 모양의 반딧불 요괴도 없애
버렸다. 또 어느 산골짜기 마을에서는 양반을 골라 잡아
먹는 아귀에 쒼 노비를 구해 주기도 했다. 요괴를 없애면
서 송현우는 한편으로 걱정이 되었다.

　"전국에 괴이한 일이 계속 벌어지고 있어서 백성들의
고통이 정말 심하군."

　기이한 일들을 해결한 송현우 일행이 남쪽으로 며칠

더 내려가자 해원포라는 좀 더 큰 포구가 나타났다. 어선
들은 물론 물고기를 거래하는 어물 장수들, 그리고 근처
에는 왜구들을 막는 수군진이 있어서 병선들이 끊임없이
오고 갔다. 거기에 세곡들을 모아서 바다를 통해 보내는
조운선들도 드나들었고, 세곡을 보관하는 해운창도 있었
다. 그래서 물고기를 비롯한 해물을 파는 큰 시장이 있었
고, 적지 않은 외지 사람들이 있어서 객주와 주막이 수십
개가 넘었다. 풍문을 듣기 적합한 곳이라 송현우 일행은
낙향하는 성균관 유생이라고 둘러대고는 주막집에 머물
렀다. 다만, 원인을 알 수 없는 전염병이 퍼지고 있어서
시신을 실은 수레를 종종 마주치곤 했다. 여장을 풀고 주
변을 살펴보러 나온 송현우는 시장 입구에서 이상한 행
렬과 마주쳤다. 종이와 나무로 만든 큰 인형을 든 사람
이 앞장선 가운데 회색 옷을 입은 남자들과 여자들이 그
뒤를 따라가면서 주문 같은 걸 외었다. 그걸 본 사람들은
하나같이 걸음을 멈추고 합장을 하거나 허리를 굽혔다.
제일 뒤에는 건장한 사내들이 맨발에 웃통을 벗은 채 북
과 징을 치고 따랐다. 괴상한 행렬을 지나치고 나서 송현
우는 옆에 있는 보부상에게 물었다.

"저 행렬은 대체 무엇인가?"

"삼원도에서 온 사람들입죠."

"삼원도?"

예상 밖의 장소에서 무원과 비슷한 지명이 나오자 깜짝 놀란 송현우는 떠나려는 보부상의 팔을 잡았다.

　　"삼원도는 어디에 있는 섬인가?"

　　"가 본 적은 없는데 배를 타고 나가서 반나절 넘게 가야 한다고 합니다."

　　"그러면 저 사람들을 따라가면 되는 건가?"

　　송현우의 물음에 보부상이 코웃음을 쳤다.

　　"여기 사람이 아니라서 모르시는 모양인데 삼원도는 주박교 사람들만 들어갈 수 있습니다요."

　　"주박교?"

　　"예, 저기 주박신 뒤를 따라가는 사람들이 주박교 신자들입니다."

　　"저들만 들어갈 수 있다고?"

　　"예, 무릉도원이라는 소문이 퍼지고 있죠. 땅이 기름져서 거름을 안 줘도 풍년이 들고, 주변에 물고기 천지라서 나가기만 하면 만선이라고 합니다. 게다가 병도 안 걸리고 아픈 사람도 없어서 다들 백 살까지 산다고 합니다. 소문에는 관아에서 세금도 못 걷어 간다고 그러더라고요."

　　부러움에 가득 찬 말투로 얘기한 보부상에게 송현우가 물었다.

　　"그런데 왜 아무나 못 들어가는 건가?"

"주박신을 믿지 않는 사람이 들어가면 저주를 받는다고 했습니다. 실제로 저주에 걸려서 죽은 사람들도 여럿이라는 소문이 돌고 있습죠."

보부상이 떠난 이후에도 송현우는 그 자리에 우두커니 서 있었다.

"삼원도라……."

목이 사라진 아버지의 시신 뒤 병풍에 적혀 있던 글씨이자 천격당의 소진주가 말한 최종 목적지는 무원이었다. 하지만 어쩐지 느낌이 이상했다. 생각에 잠긴 채 머물고 있는 주막으로 돌아온 그는 때마침 들어선 진운과 마주쳤다. 진운이 그에게 다가왔다.

"주인님, 삼원도라는 섬이 근처에 있다고 합니다."

"나도 아까 시장에서 들었네. 주박신을 믿는 신자들만 들어갈 수 있다고 하더군."

"어쩌면……."

진운은 차마 말을 잇지 못했다. 송현우는 확신에 찬 목소리로 말했다.

"그 섬으로 가 봐야겠어."

"갈 수 있는 방도를 찾아보겠습니다."

진운이 도로 밖으로 나갔다. 송현우는 보부상이 말한 삼원도가 있는 쪽의 바다를 바라봤다. 끝이 없이 펼쳐진 광활한 바다에는 아무것도 보이지 않았다.

다음 날 아침, 송현우는 진운이 찾아낸 늙은 어부를 만나러 외딴 포구로 갔다. 다 쓰러져 가는 초가집에 나이든 늙은 어부가 연신 기침을 하고 있었다. 그가 다가온 송현우에게 말했다.

"삼원도에 가신다고?"

"네, 사정이 있어서 들어가야 합니다."

"태워다 주는 건 상관없지만 그 섬에 발을 디디면 저주를 받게 되어 있다네."

"들었습니다. 괜찮으니까 데려다만 주십시오."

송현우와 진운을 물끄러미 바라보던 늙은 어부가 말했다.

"나야 살날이 얼마 안 남았으니, 며느리와 손자를 먹일 양식을 살 돈을 주면 눈 딱 감고 가 드리지."

얘기를 들은 진운은 소매에서 작은 은덩어리를 꺼내서 늙은 어부에게 건넸다. 늙은 어부는 받은 은덩어리를 가지고 초가집으로 갔다. 그리고 부엌에 있던 아낙네에게 건네줬다.

"내가 돌아오지 않으면 고기 잡으러 갔다가 변을 당했다고 해라. 절대로 삼원도로 누구를 데려다 주러 갔다고 하지 말고."

며느리로 보이는 아낙네가 우물쭈물하면서 대답했다. 등에는 갓난아기가 매달려 있었다. 한숨을 크게 쉰 늙은

275

어부가 초가집에서 나와 낡은 배에 올랐다. 그리고 지켜
보던 송현우에게 말했다.

"당신 둘과 개 한 마리 맞소?"

"네."

"타슈. 뱃머리에 있으면 멀미를 덜 할 거요."

송현우가 먼저 배에 오르고 진운, 그리고 검정개 어둠
이 차례대로 탔다. 삿대로 배를 민 늙은 어부는 바람을
살피더니 아딧줄을 풀어서 돛을 펼쳤다. 바람을 받은 돛
이 활짝 부풀면서 배는 바다로 나아갔다. 뱃머리에 앉은
송현우는 무심코 포구를 돌아봤다. 며느리로 보이는 아
낙네가 아이를 안고 물끄러미 이쪽을 바라보고 있었다.
그걸 본 늙은 어부가 한숨을 쉬며 노를 잡았다.

"재작년에 며느리가 되었지. 그런데 아들놈이 올해 초
에 바다에 빠져 죽었어. 나도 그냥 세상을 떠 버리고 싶
었지만, 내가 일을 해야 며느리와 손자가 먹고살 수 있어
서 지금까지 버텨 온 게지."

뭐라 쉽게 대꾸하기도 어려운 사연을 들은 송현우는
겨우 한마디했다.

"누구나 마음속에 연옥이 있는 법이지요."

"아니, 듣자 하니 선비님은 성균관 유생이라고 하던데,
무슨 걱정이 있으시다고 그런 말씀을 하시는가?"

송현우는 쓴웃음으로 대답을 대신했다. 그런 모습에

호기심을 느꼈는지 늙은 어부가 노를 저으면서 물었다.

"선비께서는 무슨 일로 삼월도에 가시오?"

"돌아가신 아버님과 관련된 일입니다. 거기에 아버님의 유물이 있다고 해서요."

"나야 뭐 태워 주기만 하면 되니까."

노인은 헛기침을 크게 하고는 다시 노를 저었다. 오랜 세월 노를 저어 온 노인의 앙상한 팔뚝에 근육이 파도처럼 떠올랐다.

삼량포의 객사에 머물던 이명천은 점심을 간단히 먹고, 한양에 보낼 보고서인 서계를 작성하고 있었다. 당장 송현우를 쫓고 싶었지만 사또와 아전들이 죽고 아수라장이 된 삼량포 관아를 모른 척 내버려두고 바로 떠날 수는 없는 노릇이었다. 결국 며칠 동안 수습을 해야만 했다. 그러면서 송현우가 어떤 힘을 가졌고, 무슨 일을 했는지를 생각해 봤다. 한림이라는 계방촌에서는 폐사찰에서 범우를 비롯한 마을의 청년들을 구해 냈고, 삼량포에서는 성수라는 나무에 숨어 사는 요괴를 해치웠다. 살아남은 아전과 주민들은 앞다퉈서 그를 칭찬했다.

"사람들을 구하고 있어. 대체⋯⋯."

부모와 아내를 잔혹하게 죽인 살인자가 아니라 원래 알고 있던 송현우의 모습이었다. 송현우는 인간으로서는 가질 수 없는 능력을 보여 주면서도 인명 피해는 없도록 애썼다. 이명천은 송현우가 자신을 죽일 수 있는 기회 앞에서도 돌아서던 모습이 선명하게 떠올랐다. 이런저런 생각에 잠겨 있던 이명천은 서둘러 서계를 썼다. 아침에 한양으로 떠날 기별군사 편으로 보내야만 했기 때문이다. 송현우가 이상한 능력을 가지고 있고, 그것이 의금부에서 탈옥해서 몸을 숨긴 인왕산의 천격당과 깊은 연관이 있을지 모른다는 내용이었다. 붓을 내려놓은 이명천은 마패에 인주를 찍어서 서계의 모서리에 찍었다. 옆에 있는 봉투에 넣어서 봉인을 한 이명천은 객사 밖으로 나갔다. 마루에 앉아서 기다리고 있던 기별군사가 두 손으로 봉투를 받았다. 그러고는 대나무로 만든 둥근 통에 돌돌 말아서 넣은 다음에 인사를 했다. 기별군사가 객사 밖으로 나가는 걸 본 이명천은 기지개를 켰다.

"드디어 떠날 수 있겠군."

옆 고을의 사또가 오늘 오후에 온다고 했기 때문에 바로 출발할 예정이었다. 그런데 객사의 뒤쪽 담장에 황종원이 어정쩡하게 기대 있는 게 보였다.

"자네, 거기서 뭐 하나?"

이명천의 물음에 황종원이 조용히 하라는 손짓을 했다. 의아해하는 그에게 황종원이 객사 뒤쪽의 쪽문을 가리켰다.

"덕이가 아까 저기로 나갔습니다."

"왜?"

"모르겠습니다. 주변을 살펴보는 것도 그렇고 말도 안 하고 나가는 게 영 수상해서 이득시가 쫓아갔습니다."

잠시 후, 덕이가 쪽문으로 들어섰다. 둘은 약속한 것처럼 나무 뒤에 몸을 숨겼다. 덕이가 객사로 돌아가고 잠시 후에 이득시가 나타났다. 두 사람을 본 이득시가 객사 쪽을 바라보면서 다가왔다.

"누굴 만났는지 봤어?"

황종원의 물음에 이득시는 손에 든 까마귀 깃털을 보여 줬다.

"뒷산에서 까마귀와 만났어."

"뭐라고?"

"한참을 올려다보더라고. 그러고는 까마귀가 날아가니까 돌아섰어."

어처구니없는 표정으로 바라보는 황종원을 힐끔 본 이득시가 이명천에게 말했다.

"이전부터 이상한 모습을 보였습니다. 조심하는 게 좋겠습니다."

이득시가 손에 든 까마귀 깃털을 내려다본 이명천이 고개를 끄덕거렸다.

279

"그러지."

해가 바다 너머로 저물 무렵, 섬이 보였다. 바다 위에 거대한 그림자처럼 펼쳐진 섬에서는 기이한 분위기가 풍겨 나왔다. 뱃머리에 앉아 있다가 그걸 느낀 송현우가 중얼거렸다.

"무원과 관련이 있는 게 분명해."

노를 젓던 늙은 어부 역시 그걸 느꼈는지 한숨을 쉬었다.

"섬에서 낯선 사람을 경계하는 모양입니다."

그 말이 끝나기가 무섭게 바다에서 안개가 피어오르고 섬에서 파도가 밀려왔다. 진운이 눈살을 찌푸렸다.

"이 시간에 안개가 피어오르는 것도 이상하고, 섬에서 파도가 몰려오는 경우는 처음 봅니다."

송현우가 노를 젓던 늙은 어부를 바라봤다.

"앞이 안 보일 거 같습니다만."

"걱정 마시구려. 이 근처 바다는 내 손바닥처럼 잘 알고 있어서 안 보여도 갈 수 있으니까. 저기 섬의 오른쪽에 자갈이 가득한 해안가가 있소이다. 거기까지 태워다 드리지. 꽉 잡으시오."

노인이 다시 노를 저으면서 배를 몰았다. 안개가 엄습해 오고, 파도가 치면서 주변이 보이지 않고 배가 심하게 흔들렸다. 하지만 늙은 어부는 가쁜 숨을 몰아쉬면서도 익숙한 듯 노를 저었다. 칼날 같은 암초 사이로 능숙하게 배를 몰고 들어간 늙은 어부는 자갈이 가득한 해안 근처에서 멈췄다. 병풍 같은 절벽이 앞을 가로막고 있었다.

"내가 갈 수 있는 곳은 여기까지인 거 같소."

안개 너머로 보이는 섬을 바라보던 송현우가 늙은 어부에게 말했다.

"고맙습니다. 조심해서 돌아가십시오."

뱃전에서 훌쩍 뛰어내린 송현우의 뒤를 따라 진운과 검정개 어둠이 내렸다. 잘 있으라는 말과 함께 배를 돌린 늙은 어부가 모는 배가 안개 너머로 사라졌다. 절벽을 올려다본 진운이 삿갓을 고쳐 쓰면서 말했다.

"어둠이 길을 찾을 겁니다. 조심해서 올라가시죠."

어둠이 앞장서서 절벽 사이의 좁은 틈을 찾아서 올라갔고, 두 사람이 뒤를 따랐다. 까마득히 높아 보이는 절벽은 가파르고 험난해서 몇 번이고 미끄러질 뻔했다. 위기를 넘기고 절벽 위에 올라서자 안개가 차츰 사라지면서 섬이 한눈에 내려다보였다. 숨을 몰아쉰 송현우가 말했다.

"주변은 온통 절벽에 나무가 울창해서 안쪽이 보이지 않는군."

송현우의 옆에 서서 둘러보던 진운이 대답했다.

"섬 가운데 평지에 마을 같은 게 보입니다."

"저곳으로 가 보면 뭔가를 알 수 있겠군."

"아마도요."

281

대화를 나눈 두 사람은 섬 한가운데 보이는 마을을 향해 내려갔다. 이번에도 검정개 어둠이 앞장서서 길을 찾았다. 나무와 풀이 우거진 산기슭을 내려가자 경사가 완만해지면서 차츰 평지가 나타났다. 인적은 느껴지지 않았지만 새가 우는 소리들이 요란스럽게 들려왔다. 주변을 살피며 걷던 진운이 갑자기 걸음을 멈췄다. 송현우가 따라서 멈추자 진운이 오른쪽을 바라봤다. 거기에는 불탄 장승이 땅 위에 거꾸로 박혀 있었다.

"무슨 뜻이지?"

송현우의 물음에 진운은 고개를 저었다.

"모르겠지만 좋은 뜻은 아닌 거 같습니다."

조금 더 걷자 길 양옆에 이상한 나무 인형들이 세워져 있었다. 얼굴 모양이나 크기는 제각각이었지만 한 가지 특징이 있었다. 모두 팔이 하나 없었다는 점이다. 송현우가 마치 홀린 것처럼 중얼거렸다.

"외팔이군. 그날 새벽 우리 집에 나타났던 세 놈 중 하나."

그의 분노가 느껴졌는지 진운이 조심스럽게 송현우의 팔을 잡았다.

"진정하십시오. 분노를 통제하지 못하면 힘을 제대로 쓰지 못합니다."

팔을 뿌리치려고 하던 송현우는 이글거리는 눈빛으로

외팔이의 인형들을 노려봤다. 결국, 화를 참은 송현우가
말했다.

"일단 사람들을 만나 봐야겠어."

두 사람은 검정개 어둠과 함께 길을 따라 걸었다. 섬은
크지 않아서 조금 전 절벽 위에서 봤던 마을에 금방 도달
할 수 있었다. 마을 초입에서 걸음을 멈춘 송현우가 중얼
거렸다.

"참으로 괴이하군."

마을 중앙에는 사찰에서나 볼 법한 거대한 팔각형 목
탑이 보였다. 주변에는 집들이 옹기종기 모여 있었는데
전부 통나무로 지어서 마치 감옥 같았다. 주민들은 포구
에서 봤던 것처럼 회색 옷을 입고 있었는데 보이지 않는
끈에 끌려가는 것처럼 보였다. 걸어가던 여자아이가 송
현우를 발견하고는 손가락질을 했다.

"침입자!"

주민들이 모두 약속이나 한 듯 돌아봤다. 그러고는 송
현우에게 다가왔다. 적대감이 가득 느껴지는 모습을 본
송현우가 진운에게 말했다.

"어둠을 데리고 자리를 떠."

"주인님은 안 피하십니까?"

"일단 얘기를 들어 보는 게 좋겠어. 무기도 없고, 위협
적이지는 않아 보이니까 걱정하지 마. 오히려 겁을 먹으

면 더 거칠게 나올 수 있어."

가지고 있던 낙죽장도를 풀어서 진운에게 건넨 송현우
가 소리쳤다.

"어서 가!"

진운과 검정개 어둠이 사라지고, 주민들이 들이닥쳤
다. 소매에서 마패를 꺼낸 송현우가 외쳤다.

"나는 조정에서 보낸 암행어사다. 호장에게 나를 안내
하라!"

달려온 주민들은 들은 척도 하지 않고 송현우를 끌고
팔각형 목탑 쪽으로 향했다. 가까이에서 본 목탑은 엄청
나게 컸다. 8층 높이에 벽에는 작은 창문들이 드문드문
보였다. 굵은 기둥들이 버티고 있어서 굳건하고 단단해
보였다. 주민들은 팔각형 목탑 1층에 송현우를 집어넣은
다음 문을 닫아 버렸다. 예상과는 다르게 빠르게 갇혀 버
리자 당황한 송현우는 연신 문을 두드렸다.

"암행어사를 이리 대하다니! 어서 열지 못할까?"

하지만 밖에서는 아무런 반응도 없었다. 결국 송현우
는 문 말고 다른 곳으로 빠져나갈 곳을 찾아보기 위해 주
변을 두리번거렸다. 문은 단단해서 꿈쩍하지 않을 것 같
았고, 몇 개 없는 창문은 작아서 사람이 드나들 수 없었
다. 물론 가지고 있는 힘을 쓰면 빠져나갈 수 있지만 일
단은 주박신의 정체에 대해서 알아낼 때까지 지켜보기로

했다. 송현우는 주위를 찬찬히 둘러봤다. 갇혀 있는 1층이 꽤 높았는데 벽에 회칠을 하고 거기에 벽화를 그려 놨다. 사찰에서 흔히 볼 수 있는, 사람이 태어나고 자라고 늙고 병들어서 죽은 다음 저승에 갔다가 다시 환생하는 내용을 그린 윤회도 같았다. 하지만 그림의 내용이 조금씩 달랐다. 그림을 들여다보던 송현우는 자기도 모르게 깜짝 놀랐다. 그림의 주인공이 너무나 익숙한 인물이었기 때문이다.

"아버지!"

그림이긴 했지만 아버지의 특징인 부리부리한 눈과 날카로운 콧날이 보였다. 송현우는 아버지가 그려진 그림을 살펴봤다. 어린 나이의 아버지는 부모님의 장례를 치르고 바닷가에서 무예를 익히고, 산에 올라가서 책을 읽었다. 조금 더 나이가 들자 붉은 옷을 입은 여인들의 보살핌을 받으며 알 수 없는 수련을 하는 게 보였다. 시간이 흘러 장성한 다음에는 붉은 옷을 입은 여인들의 배웅을 받으며 배를 타고 어디론가 떠나는 모습이었다. 대략 섬에서 태어나고 자란 아버지의 어린 시절 같았다. 문제는 다음 그림이었다. 검은색 태양이 보이고, 그 아래 애꾸눈과 외다리, 그리고 외팔이가 멀리 떠나는 모습이 그려졌다.

"여기가 아버지가 태어나고 자란 무원인 거 같아."

이리저리 살펴보는데 갑자기 문이 열렸다. 회색 옷을
입은 예닐곱 살 정도 되는 여자아이가 두 손에 김이 모
락모락 피어나는 죽이 든 그릇을 들고 있었다. 문을 닫고
목탑 안으로 들어온 여자아이는 책상에 그릇을 올려놓고
는 낮은 목소리로 말했다.

"이걸로 배 채우세요."

"고, 고맙구나. 여기 호장은 누구냐? 마을에서 제일 나
이 많은 남자 말이다."

"없어요."

"그럼 난 언제까지 여기 있어야 하는 것이냐?"

"주박신께서 풀어 주라고 하면 풀려나실 거예요."

무덤덤하게 얘기한 여자아이가 나가려고 하자 송현우
가 서둘러 불렀다.

"저기, 이름이 뭐니?"

여자아이는 돌아서서 대답했다.

"마기요."

"마기, 특이한 이름이구나. 여기 삼원도에는 언제부터
살았니?"

"몰라요. 기억이 안 나요."

"여긴 어떤 섬이니?"

"무녀님께서 특별한 곳이라고 하셨어요. 이곳에서 사
는 건 특별히 선택된 사람만 얻을 수 있는 행운이니까 주

박신을 열심히 섬기라고 하셨고요."

"무녀? 주박신은 본 적이 있니?"

"아뇨. 주박신을 우리 같은 평범한 사람들이 어떻게 봐요? 오직 무녀님들만 볼 수 있어요."

마기는 목탑 내부에 그려진 벽화를 가리키며 덧붙였다.

"저기 붉은 옷을 입고 있는 분들이 무녀님들이에요."

"여기는 주박교의 사당 같은 곳이니?"

"네, 여기 꼭대기가 주박신이 강림하시는 곳이에요. 저분들이 주박신이고요."

마기가 손가락으로 가리킨 곳에는 송현우의 집을 습격했던 외팔이와 애꾸눈, 그리고 외다리가 그려져 있었다. 신성한 형태로 그려진 세 명의 머리 위에는 검은색 태양이 보였다. 셋이 그려진 벽에는 위쪽으로 올라가는 계단이 있었다. 힐끔 봤지만 위쪽은 뚜껑처럼 닫혀 있었고, 큰 자물쇠가 채워진 게 보였다. 그곳을 바라보던 송현우가 마기를 바라봤다.

"여기가 왜 특별한 곳이라고 했는지는 들었니?"

마기는 잠깐 생각하다가 대답했다.

"세상을 지배할 사람이 여기서 태어난다고 하셨어요. 그분이 세상을 지배하면 우리들은 모두 병들지도 아프지도 않는 곳으로 가서 영원히 살 수 있다고 그러셨어요."

"세상을 지배할 사람?"

287

송현우가 중얼거리는 와중에 마기는 문을 닫고 나갔다. 송현우는 서둘러 따라 나가려고 했지만 밖에서 빗장이 채워지는 소리가 들렸다. 문에는 작은 구멍이 창문처럼 나 있어서 주변을 바라볼 수 있었다. 주민들을 관찰하던 송현우는 중요한 걸 깨달았다.

"일을 하는 사람이 없군."

먹고살려면 농사를 짓거나 물고기를 잡아야만 했다. 하지만 주민들 상당수는 일을 하지 않았다. 여러 가지 의문점을 품은 송현우는 목탑의 내부에서 위쪽으로 올라가는 계단을 바라봤다. 그때, 바깥에서 검정개 어둠이 짖는 소리가 들렸다. 소리가 들리는 쪽의 벽으로 다가가자 자그마한 창문으로 낙죽장도가 툭 밀려 들어왔다. 바깥을 내려다보자 꼬리를 흔드는 어둠이 보였다. 송현우가 고개를 끄덕거리자 검정개 어둠은 쏜살같이 사라져 버렸다. 낙죽장도를 챙긴 송현우는 위쪽으로 올라가는 계단으로 향했다. 그리고 위를 올려다보면서 중얼거렸다.

"저 위에 뭔가가 있겠군."

송현우는 일단 돌아가는 상황을 지켜보기로 했다. 해가 저물어 가면서 큰 북소리가 들렸다. 창문으로 바깥을 살펴보니 해원포에서 본 건장한 남자들이 북을 치고 있었다. 주민들이 나와서 무릎을 꿇고 몸을 흔들면서 이상한 노래를 불렀다. 계속 끊이지 않고 불렀고, 해가 저물자 횃불을 피워 놓고 계속 노래를 불렀다. 중간중간 누군가 주박신이 우리를 구원해 주실 것이라고 외쳤다. 작은 창을 통해 지켜보던 송현우는 아내와 부모님이 죽은 그날 새벽에 꾸었던 꿈을 떠올렸다.

"맞아, 그때 섬에 도착해서 기괴한 것들을 지켜봤었지. 꿈속의 섬이 바로 여기였을까?"

생각하기도 싫은 과거와 마주치자 송현우는 머리가 아파 왔다. 하지만 동시에 이곳이 아버지의 피로 새겨진 무원이라는 것을 확신했다.

"여기에 모든 죽음의 비밀이 있겠군. 반드시 밝혀내고 말겠어."

그렇게 삼원도의 밤이 깊어졌다.

해 질 무렵, 해원포에 도착한 이명천은 송현우의 행방을 알아냈다. 황종원과 이득시가 포구의 객주와 주막을 샅샅이 뒤져서 그가 머물렀던 곳을 찾아낸 것이다. 동치미를 담그고 있던 주모는 험악한 표정의 황종원과 이득시에게 둘러싸인 채 더듬거리며 대답했다.

"어제까지 머물렀던 분이 맞습니다. 성균관 유생인데 아버지가 편찮으셔서 낙향하는 중이라고 하여서 그런가 보다 하고 넘어갔습니다. 큰 죄를 지은 죄인입니까? 전혀 그렇게 보이진 않았는데……"

의아해하는 주모에게 이명천이 물었다.

"어디로 갔느냐?"

"주막집 손님이 어디로 가는지 주모에게 얘기를 하지는 않습니다요."

황종원이 눈을 부라리자 주모가 얼른 덧붙였다.

"이틀 전에 이 손님과 검정 옷을 입은 노비가 주막 입구에서 서서 삼원도 어쩌고 하는 건 들었습니다."

"삼원도라면 섬인가?"

"주박신을 믿는 신도들이 사는 섬이죠. 보통 사람들은 못 들어갑니다."

"왜 못 들어가는 거지?"

"급살을 맞아서 죽거든요. 그래서 다들 가고 싶어도 못 갑니다요."

손사래를 치는 주모의 얘기를 들은 이명천은 얼굴을 찡그렸다.

"송현우가 분명해. 삼원도라는 섬으로 가야겠어. 그리고."

이명천은 약간 떨어진 곳에서 서성거리는 덕이를 바라봤다. 그날 이후, 이명천은 덕이를 멀리했다. 이명천은 덕이를 손짓으로 불렀다. 그리고 소매에 넣어 둔 종이를 건넸다.

"너는 한양으로 올라가서 이걸 심환 대감에게 전해 주

어라."

"제가 말입니까?"

의아해하는 덕이에게 이명천이 강하게 말했다.

"따로 은밀히 아뢰어야 할 일이라 기별군사에게 시키지 못해. 반드시 대감에게 직접 전해 주어라. 그리고 우리가 어디로 가는지는 주모에게 얘기해 놓을 것이니 따라오너라."

덕이가 마지못한 표정으로 종이를 건네받았다. 이명천이 황종원과 이득시에게 말했다.

"삼원도로 갈 수 있는 배를 찾아라. 가서 놈이 있는지 찾아본다."

둘이 고개를 끄덕거리고는 주막 밖으로 나갔다. 주모가 어정쩡하게 대답했다.

"거긴 아무나 못 간다니까요."

다음 날 아침, 마기가 다시 죽이 든 그릇을 들고 들어왔다. 송현우는 마기가 문을 닫고 나가자 계단을 올라갔다. 계단 끝에는 자물쇠가 달린 뚜껑이 있었지만 낙죽장도로 날려 버렸다. 5층에서 6층으로 올라가는 계단 끝은 아주 단단한 뚜껑이 닫혀 있었다. 보통 사람이라면 꿈쩍 움직이게도 못 할 두께였지만 송현우에게는 아무것도 아니었다. 뚜껑을 부수고 올라가자 아래층과 비슷한 공간이 나왔다.

의미를 알 수 없는 문양들이 어지럽게 그려져 있어서 현기증이 느껴졌다. 서둘러 위층으로 올라갔다. 그렇게 두 개 층 정도를 올라가자 마기가 말한 꼭대기가 나왔다. 다른 곳과 달리 벽이 없이 사방이 탁 트여 있어서 주변이 내려다보였다. 아래에 있는 주민들은 한없이 작게 보였다. 그리고 그곳에는 마기가 말한 대로 애꾸눈과 외팔이, 그리고 외다리의 모습이 새겨진 목상이 있었다. 가운데 외팔이가 있었고, 오른쪽에 애꾸눈이, 왼쪽에는 외다리가 보였다. 그리고 대들보에는 검은색 태양이 달려 있었다. 나무를 깎고 검게 칠한 것인데 특이하게도 그 안에 반쯤 뜬 눈이 조각되어 있었다. 송현우는 그걸 보면서 중얼거렸다.

"태양이 눈을 뜨려고 하는군."

바로 뒤에서 낯선 목소리가 들렸다.

"태양이 완전히 눈을 뜨면 세상이 바뀌지."

몸을 돌린 송현우는 외팔이와 마주쳤다. 그리고 한 가지 사실을 깨달았다. 애꾸눈과 외다리와 목소리가 똑같았던 것이다. 애꾸눈처럼 대머리에 붉은 피부를 가지고 있는 외팔이를 본 송현우는 낙죽장도를 움켜쥐었다. 그러자 외팔이가 말했다.

"이제 너의 운명을 받아들여."

"나의 운명? 그것이 무엇인데?"

"너의 아버지의 운명이기도 했지. 아들이여."

아버지 얘기가 나오자 송현우는 움찔했다.

"내 아버지가 왜?"

송현우의 물음에 외팔이는 대답 대신 하나밖에 없는 손을 가볍게 흔들었다. 그러자 머나먼 과거가 반짝거리며 나타났다. 그 모습은 아까 아래층에서 봤던 벽화와 비슷했다. 어린 아버지는 밤낮으로 책을 읽고 무술을 수련했다. 그리고 어느 정도 나이가 들고 부모님이 모두 죽자 장례를 치르고 섬 주민들과 작별하고 배를 탔던 것이다.

"아, 아버지."

멍하게 서 있던 송현우에게 외팔이가 말했다.

"보았느냐? 너의 아버지에게는 주어진 임무가 있었다. 바로 조정에 출사해서 높은 자리에 올라간 다음에 임금을 움직여서 주박교의 세력을 넓히는 것이었지. 하지만 반정에 가담해서 성공한 이후에도 오랫동안 임무를 외면했어. 우리의 거듭된 경고와 채근에도 불구하고 말이야. 그래서 처단한 것이다."

"아버지는 왜 시키는 대로 하지 않은 거지?"

"너 때문이라고 하더군. 자식에게 좋은 세상을 물려주고 싶다고 말이야. 이곳을 떠날 때 했던 다짐을 잊은 게지. 다른 뜻을 품으면 감당하기 힘든 고통을 겪게 될 거라는 경고까지도 말이야. 그래도 기회를 주기 위해 오랫동안 기다렸지만 우리의 마지막 경고를 무시했기 때문에

293

처벌을 받은 것이다."

"그러면 나는 왜 살려 두었는데?"

송현우의 한 서린 절규에 외팔이가 대답했다.

"네가 이어받아야 하니까. 너 역시 세상을 바꿀 자질을 가지고 있었지. 그래서 네 아버지에게 너를 대신 바치라고 했지만 네 아버지는 그것도 거절하였다."

외팔이의 얘기를 들은 송현우는 비로소 결혼 전후에 보인 아버지의 불안한 모습들이 이해가 갔다. 그리고 암행어사로 나가게 된 것을 기뻐한 이유도 알아차렸다.

"아, 아버지."

"지금 가지고 있는 너의 힘이 어디에서 왔다고 생각하는데?"

"나의 힘?"

"그래, 분노에서 시작되었지. 가족을 잃은 분노 말이야. 이제 너에게 주어진 운명을 받아들여!"

"이것이 나의 운명이란 말인가? 그래서 나만 살려 둔 거야?"

"분노가 느껴지는군. 좋아. 나에게 복종하고 네 아버지가 했어야 할 일들을 맡아라. 그러면 세상에 없던 힘을 가지게 될 것이다."

송현우는 낙죽장도를 뽑으며 소리쳤다.

"닥쳐!"

낙죽장도에서 붉은 기운이 뿜어져 나오면서 빛이 반짝거렸다. 칼집에서 튀어나온 죽장 요괴들이 지붕을 뚫고 허공으로 날아갔다. 외팔이 역시 하나밖에 없는 팔을 위로 치켜들고 이상한 주문을 외자 팔뚝이 가늘게 갈라지면서 그 안에서 기괴하게 생긴 요괴들이 뛰쳐나왔다. 지붕을 부수고 날아간 양쪽의 요괴들은 서로 물고 물리면서 싸움을 벌였다. 송현우의 칼집에서 뛰쳐나온 호랑이 요괴가, 뿔이 세 개 달린 두더지처럼 생긴 외팔이의 요괴의 허리를 물었다. 그러자 한쪽 팔과 한쪽 다리가 없는 도롱뇽같이 생긴 외팔이의 요괴가 호랑이 요괴의 뒷다리를 물었다. 송현우는 빛까지 더해진 낙죽장도를 휘둘렀다. 외팔이의 팔은 몇 배냐 커졌는데 그걸 휘둘러서 낙죽장도를 막아 냈다. 마치 바위에 부딪친 것처럼 튕겨 나간 낙죽장도 때문에 주춤거린 송현우는 외팔이를 노려봤다. 붉은 기운이 온몸을 휘감았다. 그걸 본 외팔이가 즐거운 말투로 외쳤다.

"그래, 더 분노해! 더욱더 증오해."

"닥쳐! 가족을 죽이고 누명을 씌운 걸 후회하게 해 주마."

분노한 송현우는 마패를 꺼내서 움켜쥐었다. 하얀 연기를 뿜어낸 마패에서는 가면을 쓴 역졸들이 튀어나왔다. 그들이 외팔이가 만들어 낸 요괴들을 때려잡았다. 죽장 요괴와 가면을 쓴 역졸들, 그리고 외팔이가 만들어 낸 요괴들이 한데 뒤엉켜 싸우면서 하늘에 구름이 급격하게 몰려들었고, 바람과 안개도 나타났다.

　병선에 타고 있던 이명천은 섬이 보인다는 외침에 퍼뜩 정신을 차렸다. 어제 관아에 가서 마패를 보여 주고 도움을 요청했지만 사또는 난색을 표했다. 협박과 애원을 번갈아 하면서 겨우 포작선이 딸린 병선 한 척을 타고 갈 수 있었다. 선원들 역시 삼원도에 허락 없이 가면 죽는다고 벌벌 떨면서 어떻게든 발을 빼려고 했다. 황종원과 이득시가 으름장을 놔서 겨우 출항할 수 있었다. 반나절쯤 바다를 향해 나아가자 드디어 삼원도에 도달할 수 있었다. 섬이 보이는 먼바다에서 병선이 멈추고 닻을 내렸다. 그리고 끌고 온 포작선에 이명천 일행이 옮겨 탔다. 선장에게 돌아올 때까지 꼼짝 말고 기다리라고 단단히 못을 박은 이명천은 포작선을 타고 삼원도로 향했다. 포작선 역시 사공들이 배를 대려고 하지 않아서 모래밭이 보이기 전에 내려서 한참을 걸어 겨우 섬에 도달할 수 있었다. 얇은 띠처럼 된 모래밭 안쪽에는 울창한 숲이 있었다. 이득시가 철편을 꺼내 들면서 중얼거렸다.

　"저기 보십시오. 뭔가 느낌이 좋지 않습니다."

　이명천은 이득시가 가리킨 곳을 바라봤다. 섬의 중앙

에 구름이 마치 소용돌이처럼 모여 있는 게 보였다. 그리고 안개가 피어오르는 게 보였다. 괴이한 풍경을 본 이명천은 무영궁에 시위를 걸고 한 손에 쥐었다. 조심스럽게 나아가던 세 사람의 눈앞에 갑자기 진운이 나타났다. 놀란 황종원이 쇠좆매를 휘두르려고 하자 진운이 두 손을 들어서 싸울 뜻이 없다는 걸 보여 주면서 이명천에게 말했다.

"주인님이 있는 곳으로 안내하겠습니다. 따르시지요."

"배신하는 건가?"

"지금 위험에 처해 있어서 도움이 필요합니다."

"내가 왜 그놈을 도울 거라고 생각하는 거지?"

"주인님을 직접 잡고 싶으셨던 거 아닙니까?"

진운의 대답에 이명천은 할 말을 잃었다. 그러자 이득시가 재빨리 말했다.

"앞장서라. 만에 하나 함정이나 거짓이라면 네놈은 무사하지 못할 거야."

진운이 가볍게 고개를 끄덕이고는 돌아섰다. 어느 틈엔가 나타난 검정개가 진운의 옆을 따라서 뛰었고, 셋도 따라서 뛰었다.

지붕 위에서 싸우던 요괴들은 거의 동시에 소멸되었다. 목탑의 지붕은 물론 벽까지 부서져 버렸지만 둘의 싸움은 멈추지 않았다. 송현우는 한층 강력해진 붉은 기운을 이용해서 외팔이를 밀어붙였다. 하지만 외팔이 역시 팔로 공격을 막아 내다가 틈틈이 반격을 감행했다. 외팔이가 휘두른 팔에 반쯤 남은 기둥이 부서지자 송현우는 훌쩍 날아올랐다가 곧장 외팔이의 정수리 쪽으로 떨어졌다.

"받아라!"

외팔이는 손등으로 송현우의 낙죽장도를 막았다. 회색의 기운이 흘러나오면서 붉은 기운과 충돌했다. 번개 같은 것이 번쩍거리면서 둘은 튕겨 나가 버렸다. 바닥에 내려앉은 송현우가 숨을 헐떡거리면서 외팔이를 쏘아봤다.

"부모를 죽이고 나를 살려두면 내가 시키는 대로 할 거 같았어? 남은 삶을 다 바쳐서 너희들을 막아서고 말 테다."

"선택받은 자는 부모와의 단절을 통해서 앞으로 나아갈 수 있도다."

"무슨 소리를 하는 거야?"

"네 아비도 부모의 죽음을 계기로 섬을 나갔다. 만약 네가 거부하면 다른 아이들을 찾을 것이다."

"다른 아이들이라니?"

"송치인은 선택받은 아이였어. 그 밖에도 선택받은 아이들은 존재하지."

"그러면 그 아이들의 부모도 우리 부모처럼 죽는다는

말이야?"

"부모들은 자식이 선택되었다는 사실을 기뻐하면서 스스로 목숨을 끊지. 그걸 거부하면 주민들이 목숨을 끊어 버리고 말이야. 그 정도 희생은 있어야 선택을 증명할 수 있으니까 말이야."

외팔이의 대답을 들은 송현우는 마기를 떠올렸다. 한 번 만나기는 했지만 그런 아이들이 희생될 수 있다는 생각에 분노한 그는 있는 힘껏 소리쳤다.

"절대 받아들일 수 없어!"

송현우는 손에 맺힌 붉은 기운들을 모았다. 붉은 기운들이 작고 둥글게 모이자 송현우는 고함을 지르며 외팔이에게 날렸다. 외팔이는 커다란 팔로 막아 냈지만 어깨와 무릎에 맞고는 비틀거렸다. 그 틈에 송현우는 더 많은 붉은 기운을 날렸다. 재빠른 공격에 외팔이는 주춤거리며 뒤로 물러났다. 기세를 탄 송현우가 밀어붙이려고 하자 외팔이가 돌연 밖으로 몸을 날렸다. 그리고 아래로 내려갔다. 그걸 본 송현우는 주저하지 않고 몸을 날렸다. 붉은 기운들이 주변을 감싸면서 천천히 땅에 발을 디딜 수 있었다. 목탑 주변에 모여 있던 주민들은 소리를 지르며 뒤로 물러났다. 외팔이는 더 거대해진 팔을 휘둘렀다. 낙죽장도로 막아 냈지만 아까와는 사뭇 다른 힘에 뒤로 주르륵 밀려났다. 몸에도 충격을 받았는지 송현우의 입과 코에서 피가 흘러나왔다. 아래에서 둘의 싸움을 지켜보고 있던 마기가 놀란 표정으로 물었다.

"괜찮아요, 아저씨?"

대답할 여유가 없어서 고개만 끄덕인 송현우는 몸에 기운을 다시 끌어모았다. 주박교를 섬기기는 했지만 자신의 운명을 모르던 마기와 주민들을 지켜야 한다는 생각에 힘을 낸 것이다. 송현우는 다시 끌어모은 힘을 조절해서 거대한 화살처럼 만들었다. 그러고는 외팔이를 향해 쏘았다. 외팔이는 거대해진 팔로 막았지만 화살은 팔에 박혔다. 고통스러워하는 외팔이를 본 송현우는 숨통을 끊어 놓기 위해 낙죽장도를 뽑아 들고 다가갔다. 그러자 뒷걸음질 치던 외팔이가 갑자기 말했다.

"멈춰라! 그 자리에서 더 움직이면 주민들이 죽을 것이다."

"뭐라고?"

잠시 멈칫했던 송현우가 다시 움직이려 하자, 외팔이가 주민들을 바라보며 말했다.

"이들이 아무것도 모를 거라고 생각해? 배고프고 병든 자들을 골라서 이곳으로 데려왔지. 그리고 먹이고 입히면서 세뇌를 시켰어. 이들은 모두 주박신을 위해 언제든 목숨을 바칠 수 있어. 못 믿겠다면 보여 주지."

외팔이가 손짓을 하자 붉은 옷을 입은 무녀들이 칼을

꺼내서 옆에 있는 주민의 목을 베고 몸통을 마구 찔렀다. 칼에 찔린 주민들은 반항하지 않고 그대로 쓰러졌다. 삽시간에 펼쳐진 죽음에 놀란 송현우에게 외팔이가 말했다.

"내가 이들의 신이라는 걸 잊었나? 어릴 때부터 주박신의 뜻대로 따라야 한다고 들었던 이들이야."

껄껄거리는 외팔이의 잔혹한 웃음 앞에서 송현우는 아무 대꾸도 할 수 없었다. 그리고 기운을 낸 외팔이가 다가와서 마구 공격을 가했지만 충격 속에 있는 송현우는 반격하지 못하고 고스란히 당했다. 순식간에 상처투성이가 된 송현우는 뒤로 주르륵 밀려났다. 입에서 피를 쏟은 송현우는 바로 옆에 서서 자신을 바라보는 마기와 눈이 마주쳤다. 그제야 송현우는 정신을 바로 잡고 소리쳤다.

"어서 피해!"

하지만 마기는 공허한 눈으로 송현우를 바라볼 뿐이었다. 외팔이가 외쳤다.

"주박신에게 목숨을 바쳐라!"

다급해진 송현우가 외쳤다.

"제발 좀 피하라고!"

마기는 대답 대신 작은 칼로 자기 목을 찔러 버렸다. 선명한 피가 사방으로 튀면서 마기는 무릎을 꿇었다.

"마기야!"

놀란 송현우가 마기를 부축했다. 피범벅이 된 채 부들

부들 떨던 마기가 작은 목소리로 중얼거렸다.

"이제 주박신의 곁으로 갑니다."

희미한 목소리를 이어 가던 마기의 몸이 축 늘어졌다. 분노한 송현우는 무녀들과 주민들을 허망한 눈길로 바라봤다. 그러다가 껄껄거리며 웃는 외팔이를 노려봤다.

"사람 목숨을 가지고 장난을 쳐?"

"정해진 운명 앞에 인간은 하찮은 존재일 뿐이야. 그걸 깨닫지 못하면 죽음만이 있을 뿐이지."

외팔이의 대답을 듣고 견딜 수 없어진 송현우는 온몸의 힘을 끌어모았다. 그리고 아까처럼 여러 개의 화살을 만들어서 외팔이에게 날렸다. 외팔이가 재빨리 피했지만 송현우는 검게 변한 기운으로 만든 화살을 날렸다. 외팔이가 피한 화살이 무녀와 섬 주민들을 맞혔지만 송현우는 더 이상 개의치 않았다. 검은 안개가 완전히 눈을 차지해 버렸다. 이성을 잃은 그는 목탑의 난간을 밟고 위로 뛰어 올라가서는 외팔이에게 연거푸 검은 기운으로 만든 화살을 던졌다. 분노가 더해져서 그런지 화살은 더 거대하고 날카로워졌다. 주민들이 죽거나 다치는 것에 더 이상 신경 쓰지 않고 정신없이 싸우던 송현우의 뒤에서 갑자기 화살이 날아오는 소리가 들렸다. 고개를 돌리자 허공을 뚫고 날아온 편전이 어깨에 박혔다.

"으윽!"

아픔과 함께 검은 안개가 사라져 버렸다. 그러면서 자신이 저지른 짓을 보게 되었다.

"맙소사."

멍하게 서 있던 그의 뒤에서 칼을 들고 덤벼들던 무녀의 등에 화살이 박혔다. 비틀거리던 무녀는 칼을 떨어뜨리고는 그 자리에 꼬꾸라졌다. 숲을 헤치고 나타난 이명천이 무영궁에 화살을 끼우며 다른 무녀들에게 외쳤다.

"암행어사 이명천이다. 조정의 국법이 지엄하거늘, 어찌 잡귀를 앞세워서 백성들을 현혹시키느냐!"

이명천은 송현우를 바라보며 소리 질렀다.

"저놈은 내가 잡을 것이다. 아무도 손대지 못한다."

무녀들이 주춤거리는 사이, 건장한 사내들이 나타났다. 그걸 본 황종원과 이득시가 쇠촛매와 철편을 꺼내 들고 그들 앞을 막아섰다. 다시 무영궁에 화살을 끼운 이명천이 송현우의 등을 겨눴다. 잠시 고민하던 그는 목탑에 붙어 있던 외팔이에게 방향을 돌렸다. 세차게 화살이 날아오자 외팔이는 손으로 막으려고 했다. 하지만 화살은 손등을 그대로 관통해 버렸다. 외팔이가 고통스러워하는 사이, 송현우는 목탑을 밟고 올라가서 외팔이에게 낙죽장도를 휘둘렀다. 몸을 거꾸로 뒤집은 외팔이가 붉은 기운이 뿜어져 나오는 낙죽장도를 피해 아까 싸웠던 제일 꼭대기로 올라갔다. 낙죽장도가 베어 버린 기와들이 우수수 쏟아지는 가운데 송현우도 꼭대기로 올라갔다. 붉은 기운들이 발판처럼 만들어져서 송현우가 올라가는 걸 도왔다. 목탑의 꼭대기에 내려앉은 송현우는 숨을 헐떡거리는 외팔이를 바라봤다. 화살을 뽑은 외팔이가 괴성을 지르며 덤벼들었다. 송현우는 순간적으로 붉은 기운을 방패처럼 펼쳤다. 거기에 부딪힌 외팔이는 뒤로 쓰러졌다. 겨우 일어난 외팔이가 입에서 피를 뚝뚝 흘리며 말했다.

"너의 여정은 이제부터 시작이야. 주박신께서 모든 걸 예정하셨으니까."

잠깐 머리가 복잡해지긴 했지만 송현우는 낙죽장도를 고쳐 잡으며 말했다.

"네놈을 없애고, 그 주박신이라는 존재도 지워 버리마."

외팔이는 막으려고 하는 대신 하나밖에 없는 팔을 허공에 치켜들며 외쳤다.

"주박신이시여! 맡겨 주신 임무를 다하였습니다. 당신의 종인 저에게 안식을 내려 주소서!"

송현우는 인정사정없이 찌르고 베었다. 외팔이는 아무런 저항도 하지 않고 그대로 산산조각이 나 버렸다. 외팔이의 잔해가 흩어져서 떨어지는 와중에 잘린 머리가 굴러왔다. 송현우는 발로 머리를 밟은 다음에 있는 힘껏 눌렀다. 머리뼈가 부서지는 소리와 함께 외팔이의 머리는

산산조각 나 버렸다. 그걸로도 분이 풀리지 않은 송현우
는 붉은 기운을 끌어모아서 목탑을 폭발시켰다. 목탑이
산산조각 나면서 무너졌다. 무너진 목탑을 뒤로하고 걸
어 나온 송현우는 드디어 부모님과 아내의 원수를 모두
갚았다. 하지만 어쩐지 완벽한 복수는 이뤄지지 않은 것
같았다. 복수를 했지만 사랑하는 아내와 부모님은 다시
돌아오지 못했고, 그 와중에 많은 사람들이 죽거나 다쳤
다. 복수심과 분노가 사라지지도 않았고, 위안이 되지도
않았다. 마음이 복잡해진 송현우는 허탈하게 웃었다. 그
리고 주박신이라는 새로운 배후에 대한 궁금증이 마음속
에서 소용돌이처럼 뒤엉켰다. 목탑에서 아래로 몸을 날
린 송현우는 아까 이명천이 쏜 화살에 등을 맞은 무녀에
게 다가갔다. 입에서 검붉은 피를 토하면서 기어가던 무
녀의 발을 밟은 송현우가 물었다.

"주박신이 누구냐?"

"신의 이름을 함부로 말하지 마라, 불경한 자여!"

송현우는 무녀의 발을 세게 밟았다. 뼈가 으스러지는
소리와 함께 무녀가 몸을 비틀며 신음 소리를 냈다.

"다시 묻지 않겠다. 주박신이 누구냐?"

"가끔 오셔서 머무십니다. 눈이 새겨진 검정 망토를 쓰
고 다니셔서 얼굴을 본 적은 없습니다. 오시면 사당에서
세 사람과 머물다가 가셨습니다."

무녀의 대답을 들은 송현우는 목탑의 꼭대기에서 본 검은색 태양과 거기 새겨진 눈을 떠올렸다.

"애꾸눈과 외다리, 외팔이 말이냐?"

"그렇습니다. 그분께서 세상을 창조하시고 모든 것을 아우르기 때문에 우리가 모두 섬겨야 한다고 하였습니다."

"그놈은 어디에서 여기 삼원도로 오는 것이냐?"

"자, 자세히는 모르지만 백두산의 무원봉이라는 곳에서 온다고 들었습니다."

"백두산의 무원봉?"

힘겹게 고개를 끄덕거린 무녀는 정신을 잃었는지 축 늘어지고 말았다. 송현우는 북쪽을 바라봤다. 그런 송현우에게 진운과 검정개 어둠이 다가왔다.

"어사 나리!"

반가워하는 진운과 꼬리를 흔들며 기뻐하는 검정개 어둠을 보면서 송현우는 입을 꾹 다문 채 웃었다. 그때, 멀리서 이명천이 화살을 겨누는 게 보였다. 송현우는 피하는 대신 그대로 서서 날아오는 화살을 맞았다. 옆구리에 화살을 맞은 송현우는 극심한 고통에 그대로 정신을 잃었다.

열넷. 바둑돌

주룩주룩 흘러내린 빗물이 경회루의 기둥을 타고 흘러
내렸다. 기둥에 새겨진 용을 적신 빗물은 바닥으로 흘러
내려 갔다. 내금위가 주변을 삼엄하게 지키는 가운데 3층
에서는 임금과 심환이 바둑을 두는 중이었다. 백돌을 잡
은 임금이 바둑판에 놓으면서 말했다.

"비가 내려서 다행이구려. 며칠만 더 늦었어도 농사를
망쳤을지 몰랐는데 말이오."

"전하의 공덕이시옵니다."

흑돌을 든 심환이 조심스럽게 놓으면서 대구하자 임금
이 바깥을 바라봤다.

"세상이 여전히 혼란스러워서 걱정이 많도다."

"차차 나아질 것입니다. 너무 심려치 마시옵소서."

"그러기 위해서는 무원을 찾아야 하지 않겠소?"

임금의 물음에 심환이 눈을 깜빡거리며 대답했다.

"죽은 병조판서의 아들이 무원을 찾아갈 수 있을 것 같습니까?"

갑작스러운 심환의 물음에 임금은 바둑돌을 만지작거리면서 대답했다.

"그럴 만한 능력과 이유가 있으니까 아마 찾아가지 않겠소? 좌의정."

"바둑돌은 항상 사람이 놓는 그 장소에 놓입니다. 하지만, 전하."

심환은 바둑돌 하나를 바둑판 옆에 떨어뜨리며 덧붙였다.

"사람은 바둑돌이 아니라서 항상 밖으로 튕겨 나갈 때가 있사옵니다."

"자기 역할을 못 하거나 잊어버린 자는 치워 버리면 그만이지. 좌의정은 바둑을 꽤 많이 두었으면서도 그런 걱정을 하시는가?"

"송구하옵니다. 그나저나 부마가 이번 사건을 조사 중이라고 들었습니다. 이미 다 끝난 문제를 어찌 다시 살펴보시는 것이옵니까?"

"조선에서 뭔가를 끝내고 시작하는 건 오직 나만 할 수 있네. 그걸 누군가에게 설명해야 한다고 느낀 적은 없네만."

임금의 차가운 대꾸에 심환이 고개를 조아렸다.

"소신이 노망이 들었나 봅니다. 용서하소서."

"어차피 부마도 끝까지 도달하지는 못할 거야. 송현우도, 이명천도, 그리고 부마도 모두 나의 바둑돌이니 신경 쓰지 말게."

임금의 말에 심환은 고개를 더욱 숙였다. 그런 심환을 바라보던 임금이 고개를 돌려 경회루 바깥을 바라봤다. 흩날리는 비가 눈물처럼 떨어졌다.

"30년 전 그대와 병조판서가 아니었다면 반정은 결코 성공하지 못했을 것일세."

"전하께서 왕위에 오르셨던 건 하늘의 이치이자 섭리이옵니다."

"집경전에서 마지막으로 마주쳤을 때 폐주가 했던 말이 기억나는군."

심환이 심상치 않은 표정으로 고개를 들었다. 임금이 바둑돌을 만지작거리며 덧붙였다.

"자신이 그렇게 된 게 무원에서 온 자들 때문이라고 했지. 그들에게서 힘을 얻었지만 그걸 통제하지 못해서 그렇게 되었다고 말이야. 그러면서 무원에서 온 자들을 조심하라고 했어. 잊어버리는 순간, 그들이 찾아올 것이라고 말이야. 그때는 무슨 얘기인지 몰랐지만 나중에야 알

앉아. 병조판서가 왜 나를 도왔는지 말이야."

"무슨 이유로 도운 것입니까?"

"좌의정도 알다시피 무원의 뜻이지. 나는 지난 30년간 그들을 쫓았네. 하지만 단서가 나오지 않았어. 그런데 몇 년 전에 병조판서가 그들과 연관이 있을지도 모른다는 이야기를 들었네. 그때는 긴가민가했는데 죽은 병조판서의 병풍에 무원이라는 글씨가 적혀 있었지."

"그래서 조사를 하신 것이옵니까?"

"송현우는 나를 무원으로 안내할 길잡이일세. 무원을 찾으려는 나의 일을 방해하는 것은 그 어떤 것도 봐주거나 용서치 않을 것이다."

바둑돌을 놓고 옆으로 물러난 심환이 바닥에 엎드렸다.

"신은 전하의 뜻을 따르겠습니다."

"그리고 내가 궁 밖으로 나갔을 때 감시하는 자가 있는 것 같다. 혹시 짐작이 가는 쪽이 있는가?"

등골이 서늘해진 심환은 고개를 바닥에 붙였다.

"소신은 전혀 모르는 일이옵니다."

"그대를 의심해서 물어본 건 아니네. 바닥도 차가운데 그만 엎드리고 일어나서 남은 바둑이나 두도록 하지."

"예, 전하."

몸을 일으킨 심환이 다시 바둑판 앞에 앉았다.

쏟아지는 햇살에 정신을 차린 송현우는 주변을 돌아봤다. 돛을 올린 병선이 삼원도를 등지고 육지로 가는 중이었다. 돛대에 묶여 있는 걸 깨달은 송현우에게 이명천이 다가왔다.

"내 손에 잡힌 기분이 어때?"

그의 물음에 송현우는 쏟아지는 햇살을 올려다봤다.

"아직 가야 할 길이 있긴 하지만 자네 손에 잡힌 것이 억울하지는 않네."

송현우의 대답을 들은 이명천은 활에 화살을 끼운 다음에 힘껏 당겼다.

"뻔뻔하군."

"나는 가족을 죽이지 않았어, 네 여동생도 그렇고. 그래서 스스로 목숨을 끊었지만 알 수 없는 힘으로 되살아났고, 여기까지 온 거야."

회한에 가득 찬 한숨을 쉰 송현우는 이명천을 바라봤다. 송현우의 대답을 들은 이명천이 갑자기 발로 그의 옆구리를 눌렀다. 송현우가 깜짝 놀라자 이명천이 고개를 휘저었다.

"화살이 옆구리를 꿰뚫었는데 벌써 상처가 아물어 버렸어. 피를 그만큼 쏟았는데 말이야. 그전에는 내 칼에 가슴이 뚫리고 팔뚝도 관통당했는데 상처조차 없더군. 그리고 네가 싸우는 걸 봤어. 사람이 아닌 존재가 되어 버렸군. 내 친구, 꽃을 좋아하고 글을 사랑하던 송현우는 어디 가고 이런 괴물 같은 새끼가 껍데기를 뒤집어쓰고 있는 거지?"

이명천의 비난에 송현우는 허탈하게 웃었다.

"돌이켜보니 그 시절이 꿈인 것 같아, 지금이 현실이고. 내 목을 쏘게. 그 활이라면 나를 죽일 수 있을 거야."

송현우가 목을 길게 늘어뜨리자 이명천은 활을 잔뜩 당겼다. 그리고 시위를 당겼다. 화살은 송현우의 목을 아슬아슬하게 스쳐서 갑판에 박혔다. 부르르 떨리는 화살이 낮은 목소리로 우는 가운데 이명천이 숨을 쉬듯 말했다.

"너는 아비와 어미, 그리고 아내를 죽인 중죄를 저질렀고, 그것도 모자라서 암행어사를 사칭하면서 민심을 어지럽힌 죄를 지었다. 당장 죽여도 부족하지 않겠지만 하늘 아래 사형 판결을 내릴 수 있는 건 오직 임금뿐이니 한양으로 압송할 것이다."

말을 마친 이명천은 한동안 송현우를 바라보다가 돌아섰다.

병선이 포구에 도착하고 송현우는 관아로 압송되었다. 발에는 족쇄를 차고 온몸은 오랏줄로 결박된 상태였다. 호기심에 몰려든 구경꾼들 사이에 진운과 검정개 어둠이 보였지만 송현우는 무심하게 지나갔다. 관아로 끌려간 송현우는 뜻밖에도 감옥이 아니라 객사로 끌려갔다. 객사의 대청에는 갓과 도포를 차려입은 선비가 사또와 얘기를 나누는 중이었다. 섬돌 옆에는 철릭에 전립 차림의 무사 한 명이 철퇴를 들고 서 있었다. 그 앞에 무릎이 꿇려진 송현우에게 선비가 다가왔다.

"자네가 송치인 대감의 아들 송현우인가?"

송현우가 고개를 끄덕거리며 대답했다.

"맞습니다."

"나는 임금의 부마인 정원석이라고 하네. 저긴 내 호위를 맡고 있는 내금위 신경택이고."

송현우와 얘기를 나눈 정원석이 뒤에 서 있던 이명천을 바라봤다.

"임금께서 이자의 사건에 대해서 조사하라는 어명을 내리셨네. 그래서 한양에서 조사를 하다가 더 조사할 게 있어서 삼량포로 내려왔다가 여기 소식을 듣고 오게 되었지."

"이자는 제가 한양으로 압송하겠습니다."

"그전에 몇 가지 묻고 싶은 게 있네."

"감옥에 가두고 문초하시지요."

이명천의 대답을 무시한 정원석이 송현우를 바라봤다.

"자네가 진술한 추안급국안[16]을 읽어 봤네. 이상한 안

---

16) 推案及鞫案: 조선 시대 의금부에서 중죄인을 조사하고 판결한 내용을 기록한 책.

개가 끼고 정신을 잃었다가 눈을 떠 보니까 가족들이 모두 죽어 있다고 했었지."

"맞습니다. 안개가 걷히고 눈이 하나 없는 자, 팔이 하나 없는 자, 그리고 다리 하나가 없는 자가 나타났습니다."

"자네가 살인자가 된 이유는 두 가지일세. 하나는 외부에서 침입한 흔적이 없다는 것, 그리고 옆집에 사는 호조 참의를 지낸 김현신 대감이 자네가 사람을 죽이는 걸 목격했다고 한 것이지."

"김현신 대감이 그리 진술했다면 거짓말입니다."

"왜 그런가?"

"김현신 대감은 눈이 어두워서 멀리 있는 걸 보지 못합니다. 거기다 그 집에서는 우리 집 사랑채와 앞마당이 보이지 않습니다."

"담장 위로 살펴봤다고 하던데?"

"아직 해가 뜨기 전이었고, 김현신 대감 집의 담장과 우리 집 사이에는 행랑채가 쭉 이어져 있습니다. 행랑채가 그 집 담장보다 높아서 사다리를 대고 올라왔다고 해도 행랑채 너머 마당이 보이지 않을 겁니다. 예전에 그쪽 집안에서 종종 내려다봐서 아버지께서 일부러 행랑채를 높게 지었으니까요."

기억을 더듬던 정원석이 신경택을 바라봤다. 신경택이 아주 작게 고개를 끄덕거리자 정원석이 잠깐 생각에 잠겼다가 입을 열었다.

"사실 삼량포에 온 것도 김현신 대감이 급히 낙향을 했다고 해서 진술을 더 듣기 위해서였네. 그런데 흥미로운 일이 벌어졌지."

"무슨 일 말입니까?"

"김현신 대감의 증언이 오락가락해서 조사를 하다가 이걸 찾아냈네."

정원석이 신경택을 바라보자 그가 소매에서 뭔가를 꺼내 건넸다. 그걸 받은 정원석이 송현우에게 보여 줬다.

"편지를 꽂아 두는 고비에 숨겨 둔 걸 찾았지."

둥근 검은색 나무에 반쯤 뜬 눈이 그려져 있는 목걸이였다. 그걸 본 송현우가 중얼거렸다.

"주박교?"

"뭔지 몰라서 추궁하려고 했는데 놀랍게도 스스로 목숨을 끊더군. 같이 증언을 했던 아랫것들도 목을 매거나 도망쳐서 물에 뛰어들었어."

"모두 자결을 했단 말입니까?"

송현우의 물음에 정원석이 고개를 끄덕거리면서 덧붙였다.

"집 안을 살펴보니 기둥과 처마를 비롯해서 온갖 장소에 그런 상징이 그려져 있더군. 그때는 몰랐는데 주변에 물어보니 주박교의 상징이라고 했고, 본거지인 삼원도가 여기에 있다고 해서 온 것일세. 그런데 자네를 만나게 되었군."

"김현신 대감이 주박교를 믿었단 말입니까?"

"그건 잘 모르겠지만 추궁을 받고 주박교의 상징을 가지고 있다는 걸 들켰다는 것만으로도 목숨을 끊었어. 거기다 자네 말대로 살인 현장을 볼 수 없었다면."

정원석은 잠깐 뜸을 들인 이후에 덧붙였다.

"자네가 살인자라는 명백한 증거들이 모두 사라진 셈이야. 그러니 한양에 올라가서 새로 조사를 해야 할 거 같아."

정원석의 얘기에 먼저 반응한 건 이명천이었다.

"아니, 이놈이 살인자가 아니면 누가 내 여동생을 죽였단 말입니까?"

"자네 마음을 모르는 건 아니지만 억울한 사람을 죄인으로 몰 수는 없네."

이명천이 울분을 폭발시키자 신경택이 철퇴를 고쳐 잡고 정원석의 앞을 가로막았다. 그걸 본 황종원과 이득시가 쇠좆매와 철편을 꺼내 들었다. 날카로운 대치가 이어진 가운데 정원석이 말했다.

"송현우에게 광증이 있어서 때때로 노비들을 때렸다는 청지기 덕출이의 증언도 가짜였네. 주변의 동료들은 물론이고, 다른 곳에 팔려간 노비까지 찾아서 물어봤지만 매질을 당했다는 증언이나 증거는 찾지 못했어. 듣자 하니 덕이가 자네를 따라갔다고 하던데 어디에 있는가?"

"한양에 전달할 서찰이 있어서 올려 보냈습니다."

"한양으로 데리고 가서 덕이와 대질을 해 보겠네. 만약, 구체적인 증거나 증언이 없다면 이자를 살인자로 취급하는 건 용납할 수 없어."

정원석의 대답을 들은 이명천은 마른침을 삼켰다.

"살인죄는 그렇다 치고 암행어사를 사칭한 죄는 남아 있습니다. 옥에 가두고 한양으로 압송하겠습니다."

잠시 생각하던 정원석이 송현우를 내려다봤다.

"묻고 싶은 게 많지만 심하게 다친 거 같으니 잠시 가두고 신문을 하도록 하지."

이명천이 황종원과 이득시에게 말했다.

"이놈을 옥에 가두거라."

그 후, 며칠 동안 감옥에 갇혀 있던 송현우는 밤이 깊어지자 감옥의 통나무 사이로 하늘을 올려다봤다. 희뿌연 달이 가끔 흘러가는 구름에 가려졌다 다시 모습을 드러내기를 반복했다. 감옥에서 자결을 했다가 눈을 뜬 채 인왕산으로 올라가면서 마주쳤던 달과 놀랍게도 닮았다.

"그때랑 비슷한 달이군."

그렇게 며칠이 지나고 내일이면 관아에서 준비한 함거

를 타고 한양으로 압송될 예정이었다. 이런저런 생각에 잠겨 있던 송현우는 주변이 어느 사이에 안개로 가득 찬 걸 보았다. 잠시 후, 안개 속에서 진운과 검정개 어둠이 나타났다. 감옥 앞에서 한쪽 무릎을 꿇은 진운이 말했다.

"이제 떠나야 할 시간입니다."

"어디로 말인가?"

"주박교를 세운 주박신을 찾아야 합니다."

"내가 그 길을 갈 수 있을까?"

"그 길을 갈 수 있는 건 주인님뿐입니다."

그러면서 열쇠 꾸러미를 보여 줬다.

"밖에 이명천이 쓰러져 있습니다. 그자가 이걸 가지고 있었고요."

"열쇠를 왜?"

"주인님을 풀어 주기 위해서였습니다. 그자도 주인님이 살인자가 아니라는 걸 안 것 같습니다."

진운의 대답을 들은 송현우는 결심을 했다.

"그래, 주박신이 그 세 놈의 배후라면 주박신이야말로 진정한 원수라고 할 수 있겠지."

몸을 일으킨 송현우가 차고 있던 족쇄를 손쉽게 뜯어 냈다. 그 사이, 진운은 감옥의 문을 열었다. 밖으로 나온 송현우는 낙죽장도를 챙긴 다음 감옥을 둘러싼 담장의 문을 열고 나갔다. 문 옆에는 진운의 얘기대로 이명천이 의식을 잃고 쓰러져 있었다. 누운 채 눈을 감고 있던 이명천을 내려다보던 송현우가 중얼거렸다.

"백성들이 고통을 받고 있어. 그들에게는 희망이 필요해. 자네가 그들의 빛이 되어 주게. 나는 어둠 속에서 그들을 돕겠네."

옆에서 지켜보던 진운이 말했다.

"어서 가시지요. 갈 길이 멉니다."

안개가 둘러싼 관아를 나오자 달빛이 앞을 비춰 주었다. 큰길로 접어들려는데 굽은 소나무 아래 누군가 서 있는 게 보였다. 송현우가 멈칫해서 지켜보는데 마침, 달빛을 가린 구름이 사라지면서 누군지 알 수 있었다.

"너, 너는?"

소나무 아래 서 있는 것은 마기였다. 얼떨떨한 표정을 짓고 있는 마기를 본 송현우가 진운을 바라봤다.

"나랑 같은 방식으로 살아난 건가?"

"목을 그었지만 급소를 피했습니다. 그래서 살아난 것이지요. 희망을 가져야 합니다. 그래야 길을 잃지 않으니까요."

"백두산까지 말인가?"

"전국에 괴이한 일들이 벌어지고 있고, 사악한 악령들과 봉인된 존재들이 날뛰고 있습니다. 그들을 처단해서 백성들을 구하고, 나아가 모든 일의 원흉인 주박신을 처단해야 하지 않겠습니까?"

진운의 말에 고개를 끄덕거리는 것으로 대답을 대신한 송현우는 기다리고 있던 마기에게 다가갔다.

"외롭고 쓸쓸했겠구나."

무슨 뜻인지 대번에 이해한 마기가 고개를 끄덕거렸다. 그런 마기의 머리를 쓰다듬어 준 송현우가 말했다.

"같이 가면 외롭지 않을 거다. 너를 고통스럽게 한 자들에게 복수를 하러 가자. 함께."

송현우가 마기, 진운과 나란히 걷고, 안개를 내뿜던 검정개 어둠이 꼬리를 흔들며 뒤따라갔다. 마기가 기다리고 있던 굽은 소나무에 앉아 있던 까마귀가 천천히 날아올라서 한양 쪽으로 날아갔다.

같이 읽고 싶은 이야기
텍스티 (TXTY)

텍스티는
모두가 같이 읽고 싶은 이야기를
만들고 제안합니다.

읽고 나면
주변에서 벌어지는 일에 관심이 생기고
다른 이들과 나누고 싶어지는 이야기를 만들겠습니다.

계속해서
이야기의 새로운 재미를 발견하고
이야기를 통한 공감이 널리 퍼지도록 애쓰겠습니다.

텍스티의 독자라면 누구나
이야기 곁에 있도록 돕겠습니다.

암행 – 귀신이 된 암행어사

초판 1쇄 발행	2025년 2월 10일
지은이	정명섭
사업 총괄	조민욱
책임 편집	조민욱
IP 제작	김하명 이원석 박혜림
IP 브랜딩	홍은혜 텍수LEE
IP 비즈니스	조민욱 김하명
경영지원	박영현 김미성 손혜림
교정·교열	김화영
예타단 1기	이현수 천희원
일러스트	창작공방 호작
디자인	그리너리케이브
북–음	최희영
북–콘텐츠	유수정
인쇄	금비피앤피
배본	문화유통북스
발행인	유택근
발행처	㈜투유드림
출판등록	제2021-000064호
주소	(02810) 서울특별시 성북구 종암로13길 16-10
대표전화	02-3789-8907
이메일	txty42text@gmail.com
인스타그램	@txty_is_text
홈페이지	http://www.toyoudream.com
ISBN	979-11-93190-29-6(03810)
정가	16,800원